달려라, 아비

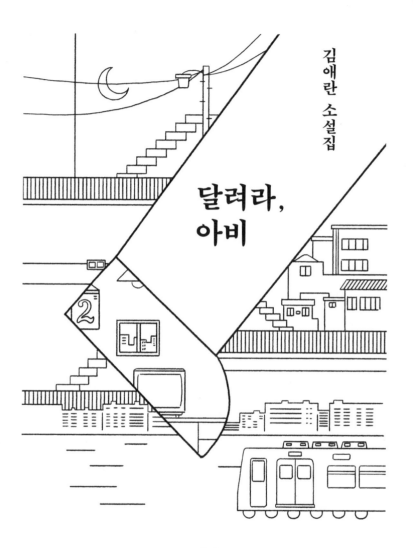

김애란 소설집

달려라,
아비

창비

차례

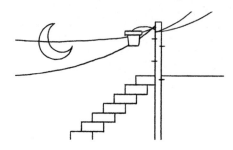

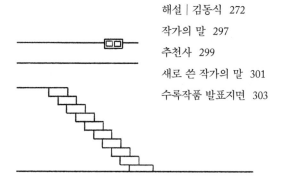

스카이
콩콩

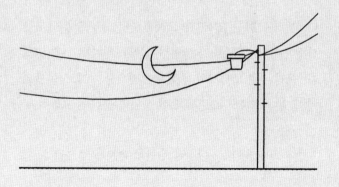

오래전 우리집 앞에는 나이를 많이 먹은 가로등 하나
가 있었다. 정확하게는 우리집이 아니라 우리 주인집 앞
이지만, 그가 온전히 굽어보던 것은 옥상 위에 우리집. 그
중에서도 나와 형이 사는 방의 창문이었다. 그 시절, 형과
나의 정수리에는 언제나 가로등 불빛이 노랗게 고여 있
었다.

그의 나이가 얼마나 됐는지 아는 사람은 아무도 없었
다. 우리가 아는 건 그가 오래전부터 그곳에 있었다는
사실뿐이다. 그는 내가 태어나기 훨씬 전부터 거기 있었
다. 길게 내민 모가지와 구부정한 어깨를 가지고. 아프리
카 평원에 최초로 직립하게 된 유인원처럼 ― 고독하게.

그는 먼 옛날부터 그곳에 있었기 때문에 모르는 게 없

었다. 해가 지는 시간과 달이 기우는 각도, 오랫동안 전해오는 사소함으로 불러보는 이름들과,* 사랑을 말할 때 우리가 하는 이야기,** 대성당의 아름다움과 샌드페블즈의 노래에 대해서도 ─ 그는 다 알고 있었다.

물론 그가 할 수 있는 일은 꺼졌다, 켜지는 것이었다. 하지만 그는 그가 할 수 있는 유일한 일을 성실하게 했다. 그것이 가끔은 어떤 기적을 만든다는 것을 알고 있어서였다. 나는 그가 꺼졌다 켜지는 순간이 세계가 재빨리 눈을 감았다 뜨는 시간이라고 생각했다. 그리고 그 짧은 순간 지구에는 아무도 모르는 일이 아무도 모르게 일어난다고. 오래전 우리의 짧은 입맞춤이 그랬던 것처럼. 당신이 믿지 않는 일이 당신과 가장 가까운 입술 위에서 일어나던, 그랬던 나날들처럼 말이다.

아무것도 없던 시절. 아무것도 없지만 낮과 밤이 있어 가로등이 필요했던 때. 가로등은 지구와 함께 돌다 깜빡, 꺼지고 다시 한바퀴 돌다 깜빡, 켜졌다. 나는 창가에 턱을

---

* 황동규 「즐거운 편지」 참조.
** 레이먼드 카버 『사랑을 말할 때 우리가 이야기하는 것』 참조.

괴고 앉아 지구보다 더 큰 둘레를 그리며 도는 가로등의 운동을 상상했다. 지구의 원주와 가로등이 손끝으로 그려내는 원의 너비. 그리고 그 두 원의 너비 차가 만드는 '사이' 안에서 살아가는 많은 사람들…… 그러면 곧 날개를 접고 가로등 갓등 위에 내려앉는 익룡(翼龍)의 모습이 보였고, 커다란 성기를 내놓은 채 가로등 아래서 오줌을 싸는 크로마뇽인이 보였다. 가로등 위로 기어올라가 손가락에 침을 묻혀 하루살이 떼를 찍어먹는 원숭이와 가로등 기둥을 붙잡고 훌쩍이는 마오리족 패잔병도 모두 우리집 앞에 나타났다 재빨리 사라졌다. 나는 골목 안으로 꼬리를 감추는 마다가스카르 손가락원숭이를 보며, 골목이란 참 사라지기 좋은 장소라 생각하곤 했다.

우리는 지방 소도시에 있는 조립식 주택에 살고 있었다. 주인집에서 세를 놓기 위해 옥상 위에 무허가로 지은 건물이었다. 우리집은 지대가 높은 곳에 자리해 동네의 웬만한 풍경이 한눈에 들어왔다. 동네는 굽이진 골목과 자글자글한 길들로 할머니 아랫배처럼 둥글게 주름져 있었다. 사람들은 하루에도 몇번씩 그 주름 사이로 빠르게 스며들었다 다시 빠져나갔다. 마을이 내려다보이는 컨테이너박스 안에는 아버지와 형 그리고 나 이렇게 세 식구가 살고 있었다.

어느날 아버지가 말했다.

"스카이 콩콩을 타면 키가 큰댄다."

나는 키가 크는 것엔 관심이 없었지만 스카이 콩콩이 갖고 싶었다. 아버지는 기대감으로 가득 찬 내 눈을 바라보며 말했다.

"고추를 보여주면 사주겠다."

나는 창백해진 얼굴로 물었다.

"뭐라구요?"

"고추."

신문을 보던 형이 무심하게 말했다.

"우주에서 키가 커서 돌아온 비행사가 있대요, 아버지."

아버지는 형의 말에 대꾸하지 않고 내 대답을 기다렸다. 나는 내 고추와 스카이 콩콩 중 뭐가 더 소중한 것인지 고민했다. 그런데 아무리 생각해도 무엇이 더 중요한지 알 수 없었다.

"싫으냐?"

나의 불알은 오한을 느끼며 심하게 움츠러들었다. 나는 내 나이와 꿈과 나를 사랑했던 사람들의 얼굴을 떠올렸다. 하지만 마음 한쪽에서는 끊임없이 몇초만 참으면 모두가 행복해질 수 있다고 말하고 있었다.

"……지금요?"

아버지가 고개를 끄덕였다.

"러시아 비행사인데 무중력상태에서 척추 굴곡이 곧게 펴졌대요."

나는 떨리는 손으로 바지 지퍼를 내렸다. 남대문을 열자 팬티 위에 그려진 태권브이가 금방이라도 날아오를 듯 주먹을 쥐고 나타났다. 아버지가 내게 용기를 주는 미소를 보내왔다. 내가 심호흡을 하며 팬티를 내린 순간 부스럭 신문을 넘기며 형이 말했다.

"그런데 아버지, 사람이 척추가 펴져도 되는 걸까요?"

아버지는 전파상을 운영했다. 전파상이라고 해봐야 온갖 부품과 전선이 창자처럼 엉킨 작은 공간이었다. 전파상 앞에는 여기저기 성치 않은 가전제품들이 잔뜩 쌓여 있었다. 그것들은 조서 작성을 기다리는 파출소 안 취객처럼 모두 억울한 표정을 짓고 있었다. 아버지는 등받이 없는 의자에 구부정히 앉아, 잘 닦지 않은 안경알 너머로 기기들을 살폈다. 아버지의 눈빛은 뭔가 한가지 일을 오랫동안 해온 사람의 얼굴답게 건성인 듯 세심했다. 나는 아버지가 내 충치를 보자 했을 때 그와 비슷한 시선을 느긴 적이 있다. 아버지는 평생 못쓰게 된 물건들을 고치느라 시력과 항문 그리고 허리가 망가지셨다. 아버지가 고치는 물건도, 그것의 고장도 보잘것없는 것이었기에 아버지는 우리가 큰사람이 되길 바랐다. 우리가 비디오 헤드에 걸린 불법 테이프 때문에 끙끙대고, 그걸 동네에 하나밖에 없는 아버지 가게에 갖고 가지 못해, 옆동네까지 이고 갔던 애들이란 걸 다 알고 계셨으면서도 말이다. 사실 우리는 그때까지 우리가 커서 훌륭한 인간이 될 거라는 상상을 한번도 해본 적이 없었다.

그런데 그날, 형이 러시아 비행사 얘기를 했을 때, 나는 아주 잠깐 훌륭한 사람이 되고 싶었다. 훌륭한 사람이 되어 아버지를 우주로 보내드릴 수 있다면, 아버지의 아픈 척추가 예쁘게 펴질지도 모른다는 생각 때문이었다. 하지만 그렇게 되기까지는 너무 많은 시간이 남아 있었다. 그래서 나는 훌륭한 사람이 되기 전에 먼저 우스운 사람이 되기로 결심했다. 그날 내 고추를 본 아버지는 다행히 우주선에 탑승한 것보다 더 행복해하셨다.

아버지에게 스카이 콩콩을 받고, 기분 좋은 나머지 빤쓰 바람으로 마당에 나갔다. 그러곤 바가지 머리를 찰랑이며 스카이 콩콩을 탔다. 두 손으로 손잡이를 쥐고, 발판에 올라 펄쩍. 스프링의 탄력과 함께 나의 수치심은 우주 멀리 날아가버렸다.

나는 한번 올라가면 다신 내려오지 않을 정도로 스카이 콩콩을 잘 탔다. 아버지에게 야단을 맞아도, 좋아하는 가수가 십대가수상을 타도, 형이 알 수 없는 얘기만 늘어놓아도 스카이 콩콩을 탔다. 언젠가 핼리혜성이 76년 만에 돌아온다고 온 세계가 떠들어대던 날도, 나는 옥상 위에서 조용히 스카이 콩콩을 탔다. 세계의 소란스러움을 등지고 가로등 아래서 홀로 스카이 콩콩을 타는 나의 모습은 고독하고 또 우아했다. 스카이 콩콩을 타는 나의 운동 안에는 뭐랄까, 어떤 '정신'이 들어 있었다.

점프할 때 보이는 동네의 풍경은 순간마다 달랐다. 콩— 하고 뛰어오르면 조금 전 보였던 아저씨가 감쪽같이 사라졌고, 다시 콩— 하고 날아오르면 아까는 없던 여중생이 순식간에 나타났다. 나는 설핏 보이는 먼 곳, 그 '언뜻'함이 좋아 자꾸 발을 굴렀다. 그러다 언젠가는 온힘을 다해 뛰어오르며, 두 발이 땅에 닿기 전 내가 사라져버렸으면 좋겠다고 생각했다. 나는 두 눈을 감고 하늘에 한참 머물러 있었다. 그러곤 얼마 후 공중에서 슬쩍 실눈을 떴을 때, 가로등이 내게 깜빡 윙크해주는 것을 보고 말았다. 나는 옥상 콘크리트 바닥에 넘어지며, 오래도록 연습해온 대사를 마침내 써먹게 됐다는 듯 이렇게 외쳤다.

"아, 깜짝이야!"

스카이 콩콩을 타지 않는 날이면 옥상 위에서 침을 뱉거나, 창가에 앉아 하늘을 바라보며 놀았다. 창문에는 가을 석류처럼 활짝 터진 구멍난 방충망이 있었다. 바람이 불면 오랫동안 빨지 않은 녹색 커튼이 펄럭거렸다. 나는 커튼 안에 고개를 파묻으며 깊은 숨을 쉬었다. 먼지 냄새가 주는 그 오래되고 아늑한 느낌이 좋아서였다. 먼지 냄새는 뭐랄까, 내가 살아본 적 없는 세상을 살고 있는 듯한 기분을 느끼게 해주었다. 한번은 살았던 것도 같은, 그러나 여전히 모르겠는 세상 말이다. 그땐 지금보다 내 키가 작았기 때문에 나와 밤하늘 사이도 더 멀었다. 그러나 더 멀어질 수만 있다면 나는 더 작아져도 좋을 만큼 그것은 깊고 푸른 하늘이었다.

형은 매일 『과학동아』를 보며 뭔가 열심히 메모하곤 했다. 형은 나보다 세살이 많았다. 형은 초등학교 때 과학경시대회에서 만든 고무동력기가 일등을 먹은 이후 자신에게 과학적 재능이 있다고 믿었다. 형의 수상이 단지 시간에 의한 것, 즉 추락 시간이 남들 비행 시간보다 긴 덕분에 이뤄진 것이었는데도 말이다. 형의 비행기는 한번 제대로 날아보지도 못하고 운동장에 떨어졌다. 물론 보통 비행기였다면 하늘로 띄워진 즉시 고꾸라졌을 거다. 하지만 형의 비행기는 날아오르는 과정에서 꼬리 부분이 잘못된 탓에 곧바로 추락하지 않고 한참 동안 빙글빙글 돌며 낙하했다. 하늘을 아름답게 선회하던 수십개의 비행기가 운동장에 모두 착륙했을 때도, 형의 비행기는 여전히 빙글빙글 돌며 '미친 듯'이 추락 중이었다. 형이 트로피를 안고 활짝 웃었을 때 전교생이 치던 그 어정쩡한 박수를 나는 기억한다.

그날 밤 아버지는 형에게 선언했다.
"너는 공군사관학교에 가야 되겠다."
형이 말했다.
"요샌 육사가 뜨는데요."
나는 폴짝폴짝 뛰며 소리쳤다.
"아버지 나는요? 나는 자라 뭐가 될까요?"
아버지는 큰 손바닥으로 내 얼굴을 밀어내며 말했다.

"너는 그냥 잘 자라거라. 그게 애들이 할 일이야."

형이 난처한 얼굴로 말했다.

"전 눈이 나쁜데요."

아버지가 깜짝 놀라 물었다.

"너, 눈이 나빴니?"

형과 나는 아버지를 이상하게 쳐다봤다. 형은 오래전부터 안경을 끼고 있었기 때문이다.

"안 되겠다, 테레비를 없애야겠다."

순간 나는 형의 따귀를 때리고 싶었지만 아버지의 얼굴을 봐서 참았다. 나는 침착하게 말했다.

"아버지, 형은 어차피 공부도 못하고 눈이 나쁘니 티브이는 그냥 보는 걸로 하지요."

형은 엉겁결에 고개를 끄덕였다. 아버지는 말했다.

"상관없다. 테레비를 없애야겠다."

그것은 우리의 미래를 위해서라기보다 가장으로서 뭔가 결정해야 되는 순간, 뭘 해야 할지는 모르겠지만, 여하튼 뭔가 하기는 해야 할 때 내린 엉뚱한 결론이었다. 결국 아버지는 집에서 텔레비전을 치워버렸다. 우리는 갑자기 할일이 없어졌다. 친구 집에서 신세를 지는 것도, 만화방에 가는 것도 하루이틀이었다. 나는 울상을 지으며 형에게 말했다.

"어떻게 좀 해봐."

며칠 후 형은 아버지 가게 앞에서 안경을 벗어던진 후
큰 소리로 외쳤다.

"아버지! 앞이 보여요! 갑자기 눈앞이 환해요!"

장님처럼 두 팔을 휘저으며 앞으로 걸어가는 형에게
아버지가 말했다.

"내가 뭐랬냐. 애들 몸은 열두번도 더 변한다잖니."

그러나 그뿐이었다. 아버지는 애써 좋아진 눈을 다시
나쁘게 할 수 없다고 텔레비전을 끝내 설치해주지 않았
다. 형은 스스로 두 눈을 찌른 사람처럼 자신의 안구를 부
여잡고 미친 듯이 울었다.

다음 날 아버지는 전파상의 모든 텔레비전 화면이 망
치로 깨져 있는 것을 발견했다. 뻥뻥 입 뚫린 텔레비전들
은 일제히 어떤 요구가 담긴 소리를 합창하고 있었다. 아
버지는 형과 나를 나란히 앉혀두고 말했다.

"누구냐?"

형은 침묵했다. 아버지가 한번 더 물었다.

"누구냐? 자백하는 사람에게 티브이를 보여주겠다."

나는 눈치를 보다가 가만히 한 손을 들었다. 아버지의

표정이, 고추를 담보로 스카이 콩콩을 거래하던 때처럼 진지했기 때문이다. 나는 정말 텔레비전이 보고 싶었다. 아버지는 즉시 내 목덜미를 잡아 안방으로 끌고 가더니 사정없이 나를 혼내기 시작했다. 단단한 것만 만져버릇한 아버지의 손은 맵고 거칠었다. 나는 내가 속았다는 것을 깨달았다. 나는 매를 맞는 내내 울며 사실을 부인했다. 하지만 아버지는 내 말을 믿지 않았다. 나는 아프고 억울했다. 나는 복수심에 불타 아버지를 위해 절대 훌륭한 사람이 되지 않겠다고 결심했다. 위대한 사람은 더더욱 되지 않을 테다. 중학생이 되면 여자랑 잘 거다. 치졸하고 비굴한 사람이 될 거다. 그리고 무엇보다노 아버지가 늙있을 때 텔레비전이라고는 한대도 없는 요양소에 보내 죽도록 심심하게 내버려두는 인간이 될 테다. 형은 문밖에서 초조한 듯 왔다갔다했다. 나는 형이 문을 박차고 들어와 엎드리며 '아버지 제가 그랬습니다'라고 말해주길 바랐지만 그런 일은 일어나지 않았다. 아버지가 자리에 털썩 주저앉으며 말했다.

"깨진 화면은 고칠 수도 없다."

나는 '내 맘은요! 내 가슴은요, 아버지!'라고 외치고 싶었지만 그렇게 말하지 않았다. 아버지가 '전기밥통을 고친 후 고쳐주마'라고 답하리란 걸 알고 있었기 때문이다.

아버지는 훌쩍이고 있는 내 얼굴을 흘깃 한번 쳐다보더니, 점퍼를 집고 어디론가 후닥닥 사라지셨다. 형은 아버지가 나간 뒤에도 안방에 들어오지 못하고 문밖에서 한참을 서성거렸다.

그날 밤 만취한 아버지는 집에 오는 길에 주인집 개가 단지 '짖는다'는 이유로, 스카이 콩콩을 들어 그 개를 정말 개패듯 팼고, 다음 날 주인집 여자 앞에서 개처럼 빌었다. 다음 날 마당에서 기지개를 켜다 시멘트 바닥 한가운데 비닐봉지 주위로 뭔가 얼룩져 있는 자국을 보았다. 나는 막대기로 비닐봉지 안을 가만히 떠들어보았다. 다 녹아버린 투게더 아이스크림의 짜부라진 용기가 보였다. 투게더는 내가 가장 좋아하는 아이스크림이었다. 나는 이상한 기분이 들었지만, 그 기분을 뭐라 표현해야 될지 몰라, 스카이 콩콩을 탔다.

며칠 후 형은 라디오를 옆구리에 끼고 방 안으로 당당하게 걸어들어왔다. 형은 태어나 처음으로 형같이 말했다.
"이제부터 모든 건 우리가 알아서 하는 거다."
형은 멋있었다. 하지만 나는 모든 것을 알아서 하는 것은 아버지의 일이고, 우리는 놀다가 가끔 대들기나 하면 된다고 생각하고 있었다. 형은 내게 텔레비전 대신 라디오를 들려주겠다고 말했다. 나는 그럴 필요가 없다고 했지만 형은 라디오 수리에 미친 듯이 매달렸다. 나는 이미 텔레비전에 관한 일은 다 잊었다고 말했다. 그런데도 형은 반드시 라디오를 고쳐주고야 말겠다고 떼쓰며, 혼자 비장한 표정을 지었다. 형은 아버지 가게에서 훔쳐온 부품을 라디오에 넣었다 뺐다 하며 온종일 시간을 보냈다. 사막에서 탈출하기 위해 필사적으로 비행기 수리에 매달리는 조종사처럼 그랬다. 방바닥에 엎드려 숙제를 하던 나는 형이 주파수를 만지는 동안 간헐적으로 들려오는 리투아니아 방언을 들으며 불길한 예감에 휩싸였다. 형은, 정말 과학자가 되려는 것일까. 저러다 정말 언젠가는 우주선의 정비사가 되어, 안드로메다 별의 귀가 세개 달린 공주와 결혼하게 되지 않을까. 그럼 나는 귀가 세개 달린 형수님에게 김치가 짜다고 말해도 괜찮은 것일까. 그러나 겨우 라디오이지 않은가. 형은 라디오를 고치다 말고 나를 돌아보며 씩 웃었다.

"형만 믿어."

그 미소가 하도 해맑아 나는 주춤 뒤로 물러섰다. 그런 뒤 갑자기 형을 그렇게 크게 한 것이 무엇일까 생각해보았다. 배신인 것 같았다.

형은 과학자가 되고 싶어했다. 스스로 재능이 있다고 믿어서였다. 하지만 내가 볼 때 형은 과학적 소질이 전혀 없었다. 어쩌면 형이 가진 유일한 재능은 '믿음'이었는지도 모른다. 어쨌든 형은 변했다. 형은 더이상 안경을 벗어던지며 "아버지, 앞이 보여요!"라고 외치던 병신이 아니었다. 형은 말수 적은 그러나 할말 있는 표정을 가진 소년이 되어갔다. 형은 수심어린 표정으로 옆구리에 항상 과학서적을 끼고 다녔다. 놀라운 것은 그럼에도 불구하고 형이 절대 멋있지 않았다는 것이다. 형은 공공연히 자신이 한국과학기술원에 갈 거라고 말하고 다녔지만 반에서 36등을 했다. 형은 과학자가 되기 위해 자신이 할 수 있는 모든 일을 했다. 공부, 운동, 신문 스크랩, 게다가 문학동아리 가입까지. 형은 과학자가 되려면 상상력이 있어야된다고 했다. '천문학자들의 이론은 그 자체로 완벽한 하나의 시(詩)'라고, 어디서 주워들었는지도 모를 이야기를 하면서. 하지만 그후로도 몇년 동안 형은 라디오를 고치지 못했다. 그때도 나는 형에게 뭔가 조언해주고 싶었지만, 그럴 수 없어 스카이 콩콩을 탔다.

이듬해 여름, 서울에서 사촌형이 우리집에 왔다. 방학

동안 배낭여행을 다니다 잠시 들른 것이라 했다. 그는 대학에서 천문학을 공부하는 진짜 과학도였다. 그는 겸손하고 사려깊은 사람이었지만 그 부드러움 안에는 왠지 사람을 복종하게 만드는 힘이 있었다. 나는 그가 좋았지만 선뜻 다가가지 못해 비실비실 웃으며 계속 그 주위를 알짱거렸다. 나는 그가 책을 읽다가 머리칼을 쓸어올리는 모습이 좋았다. 그의 깨끗한 안경테가 좋고, 차분하고 어여쁜 말씨도 좋았다. 어쩌다 나와 눈이 마주치기라도 하면 그는 오직 지적인 사람만이 지어 보일 수 있는 멋진 미소를 보내주었다. 그가 처음 우리 집에 온 날 아버지는 말했다.

"우리 애가 학교에서 상도 타고, 과학에 소질이 좀 있는데 네가 많이 도와주어라."

그러나 형은 사촌형의 도움을 필요로 하지 않았다. 형은 사촌형을 싫어했다. 형은 사촌형을 새엄마 대하듯 했다. 사촌형의 배려에 '속지 않겠다'는 의지를 서툴 정도로 강하게 표현하면서, '나 이런 의지 있어요, 저기, 내 말에 집중해요. 나 이런 의지 있거든요? 허, 참' 하는 식으로 튕겨댔다. 형은 자신이 온몸으로 표현하는 그 메시지가 제발 해독되길 바라며 사촌형에게 끊임없이 전파를 보냈다. 그 메시지는 다음과 같았다. '내가 과학에 좀 소질이 있긴

하지만 그렇다고 도와주면 죽여버릴 거야.'

사촌형이 우리집에 머문 날은 며칠뿐이었다. 나는 그가
떠나가기 전, 그와 함께 나눈 대화를 잊을 수 없다. 그날
나는 저녁 창가에 앉아 펄럭이는 커튼에 얼굴을 묻고 있
었다. 마침 사촌형이 내 옆으로 다가와 앉았다. 그는 가전
제품 광고에 나오는 자상한 가장처럼 손끝으로 하늘을 가
리키며 말했다.

"독일의 한 천문학자가 인류 전체의 몸에서 나온 원자
와 분자가 한번 이상은 다른 별들을 거쳐갔을 거라고 말
했대."

나는 그의 말을 이해할 수 없었지만 그 이해할 수 없다
는 기분은 뭔가 나를 울렁이고 두근거리게 만들었다. 그
는 자기 손바닥 위에 내 손을 가만히 포갰다.

"만져봐."

나는 그의 커다란 손바닥을 바라봤다. 칼 한자루만 쥐
여주고 추방해도 좋을 만큼 믿음직한 손이었다.

"우리 몸에서 나온 원자가 다른 별들을 거쳐갔다면, 분
명 다른 별에 사는 존재의 몸에서 나온 원자도 한번 이상
은 여기에 닿았을 거야."

나는 여전히 뭔가 모르겠고 간지러운 기분이 들었지만

이상하게 손을 뺄 수 없었다. 그는 말했다.

"알겠니. 네가 지금 무엇을 잡고 있는지……"

나는 알 수 없었다. 내가 잡고 있는 게 무엇인지, 사촌
형이 왜 우리 형이 아닌지, 내 손은 왜 이렇게 작고 약한
지 다 모르겠다고 대답하고 싶었다. 하지만 그러기엔 그
의 손이 매우 따뜻했다. 그는 갑자기 일어나 트랜지스터
라디오를 창가로 가져왔다. 커다란 로켓 배터리가 달린
라디오가 창밖으로 안테나를 길게 뻗으며 먼 항성을 가리
켰다. 사촌형이 주파수를 맞추자 지지직 음악이 나왔다.
이문세의 「옛사랑」이었다. 나는 어렸지만 슬펐다. 저 멀
리 창밖으로 가로등과 실랑이를 벌이고 있는 아버지의 모
습이 보였다. 술취한 아버지는 비틀거리며 가로등과 씨름
중이었다.

우리는 다시 고개 들어 하늘을 봤다. 그가 담담한 목소
리로 말했다.

"오늘 신문에서 봤는데 한 남자가 새벽에 아무 전화번
호나 누른 뒤 나야, 하고 말했대. 직업도 없고 나이도 많은
남자였는데 처음에는 별생각 없이 그랬다나봐."

"………"

"사람들 모두 장난 전화인 줄 알고 끊었는데, 한 여자가 갑자기 잘 있었냐고 물으며 울기 시작했다는 거야. 여자는 남자가 옛 애인인 줄 알았대. 남자는 유부녀인 그녀에게 애인 행세를 하며 몇달간 돈을 뜯어냈고. 그렇게 받은 돈이 몇천이라더라."

"………"

"마음이란 거, 참 이상하지?"

나는 형이 누군가를 사랑하고 있다고 생각했다. 배낭여행도 그 사랑과 관련있을 거라고. 우리는 약속한 듯 침묵했다. 나는 그가 내게 어른 대우를 해주는 게 좋았다. 나는 안테나가 가리키는 하늘을 보며, 반짝이는 별들이 쏟아내는 어마어마한 먼지 냄새를 맡으며, 이곳에서 내가 혼자 "나야……" 하고 말하면 저 별 어디에서 누군가 울어주지 않을까 생각했다.

그런데 내가 저 별 어디선가 울고 있을 누군가를 상상하는 동안 정작 울고 있던 사람은 따로 있었다. 진짜 과학도에게 빠져버린 동생의 모습을, 방문 뒤에 숨어, 질투로 이글거리는 눈으로 훔쳐보던 한 사람. 교내 과학경시대회 고무동력기 부문 일등 수상자인 우리 형. 라디오 하나 수리하는 데 몇년을 끙끙대는 형. 형과 눈이 마주친 내가 눈을 한번 깜빡거리는 사이 형은 문 뒤로 재빨리 사라졌다.

많은 일들이 또 많은 이들이 그렇듯 며칠 후 사촌형은 자연스레 우리집을 떠났다. 아버지는 여전히 전파상에 나갔고, 나와 형도 학교에 갔다 돌아와 저녁을 먹었다. 해가 지고 바람이 불었다. 아무도 모르는 일들이 아무도 모르게 일어났다. 담장 밑 우산이끼도, 오래도록 수리되지 못한 냉장고 속 어둠도, 내 키도 무럭무럭 자랐다. 아버지는 이따금 술을 마셨고, 우리들은 여전히 철이 없었다. 나는 훌륭한 사람이 되는 게 어려운 만큼 형편없는 사람도 아무나 되는 게 아니라는 것을 알고, 어느 순간 아버지에 대한 복수를 중단했다. 비가 오고 바람이 불었다. 사사롭거나 잊이선 안 될 일들이 지나갔다. 장마 후 집앞 가로등의 온몸에 열꽃처럼 녹물이 들었다. 만취한 아버지는 가로등을 걷어차며 소리쳤다.

"너는, 나무가 되려는 것이냐?"

몇년이 지났다.

어느날 형은 형이 응시한 대학교의 합격자 발표가 나던 날 집을 나섰다. 형이 집을 나서자 하늘에서 폭설이 내렸다. 아버지는 잠을 못 이뤘고 나는 밤마다 내 방 창가에 앉아 형을 기다렸다. '저 굽이지고 주름진 길들 사이로 갑자기 형이 나타난다면, 내가 잠잘 때나 밥 먹을 때가 아닌, 이렇게 기다리고 있을 때 돌아와준다면……' 형은 돌아오지 않았다. 집앞 가로등의 전구가 나갔다. 사람들은 동사무소에서 알아서 해줄 거라 했지만, 가로등은 그대로 오랫동안 방치되었다. 나는 한번도 관심을 두지 않은 형의 『과학동아』 시리즈를 훑어보며, 그 방대한 양과 다양한 이론 앞에서 — 형이 갖고 있는 세계의 두께를 실감했다. 그리고 바로 그 두께 때문에 조금 미안했다.

　며칠 후, 아랫목에서 얕은 잠에 들었던 아버지가 갑자기 벌떡 일어나더니, 형이 돌아오는 꿈을 꾸었다고 말했다. 아버지는 내복 차림으로 함박눈이 쏟아지는 창가를 서성였다. 아버지는 집으로 오르는 길이 눈 때문에 온통 빙판길로 변했다며 걱정했다. 형이 돌아올 텐데 눈이 와서 어떡하냐고. 가로등도 고장났는데 언덕길을 올라오다 넘어지기라도 하면 어쩌겠냐고. 아버지는 정말 그날 밤 형이 올 거라 믿었다. 아버지는 곧장 옷을 갈아입었다.
　"가로등을 고쳐야겠다."
　아버지가 한 손에 작은 공구가방을 들었다. 나는 깜짝

놀라 물었다.

"가로등을 어떻게 고쳐?"

아버지가 말했다.

"전파상만 몇년 했는데 그걸 못하겠냐."

아버지는 오리털파카를 입고 문밖으로 뒤뚱뒤뚱 걸어
나갔다. 나는 한손에 빨간 손전등을 들고 허둥대며 아버
지를 따라갔다. 아버지는 철물점에서 사다리를 빌린 뒤
가로등으로 기어올라갔다. 나와 철물점 아저씨가 양쪽에
서 사다리를 꼭 잡았지만 아버지의 모습은 무척 위태로워
보였다. 거친 눈보라가 아버지의 눈앞을 가렸다. 나는 손
전등으로 아버지의 시야를 밝혔다. 아버지가 혹 감전되거
나 사다리에서 떨어져 죽을까봐 겁이 났다. 깜깜한 밤. 골
목을 비집고 들어오는 눈보라는 더욱 거세졌다. 그런데
아버지는 그 위로 올라간 지 일분도 되지 않아 가로등도
고치지 않고 땅으로 내려와버렸다. 아버지는 발을 구르며
"생각보다 손이 너무 시리다"고 말한 뒤 쑥스러운 듯 후
닥닥 집으로 들어가버렸다. 행여 형이 미끄러질까 그렇게
걱정한 빙판길에서도 아버지는 잘 뛰었다. 우리가 집에
도착했을 때 형은 거실에 앉아 그즈음 새로 발간된 과학
잡지를 보며 라면을 먹고 있었다.

그날 밤 — 우리 세 사람 모두에게 엷은 감기 기운이 있었고 그것은 우리 마음을 조금 달뜨게 했다. 아버지는 형에게 '어디 갔다 왔냐'고 물었다. 형은 '잠깐 테이프 좀 사러 갔다 왔다'고 말했다. 아버지가 '무슨 테이프를 샀냐'고 물었다. 형은 '바흐를 사왔다'고 답했다. 아버지는 '그럼 한번 틀어봐라'라고 말했다. 형이 자리에서 벌떡 일어나더니 방에서 트랜지스터 라디오를 가지고 왔다. 나는 라디오가 나올 리 없다고 고개 저었다. 하지만 형은 말없이 라디오에 테이프를 넣고 버튼을 눌렀다. 철컥. 테이프가 빙글빙글 돌아가기 시작했다. 형의 모형비행기가 낙하할 때 그랬던 것처럼 빙글빙글. 우리는 테이프가 돌아가는 모양을 한참 동안 쳐다봤다. 그것은 마치 우주의 엔진 같았다. 그리고 음악. 침묵처럼 아름답던 음악. 나는 꼼짝 않고 그 소리를 들었다. 라디오가 조금 덜컹거렸지만 그 정도는 살면서 누구나 내는 작은 소음에 불과했다. 나는 형에게 물었다.

"어떻게 한 거야?"

순간 창밖 가로등이 잠시 깜빡하고 꺼졌다, 켜졌다. 오래전에도 그랬지만 그것은 그가 유일하게 할 수 있는 일이었다. 나는 가로등이 깜빡이는 순간이 세계가 재빨리 눈을 감았다 뜨는 시간이라고 생각하곤 했다. 그리고 그

짧은 순간 지구에는 아무도 모르는 일들이 아무도 모르게 일어난다고. 전신마비 사내가 눈꺼풀로 쳐주는 박수처럼 가로등은 형에게 윙크했다. 그때 나는 가로등이 무언가를 보여주기 위해 있는 것이 아니라, 뭔가 눈감아주기 위해 저기 서 있는 것일지도 모른다고 생각했다. 기적이란, 바로 그 눈감아주는 시간에 일어나는 일들일지 모른다고. 그러다 문득 언젠가 사촌형과 함께 음악을 들은 날도 라디오가 제대로 작동되었다는 것을 깨달았다. 형은 그걸 언제 다 고쳐놓았던 것일까?

　그러니 이쯤에서 한가지 거짓말에 대해 고백해도 좋을 것 같다. 어릴 때 나는 아버지에게 고추를 보여주고 스카이 콩콩을 받았다. 그것은 분명한 사실이다. 나는 스카이 콩콩에 올라 콩콩대는 것을 좋아했다. 그것도 사실이다. 하지만 내가 스카이 콩콩을 타며 본 것 혹은 느낀 것에 대한 이야기는 잘못되었다. 스카이 콩콩의 점프 시간은 그렇게 길지도, 느리지도 않았기 때문이다. 스카이 콩콩은 코오오오 — 옹 하고 뛰어올라 코오오오 — 옹 하고 착지하는 것이 아니었다. 그것은 말 그대로 '콩콩' 타는 것이었다. 스카이 콩콩에 장착된 스프링의 탄력은 형편없었다. 스카이 콩콩에 오른 뒤 그 자세를 그대로 유지하려면, 정신없이 콩콩콩콩콩 — 거려야 했다. 그리고 그 모습은 우아하지도 아름답지도 않았다. 자세를 유지하려고 버둥대는 몸짓은 경박하고 우스웠다. 게다가 스카이 콩콩은 스프링이 움직일 때마다 삐걱삐걱 괴상한 소리를 냈다. 그러나 그것은 살면서 누구나 내는 소음에 불과했다. 그러니 내가 붕 — 하고 떠올랐을 때, 가로등이 내게 슬쩍 보내온 윙크는, 거짓말이 아니었는지도 모른다.

오래전 우리집 앞에는 나이를 많이 먹은 가로등 하나가 있었다. 그는 먼 옛날부터 그곳에 있었기 때문에 모르는 게 없었다. 나는 창가에 턱을 괴고 앉아, 지구보다 더 큰 둘레를 그리며 도는 가로등의 운동을 상상하곤 했다. 지구의 원주와 가로등이 손끝으로 그려내는 원의 너비. 그리고 그 두 원의 너비 차가 만드는 사이 안에서 살아가는 많은 사람들…… 이를테면 형이나 아버지, 혹은 나 같은 사람들.

형이 돌아왔으니, 그리고 우리가 '괜찮냐'고 물어보기도 전에 저렇게 괜찮아져 있으니 가로등 앞 우리집 이야기는 이제 그만 해도 좋을 것 같다. 다만 지금까지 깜박 잊은 이야기 하나를 하는 게 좋을 듯하다. 형이 고무동력

기대회에서 일등을 먹은 날로부터 일년 후에 일어난 일이다.

　일년 후 형은 과학경시대회에 다시 출전했다. 과학의 달 4월. 푸른 하늘 아래 고무동력기를 손에 쥔 학생들이 운동장을 달리며 시험비행을 했다. 나와 아버지는 학교 스탠드에 앉아 형의 '연승'을 고대했다. 운동장은 아이들의 흥분과 응원, 스피커에서 흘러나오는 쩌렁쩌렁한 음악으로 왕왕거렸다. 참가 학생들은 모두 긴장했다. 그도 그럴 것이 고무동력기를 만드는 데 상당한 주의와 정성이 들었기 때문이었다. 형은 그해 경기를 위해 밤을 새워가며 고무동력기 제작에 매달렸다. 이번에야말로 자신의 진짜 실력을 보여주고 말겠다고 다짐하면서 말이다. 경기 며칠 전 형은 고무동력기 부품을 앞에 두고 제사라도 치르는 양 경건하게 앉았다. 방바닥에 도면을 펴놓은 뒤 칼로 대살의 불필요한 부분을 발라내고, 도면과 평면을 비교하며, 동체의 좌우대칭 균형이 맞는지 꼼꼼하게 살폈다. 그런 뒤 실과 접착제를 이용해 도면을 따라 동체를 조립하고, 대살에 물풀을 발라 다리미로 다린 종이를 붙였다. 물풀이 마르는 시간 동안 형은 꼼짝 하지 않았다. 잠시 후 형은 동체에 정성스럽게 고무줄을 걸었다. 마치 고무동력기를 만들기 위해 태어난 사람처럼 그랬다. 형은 완성된 고무동력기를 두 팔로 들어 올려보았다. 날개의 각도, 꼬리 모양 모두 매끄러웠다. 그러나 대회에 나온 다른 형들 역시 만만치 않았다. 참가자들 저마다 자신감에 찬 표정으로 열심히 고무줄을 감았다. 하늘은 맑고 바람은 약했다. 비행기는 찢어질 듯 팽팽한 날개로 비상을 보챘다. 드디어 대회 시작. 형은 바람을 등지고 가만히 서 있었다. 그런 뒤 천천히 앞으로 나가며 비행기의 프로펠러를 풀어준 뒤 회전이 강해질 즈음 창공을 향해 비행기를 힘껏 날려보냈다. 다다다다다 — 감아두었던 고무줄이 빠르게 풀리며 형의 비행기가 힘껏 날아올랐다. 동시에 다른 형들의 비행기도 잠자리 떼처럼 일제히 떠올랐다. 주위에 선 몇몇 선생님이 재빨리 타이머 버튼을 눌렀다. 형은 고개 들어 먼 곳으로 날아가는 자신의 비행기를 아득한 눈으로 바라봤다. 아버지와 나도 자리에서 일어나 형의 비행기를 바라봤다. 그런데 형의 비행기는 피융 — 하고 비상하자마자 곧바로 추락하기 시작했다. 우와 — 하는 탄성이 끝나기도 전에, 추락의 과정을 지켜보며 우리가 마음의 준비도 하기 전에 하늘에서 뚝 떨어졌다. 형은 충격을 받은 듯 자리에서 꼼짝하지 않았다. 창공 위로 여전히 수십개의 비행기가 고운 선을 그리며 날아다녔다.

그런데 얼마 후 비행에 성공한 각각의 비행기들이 약속한 듯 모두 추락하기 시작했다. 형은 두번째로 놀라며 다시 하늘을 바라봤다. 비행기들이 바람개비마냥 빙글빙글 돌며 하나둘 낙하하고 있었다. 작년에 형이 일등한 비결을 알고 다른 참가자들이 형을 따라 모두 비행기 꼬리 부분을 손봤던 것이다. 하지만 형들도 서로 그것을 약속한 적이 없기에 놀라는 눈치였다. 운동장에 모인 모든 사람이 일제히 고개를 들어 낙하하는 비행기들의 춤을 바라봤다. 빙글빙글 돌며 수직으로 내려오는 비행기 떼는 마치 하늘에서 쏟아지는 꽃비 같았다. 그리고 그것은 뜻밖에 꽤 아름다웠다. 형은 운동장에 멍하니 서서 그 꽃비를 맞았다. 아버지와 나는 아무 말도 하지 못한 채 그 자리에 서 있었다. 그때 나는 처음으로 형에게 어떤 재능이란 게 정말 있는 것일지도 모른다고 생각했다. 순간 나는 정신없이 가슴이 콩닥거렸지만, 그것을 무어라 불러야 할지, 어떻게 말해야 될지 모르겠어서, 그날 밤 집으로 돌아온 뒤 홀로…… 스카이 콩콩을 탔다.

달
려
라,
아
비

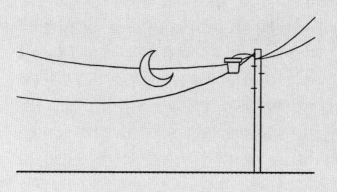

내가 씨앗보다 작은 자궁을 가진 태아였을 때, 나는 내 안의 그 작은 어둠이 무서워 자주 울었다. 그러니까 내가 아주 작았던 시절 — 조글조글한 주름과 작고 빨리 뛰는 심장을 가지고 있었던 때 말이다. 그때 나의 몸은 말〔言〕을 몰라서 어제도 내일도 갖고 있지 않았다.

말을 모르는 몸뚱이가 세상에 편지처럼 도착한다는 것을 알려준 것은 나의 어머니였다. 어머니는 나를 어느 반지하방에서 혼자 낳았다. 반지하 안으로 사포처럼 반짝이는 햇빛이 빳빳하게 들어오던 여름날이었다. 그때 윗도리만 입은 채 방안에서 버둥거렸던 어머니는 잡을 손이 없어 가위를 쥐었다. 창밖으로는 어디론가 걸어가고 있는 사람들의 다리가 보였고, 죽고 싶다는 생각이 들 때마다 어머니는 가위로 방바닥을 내리찍었다. 한참 시간이 지난 뒤, 어머니는 가위로 자기 숨을 끊는 대신 내 탯줄을 잘라주었다. 막 세상 밖으로 나온 나는, 갑자기 어머니의 심장소리가 들려오지 않았기 때문에 정적 속에서 귀가 먹는줄 알았다.

태어나 처음 본 빛은 딱 창문 크기만 했다. 그래서 나는 그것이 우리들 바깥에 존재한다는 것을 깨달았다.

그때 아버지가 어디 계셨는지 기억나지는 않는다. 아버지는 항상 어딘가에 계셨지만 그곳이 여기는 아니었다. 아버지는 언제나 늦게 오거나 오지 않았다. 어머니와 나는 펄떡이는 심장을 맞댄 채 꼭 껴안고 있었다. 어머니는 발가벗은 채 심각한 얼굴을 하고 있는 내 얼굴을 큰 손으로 몇번이나 쓸어주었다. 나는 어머니가 좋았지만 그것을 무어라 표현해야 할지 몰라 자꾸만 인상을 썼다. 나는 내가 얼굴 주름을 구길수록 어머니가 자주 웃는다는 것을 깨달았다. 그때 나는 사랑이란 어쩌면 함께 웃는 것이 아니라 한쪽이 우스워지는 것일지도 모른다고 생각했다.

어머니는 잠이 들었다. 나는 외로워졌다. 세상은 조용했고 햇빛은 헤어진 애인이 보내온 예의바른 편지처럼 여전히 저쪽 방바닥 위에 놓여 있었다. 예의바름, 그것은 태어나 내가 세상에 대해 느낀 최초의 불쾌(不快)였다. 나는 주머니가 없어 주먹을 쥐었다.

*

내겐 아버지를 상상할 때마다 항상 떠오르는 장면이 있다. 그것은 아버지가 어딘가를 향해 열심히 뜀박질하는 모습이다. 아버지는 분홍색 야광 반바지 차림에 여위고 털 많은 다리를 가지고 있다. 허리를 꼿꼿이 편 채 무릎을 높이 들고 뛰는 아버지의 모습은 누구도 신경쓰지 않는 규칙을 엄수하는 관리의 얼굴처럼 어딘가 우스꽝스러워 보인다. 내 상상 속의 아버지는 십수년째 쉬지 않고 달리는 중인데, 그 표정과 자세는 늘 변함이 없다. 아버지는 벌게진 얼굴 위로 황니를 드러내며 웃고 있다. 그것은 마치 누군가 아버지 얼굴 위에 일부러 붙여놓은 못 그린 그림 같다.

나는 아버지뿐 아니라 운동 중인 모든 사람에게 우스꽝스러운 면이 있다고 생각했다. 동네 공원에서 소나무에 대고 배치기를 하는 아저씨나, 손뼉 치며 걷는 아주머니들을 볼 때마다 내가 괜히 부끄러워지는 것도 그런 이유에서였다. 하지만 그들은 언제나 진지하고 열성적이었다. 마치 건강해지기 위해서는 조금씩 우스워져야 된다는 듯이.

나는 아버지가 뛰는 장면을 한번도 본 적이 없다. 그런데도 내게 아버지는 항상 달리는 사람이었다. 그것은 오래전 어머니가 내게 들려준 이야기 때문에 생긴 환상일지도 모른다. 내가 그 이야기를 처음 들었을 때 어머니는 가랑이 사이에 빨래판을 놓고, 거품이 무럭 나는 빨랫감을 힘차게 문지르고 있었다. 어머니는 빨래를 빠는 동안 연신 씩씩거렸기 때문에 화난 사람처럼 보였다.

아버지는 어머니를 위해 한번도 뛴 적이 없었다고 한다. 아버지는 어머니가 헤어지자고 했을 때도, 보고 싶다고 했을 때도, 나를 낳았을 때도 뛰어오지 않은 사람이었다. 사람들은 아버지를 양반이라고 불렀지만 어머니는 아버지를 바보라고 생각했다. 만일 어머니가 아버지를 오늘까지만 기다리겠다고 마음먹었다면, 아버지는 항상 그 다음 날 오는 사람이었다. 아버지는 늦게 왔지만 수척해진 모습으로 나타났다. 어머니는 이 주눅든 지각생의 눈빛 때문에 항상 먼저 농담을 건네던 여자였다. 아버지는 변명하지도, 큰소리치지도 않았다. 그저 마른 입술과 새까매진 얼굴을 가지고 '왔을' 뿐이다. 상상하건대 어쩌면 아버지는 거절을 두려워하는 사람이었는지도 모른다. 미안해서 못 오는 사람, 미안해서 자꾸 더 미안해해야 되는 상황을 만드는 사람. 나중에는 정말 미안해진 나머지 못난 사람보다는 나쁜 사람이 되겠다고 결심한 사람. 하지만 나는 아버지가 나쁜 사람이고 싶었을 만큼 착한 사람이 아니었을 거라고 짐작한다. 아버지는 자신이 잘못하고도 다른 사람이 미안한 마음이 들게 하는 진짜 나쁜 사람이었을지도 모른다. 나는 지금도 세상에서 가장 나쁜 사람은, 나쁘면서 불쌍하기까지 한 사람이라고 생각한다. 나는 아버지가 어떤 사람이었는지 알 수 없다. 아버지가 남기고 간 것은 몇몇 사실들뿐이다. 사실만큼 그 사람을 잘 말해주는 것이 없다면 아버지는 분명 나쁜 사람이지만, 그게 아니라면 아버지는 내가 아직 모르는 사람이다. 아무튼 중요한 건 그렇게 느렸던 아버지가 단 한번 세상에 온힘을 다해 뛴 적이 있었다는 점이다. 아버지가 돈을 벌겠다고 상경한 지 몇달 되지 않았을 때의 일이다.

아버지는 상경 후 가구공장에 취직했다. 지금 생각해보면 아버지 같은 사람이 돈을 벌겠다고 고향을 떠날 생각을 했다는 게 이상하게 여겨진다. 하지만 아버지는 그때 많은 사람이 가는 쪽으로 갔을 뿐이다. 그곳에서 아버지는 간간이 어머니와 편지를 주고받았다. 항상 더 많이 쓰는 쪽은 아버지였는데, 어머니가 혼자 상경한 아버지에게 화가 나 있었기 때문이다. 그러던 어느날 어머니가 아버지의 셋방에 찾아왔다. 늘 사이가 나빴던 외할아버지와 대판 싸운 뒤 감행한 가출이었다. 어머니는 편지봉투에 적힌 주소 하나만 가지고 미로같이 구불구불한 길을 더듬어 아버지가 세든 방을 찾아냈다. 갈 곳도 없고 며칠만 있을 요량이었다. 그러나 아버지의 요량이 같을 리는 없었다. 아버지는 어머니가 올라온 그날부터 어머니에게 끝없는 구애를 하기 시작했다. 젊은 피에 좋아하는 처녀와 한방에서 떨어져 잤으니 그럴 법도 했다. 아버지의 애원과 짜증과 허세는 며칠 동안 반복되었다. 그러자 어머니도 아버지가 가여운 생각이 들었고, 어쩌면 그날만은 '평생 이 남자의 하중을 견디며 살아보고 싶다'는 생각을 했는지도 몰랐다. 결국 어머니는 아버지를 허락했다. 단, 지금 당장 피임약을 사와야만 한이불을 덮겠다는 단서를 달고.

아버지가 뛴 것은 그때부터였다. 아버지는 달동네 맨 꼭대기에서부터 약국이 있는 시내까지 전속력을 다해 뛰었다. 오줌 마려운 듯 벌게진 얼굴로 아버지는 입이 찢어져라 웃었고, 아버지를 보고 놀란 개가 짖자 온 동네 개들이 일제히 짖어대기 시작했다. 아버지는 뛰고 또 뛰었다. 상기된 얼굴로 장발을 휘날리며, 계단을 넘고, 어둠을 가르며 바람보다 빨리. 아버지는 허겁지겁 뛰어가다 연탄재에 발이 걸려 넘어지고 말았다. 온몸에 하얀 재를 뒤집어쓴 아버지는 그 즉시 벌떡 일어나, 지금 달려가는 곳이 훗날 어디로 향하게 될지 모른 채 죽어라 뛰어갔다.

……아버지 생애, 그때만큼 빨리 뛰어본 적이 있을까? 나는 아버지가 어머니를 안기 위해 달동네를 단숨에 뛰어내려가는 상상을 할 때마다, 아무것도 보지 못하고 들리지 않았을 아버지에게 "아빠! 보기보다 잘 뛰네?!"라고 소리치고 싶어진다.

아버지는 그날 너무 급하게 달려오느라 피임약의 복용법도 자세히 알아오지 않았다고 한다. 어머니는 하얀 재를 뒤집어쓰고 온 아버지에게 몇알씩 먹는 게 맞는지 물었고, 아버지는 "두알이라고 했던 거 같은데……"라고 말하며 머리를 긁적거렸다. 어머니는 그후 몇달간 피임약을 하루 두알씩 꼬박꼬박 챙겨먹었다고 한다. 그 몇달간 하늘이 노랗고 구역질이 나는 게 어쩐지 이상했다고. 그랬던 어머니가 약사에게 물어 피임약을 한알로 줄이고, 양동이에 언 물을 깨뜨려 달빛으로 뒷물을 하고, 그 차가움에 소스라치며 약 먹는 걸 까먹기도 했던 어느날. 어머니는 임신을 했고, 아버지는 어머니의 부풀어오르는 배를 보고 얼굴이 점점 하얘지다가, 아버지가 되기 전날 집을 나가 그후로 다시는 돌아오지 않았다.

달리기는 시대와 장소를 불문하고 가장 인기있는 스포츠라고 한다. 달리기는 심폐계에 적절한 자극을 주어 심폐지구력을 향상시킬 수 있는 전신운동으로, 걷기와 뛰기의 복합된 형태로 이루어졌다고 한다. 달리기는 특별한 기술이나 고도의 스피드를 필요로 하지 않으며, 장소나 기후에 구애받지 않는다는 장점이 있다고 한다. 그리고 무엇보다도 달리기는 강한 지구력을 필요로 하는 운동이라고 한다. 다른 것은 잘 모르겠다. 다만 나를 떠난 사람이, 나를 떠난 곳에서 오래 달리고 있는 이유를, 그 힘을 어떻게 받아들여야 할지 모르겠다.

아버지는 달리기를 하러 집을 나갔다. 나는 그렇게 믿기로 했다. 전쟁터에 나간 것도, 다른 아내를 원한 것도,

어느 나라 사막에 송유관을 묻으러 간 것도 아니라고. 다만 집을 나갈 때 시계는 챙겨가지 않은 모양이라고.

내겐 아버지가 없다. 하지만 여기 없다는 것뿐이다. 아버지는 계속 뛰고 계신다. 나는 분홍색 야광 반바지 차림의 아버지가 지금 막 후쿠오카를 지나고, 보르네오섬을 거쳐, 그리니치천문대를 향해 달려가고 있는 모습을 본다. 나는 아버지가 지금 막 스핑크스의 왼쪽 발등을 돌아, 엠파이어스테이트빌딩의 백십번째 화장실에 들러, 이베리아반도의 과다라마산맥을 넘고 있는 모습을 본다. 나는 깜깜한 어둠속에서도 아버지의 모습을 잘 식별할 수 있는데, 아버지의 야광 바지가 언제나 반짝이고 있기 때문이다. 아버지는 뛴다. 물론 아무도 박수쳐주지는 않았을 거다.

*

어머니는 농담으로 나를 키웠다. 어머니는 우울에 빠진 내 뒷덜미를 재치의 두 손가락을 이용해 가뿐히 잡아올리곤 했다. 그 재치라는 것이 가끔은 무지하게 상스럽기도 했는데, 내가 아버지에 대해 물을 때 그랬다. 아버지가 나에게 금기는 아니었다. 다만 우리에게 중요한 문제가 아니라 자주 언급되지 않았을 뿐이다. 그래도 어머니는 가끔 지루한 내색을 보였다. 어머니는 "내가 느이 아버지 얘기 몇번이나 해준 거 알아 몰라?"라고 물었다. 나는 주눅이 들어 "알지……"라고 대답했다. 그러면 어머니는 시큰둥하게 "알지는 털 없는 자지가 알지고"라고 대꾸한 뒤 혼자서 마구 웃어댔다. 그때부터 나는 무언가를 '안다'라고 말하는 것은 음란한 일이라고 생각하게 되었다.

어머니가 내게 물려준 가장 큰 유산은 자신을 연민하지 않는 법이었다. 어머니는 내게 미안해하지도, 나를 가여워하지도 않았다. 그래서 나는 어머니가 고마웠다. 나는 알고 있었다. 내게 '괜찮냐'고 물어보는 사람들이 정말로 물어오는 것은 자신의 안부라는 것을. 어머니와 나는 구원도 이해도 아니나 입석표처럼 당당한 관계였다.

어머니는 내가 성적인 질문을 할 때도 매번 멋지게 대답해주었다. 아버지가 없는 나는 궁금한 게 많았다. 한번은 교통사고로 다리를 절게 된 아저씨를 보고 "저 아저씨는 부부관계를 어떻게 할까?"라고 물은 적이 있다. 어머니는 나를 한번 흘겨보더니 "다리로 하냐?"라고 퉁명스럽게 대답했다.

내가 막 젖멍울이 생기기 시작했을 때도 어머니가 보여준 것은 걱정이 아니라 웃음이었다. 어머니는 나와 팔짱을 끼는 척하면서 팔꿈치로 내 젖가슴을 쿡쿡 찔러대곤 했다. 그때마다 나는 소리를 지르며 도망쳤지만 그때 내 가슴에 퍼지던 가볍게 아린 느낌이 좋다고 생각했다.

세상에 나말고 어머니의 매력을 알고 있는 사람이 딱 한명 있었다. 그 사람은 어머니와 죽을 때까지 사이가 좋지 않았던 외할아버지였다. 외할아버지에 대해 기억나는 것은 별로 없다. 아버지가 없는 내게 말 한마디 걸어오지 않았다는 것과, 평소 어머니 욕을 찢어지게 보고 다녔다는 것이 전부이다. 나는 잘생긴 외할아버지에게 호감이 있었지만 외할아버지는 평소 나를 쓰다듬어주지도, 혼내지도 않았다. 어쩌면 외할아버지에게는 내가 너무 작아 보이지 않았던 것일지도 모른다. 그런데 한날 외할아버지가 내게 말을 걸어왔다. 양귀비를 달여 드신 후 기분이 좋아지셨을 때였다. 외할아버지는 나를 빤히 쳐다보다 갑자기 "니가 누구 딸이냐?" 물으셨다. 나는 큰 소리로 "조자옥이 딸이오!"라고 대답했다. 외할아버지는 못 들으신 척 다시 "니가 누구 딸이냐?"라고 물으셨다. 나는 아까보다 더 큰 소리로 "조자옥이 딸이오!"라고 소리쳤다. 외할아버지는 귀가 먹은 듯 다시 "잉? 니가 누구 딸이라구?" 능청스럽게 물으셨고, 나는 신이 나서 펄쩍펄쩍 뛰며 "조자옥! 조자옥이 딸이오!"라고 온힘을 다해 소리쳤다. 나는 유년의 콘크리트 마당 안에서 언제까지고 그렇게 소리칠 수 있을 것만 같았다. 외할아버지는 그제야 "아아, 니가 자옥이 딸이구나?" 하며 울적한 표정을 지으셨다. 그러곤 갑자기 "그년이 얼마나 드센 년인지 아냐?"며 역정을 내셨다. 외할아버지는 나를 앞에 앉혀놓고 내 어머니의 어릴 적 비행에 대해 낱낱이 폭로하기 시작했다. 나는 큰 눈을 끔벅이며 외할아버지의 말씀을 열심히 경청하곤 했다. 외할아버지는 몇번이나 우리 어머니 흉을 봤는데, 그때마다 툭하면 대들고 악악댔던 어머니에 비해 유순한 큰이모가 얼마나 좋은 딸이었는가에 대해서도 빼놓지 않고 말씀하셨다.

반대로 어머니가 내게 가장 많이 한 말 중 하나는 '사람은 가정환경을 잘 타고나야 된다'는 것이었다. 어머니는 자기가 외할아버지와 싸운 뒤 집을 나오지만 않았어도 팔자가 달라졌을 거라고 했다. 그때마다 나는 외할아버지 앞에 있을 때와 마찬가지로 눈까풀을 깜빡거리며 얌전히 앉아 어머니의 하소연을 경청했다.

그후 두 사람이 서로 얼마나 미워했는가를 떠나, 혼자 아이를 낳은 어머니를 외할아버지가 얼마나 멸시했고, 외할머니에게 첩의 빤쓰를 빨게 한 외할아버지를 어머니가 얼마나 경멸했는지를 떠나, 내가 외할아버지를 인정하는 이유는 딱 하나다. 그것은 외할아버지가 돌아가시기 며칠 전 어머니에게 던진 한마디 말 때문이다.

그러니까 그날, '우연히 들른' 사람치고는 너무 오래 앉아, 사소한 트집을 잡고 끊임없이 잔소리하던 외할아버지는 세상 모든 참견을 다 하다 더이상 참견할 것이 없자 어머니의 침묵 앞에서 난처해하셨다. 그러곤 뭔가 화제를 궁리하다 다시 착한 큰이모와 어머니를 비교하는 말씀을 일장 늘어놓으셨다. 온갖 욕을 다 쏟아낸 뒤, 어머니의 침묵 앞에서 또 한번 당황한 외할아버지는, 다 마신 주스 컵을 만지작거리다 결국 모자를 집고 일어나셨다. 어머니와 나는 형식적인 배웅을 했다. 그런데 대문 앞에서 한참을 망설이던 외할아버지가, 조그맣고 당당한 자신의 등짝 너머로 이상한 말씀을 던지며 사라지셨다.

"그래도 내가 연애를 하면 작은 년이랑 하지, 큰 년이랑 은 안 한다."

외할아버지는 며칠 후 돌아가셨다. 나는 외할아버지가 내 어머니의 매력을, 그 작은 비밀을 알고 계셨던 사람이라고 생각한다. 외할아버지가 돌아가셨으니 이제 그걸 알고 있는 사람은 나만 남았다.

*

어머니는 택시기사다. 처음에 나는 어머니가 택시기사를 직업으로 택한 이유가 서울 곳곳을 누비며 나를 감시하기 위해서일 것이라고 생각했다. 그러다 또 어느날은 어머니가 택시를 모는 진짜 이유는 아버지보다 빨리 달리기 위해서일지도 모른다고 추측했다. 나는 달리는 아버지와 어머니가 앞서거니 뒤서거니 하며 나란히 질주하는 모습을 상상한다. 십수년의 원망을 안고 가속페달을 세게 밟는 어머니의 얼굴과 거처를 들킨 아버지의 표정이 내 머리 위를 수선스럽게 뛰어다닌다. 어머니는 아버지를 붙잡는 대신, 아버지보다 더 빨리 달리는 것만으로 복수했다고 생각하는지도 몰랐다.

어머니는 택시 운전을 힘들어했다. 박봉, 여자 기사에 대한 불신, 취객의 희롱. 그래도 나는 어머니에게 곧잘 돈을 달라고 졸랐다. 이렇게 어려운 상황에 새끼가 속도 깊고 예의까지 발라버리면 어머니가 더 쓸쓸해질 것 같아서였다. 어머니 역시 미안함에 내게 돈을 더 준다거나 하는 일 따윈 하지 않았다. 어머니는 내가 달라는 만큼만 돈을 줬지만, "벌면 다 새끼 밑구멍으로 들어가 내가 맨날 씨발, 씨발하면서 돈 번다"는 생색도 잊지 않았다.

그날도 평소와 다름없는 날이었다. 나는 텔레비전을 켠 채 밥을 먹는다는 이유로 밥상 앞에서 어머니에게 잔소리를 들었고, 지난밤 손님과 말다툼을 한 어머니의 하소연을 묵묵히 들어야 했다. 이야기 도중 흥분한 어머니가 숟가락을 거칠게 내려놓으며 "씨발, 내가 그렇게 잘못했냐?"라고 동의를 구할 때 맞장구를 쳐야 했고, 운동화를 꺾어신으며 어머니에게 만원을 어디에 쓸지 해명해야 했다. 학교에선 책상에 반쯤 누워 침을 삼킬 때마다 꿀렁이는 교생 선생의 목울대를 멍하니 바라봤다. 아버지가 없는 아이라고 해서 특별히 나쁠 것도 다를 것도 없는 하루였다. 문제는 집에 돌아왔을 때 생겼다.

어머니는 방 한가운데 어두운 표정으로 앉아 있었다. 어머니의 손에는 한장의 편지가 들려 있고, 방바닥에는 아무렇게나 뜯은 편지봉투가 널브러져 있었다. 예전에 어머니가 수차례 가위로 찍어내렸던 방바닥 위였다. 나는 봉투에 적힌 주소를 보고 그것이 항공우편이라는 것을 알았다. 어머니는 해독할 수 없는 그러나 이상한 예감으로 가득 찬 편지 앞에서 답답한 촌부의 얼굴을 하고 있었다. '대체 언제부터 저러고 있었던 걸까?' 나는 편지를 낚아챘다. "뭐야?" 어머니는 내 얼굴을 빤히 쳐다봤다. 편지는 모두 영어로 씌어 있었다. 나는 어머니 앞에서 체면을 차리며 더듬더듬 편지를 해석해나갔다. 처음엔 무슨 뜻인지 이해할 수 없었지만, 편지를 두세 번 읽어본 뒤 그것이 우리에게 매우 중요한 소식을 전하고 있다는 것을 깨달았다. "뭐래?" 어머니가 물었다. 나는 마른침을 한번 삼킨 뒤 답했다. "아버지가 죽었대." 어머니는 세상에서 가장 어두운 얼굴로 나를 바라봤다. 나는 내가 그런 표정을 지어 보일 때 어머니가 늘 그래줬듯이, 뭔가 재치있는 말을 하고 싶었지만 마땅한 농담이 떠오르지 않았다.

*

말하자면 아버지가 돌아온 것이다. 십수년 만에 우편을 타고 가뿐하게. 의도를 알 수 없는 선의(善意)처럼, 종지감

없는 연극이 끝난 뒤에 터지는 어정쩡한 박수처럼 아버지는 돌아왔다. 낯선 억양의 인사를 건네며 돌아온 부고(訃告). 그때까지도 나는 아버지가 그렇게 세계 곳곳을 달린 이유가 결국 우리에게 당신의 죽음을 알리기 위해서가 아니었을까 생각했다. 당신이 죽었다고 말하기 위해 먼 곳을 돌고 돌아 여기까지 온 게 아니었을까 하고. 하지만 아버지는 지금까지 세계를 뛰어다닌 것이 아니라 미국에 살고 계셨다.

편지는 아버지의 자식이 보내온 것이었다. 나는 이불 속에서 사전을 찾아가며 편지를 꼼꼼히 해석했다. 편지의 내용은 다음과 같았다. 아버지는 미국에서 결혼을 했다. 나는 이 대목에서 조금 놀랐다. 아버지가 애초에 가정을 원하지 않은 남자가 아니었다면 어머니를 버린 이유를 납득할 수 없어서였다. 아마도 새 배우자를 정말 사랑했거나 미국이 여기보다 도망치기 쉬운 나라가 아니었기 때문인지도 모른다. 몇년 후 아버지는 이혼했다. 구체적인 사유는 씌어 있지 않았지만 아마도 아버지의 무능 때문이 아니었을까 싶다. 부인은 위자료를 요구했다. 한푼도 없던 아버지는 주말마다 부인의 집에서 잔디를 깎겠다고 말했다. 나는 '미국에선 잔디를 깎지 않으면 이웃에게 신

고를 당할 수 있다'는 기사를 읽은 것을 떠올렸다. 부인은
곧 운동장만 한 잔디밭을 가진 사내와 결혼했다.

약속대로 아버지는 주말마다 그 집의 초인종을 눌렀
다. 아버지는 감시카메라 앞으로 얼굴을 바짝 내밀며 "헬
로우" 인사한 뒤, 잔디를 깎으러 그 집 정원 안으로 타박
타박 걸어들어갔을 것이다. 상상하건대 부인이 새 남편과
거실에서 다정하게 맥주를 마시는 동안 아버지는 바깥에
쭈그리고 앉아 잔디깎이 기계를 손봤을 거다. 처음에 부
인과 남자는 아버지를 불편해했을지도 모른다. 하지만 그
녀는 남편에게 "신경쓰지 말아요, 존"이라고 했을지 모르
고, 아버지는 점점 없는 사람이 되어갔을 것이다. 아버지
는 거실의 투명한 유리벽 너머로 부부가 서로를 껴안을
때마다 시끄러운 엔진소리를 내며 그 앞을 왔다갔다했다.
우리에게 편지를 보내온 그 친구가, 타국에 있는 아버지
의 유족에게 웃음을 주고 싶어서 한 말이 아니라면, 아버
지는 정말 그랬다고 한다. 나는 그런 시시콜콜한 이야기
까지 자세하게 적어보낸 아버지의 자식이 도대체 어떤 자
식인지 궁금했다. 분명 아버지를 닮아 생각이 없는 게 분
명했다. 나는 부부가 거실에서 나눴을 정사를 상상했다.
통유리 앞에 달싹 붙은 그녀의 젖꼭지와 입김, 그리고 다

급히 내려가는 블라인드. 먼 곳에서 찌푸린 눈으로 그곳을 바라보다 부르릉 잔디깎이 기계를 몰며 전투적으로 돌진했을 아버지. 그러나 더 나가지 못한 채 그저 그 앞에서 초조하게 왔다갔다했을 아버지. 참다못한 부인은 아버지에게 최신식 자동 가솔린 기계를 선물했다고 한다. 그런데도 아버지는 창고에 있는 구식 잔디깎이를 고집했다. 그것은 언제나 굉장한 소음을 내며 정원을 돌아다녔다.

그러던 어느날 아버지가 부인의 새 남편과 싸움이 붙었다. 남자가 아버지가 잔디 깎는 방식에 대해 참견하기 시작하면서 생긴 다툼이었다. 아버지는 대꾸 않고 죽어라 잔디를 깎았다. 그런데도 남자의 잔소리는 계속됐고 급기야는 언성을 높이며 온갖 욕을 해대기 시작했다. 순간 묵묵히 잔디를 깎던 아버지는 칼날이 무섭게 돌아가는 구식 잔디깎이를 들고 그에게 돌진했다. 남자는 파랗게 질린 얼굴로 잔디밭에 쓰러진 채 바들바들 떨었다. 내 생각에 아버지가 그 사람을 해칠 생각은 없었던 것 같다. 그런데 운 나쁘게도 부인의 남편이 상처를 입었다. 그러자 이번엔 아버지가 당황했다. 피를 본 남자는 이성을 잃은 채 온갖 악담을 퍼부었고 결국 아버지를 경찰에 신고했다. 순간 겁이 난 아버지는 어쩔 줄 몰라하다 창고로 달려갔다. 아버지는 창고 구석에 있는 새 잔디깎이 기계를 발견했다. 아버지는 서부의 총잡이처럼 잔디깎이 기계에 펄쩍 올라탔고 두근거리는 가슴으로 시동을 켠 뒤, 창고를 박차고 나와 도로를 질주하기 시작했다. 아버지는 잔디깎이 기계가 낼 수 있는 최고의 속도로 도망쳤다. 아버지가 지나는 곳마다 푸른 잔디 가루들이 싱그런 풀냄새를 뿌리며 흩날렸다. 그런데 아버지는, 어디로 가려 한 것이었을까?

편지는, 아버지가 도로에서 교통사고를 당해 죽었다는 말로 끝맺었다. 아버지의 자식은 가족들이 아버지의 죽음을 진심으로 슬퍼하고 있으며, 장례는 공동묘지에서 조용하게 치러졌다고 전해주었다. 그러곤 유감스럽게도 자신은 아버지를 별로 좋아하지 않는다고 했다. 어릴 때 텔레비전 앞에 자기를 놔둔 채 직장에 나갔던 아버지를 온종일 기다리며 자랐다고. 아버지가 이혼을 당한 뒤에도 주말마다 아버지를 기다렸고, 지금은 자신이 아버지를 잊을 수 있기를 기다린다고 했다. 그는 한번도 만난 적 없는 이국의 이복형제인 나에게 다음과 같은 말을 전했다.

'언제나 아버지를 기다리며 자랐던 저는, 기다리는 일이 얼마나 고통스러운 일인가에 대해 알고 있습니다. 그

래서 아버지의 유품에서 찾아낸 당신들의 주소 앞으로 어
머니 모르게 편지를 보냅니다.'

……모두 거짓말 같았다.

하지만 정작 거짓말을 한 것은 나였다. 나는 어머니에
게 아버지가 교통사고를 당했다고 했지만, 그것이 어떤
교통사고였는지 말하지 않았다. 어머니는 "그런데 편지
가 왜 그렇게 기냐"고 물었다. 나는 "영어는 같은 말이라
도 한국어보다 더 길어"라고 둘러댔다. 어머니는 또 다른
말은 없냐고 물었다. 아버지가 어떻게 살았는지, 누구랑
살았는지, 정말 다른 말은 없는지…… 하지만 그것은 아
무도 모르는 일이었다. 어머니는 그날 밤, 아버지가 왜 집
을 나갔는지 묻고 싶었을 것이다. 하지만 그것만은 또 절
대 물어보고 싶지 않았을지도 몰랐다. 어머니의 침울한
표정을 보자 울컥하니 신경질이 났다. 나는 나도 모르게
"아버지가……"라고 말했다. 어머니가 매맞은 강아지 같
은 표정으로 나를 쳐다봤다. "아버지가…… 미안하대. 평
생 미안해하며 살았대. 이 사람 말로는." 어머니의 눈망울
이 흔들렸다. 나는 내친 김에 한마디 더 했다. "그리고 엄
마, 그때 참 예뻤대……" 어머니는 떨리는 목소리로 물었

다. "어느 부분에?" 나는 편지를 훑는 시늉을 하다 '아버지는 어머니의 집에 와서 매주 잔디를 깎았습니다'라는 부분을 짚어주며 어머니에게 말했다. "여기." 어머니는 울 것 같은 표정으로 그 부분을 한참 동안 들여다보더니 손으로 곱게 매만졌다. 그때 나는 농담 잘하고 씩씩한 내 어머니가, 한번도 울어본 적 없으나 성대가 부어 있을 거라는 생각을 처음으로 했다.

그날 어머니는 새벽까지 들어오지 않았다. 나는 턱 밑까지 이불을 끌어올린 채 가만히 누워 아버지를 생각했다. 아버지의 생활, 아버지의 죽음, 아버지의 잔디깎이, 뭐 그런 것들. 그런데 아버지는 아직도 내 머릿속을 뛰어다니고 있었다. 너무 오랫동안 그래온 모습이라 잘 지워지지 않는 모양이었다. 그런데 갑자기, '나는 결국 용서할 수 없어 상상한 것이 아닐까' 하는 생각이 들었다. 내가 아버지를 계속 뛰게 만드는 이유는, 아버지가 달리기를 멈추는 순간, 내가 아버지에게 달려가 아버지를 죽여버리게 될까봐 그런 것은 아니었을까 하고. 그러자 갑자기 나는 서러워졌고, 그 서러움이 나를 속이기 전에 빨리 잠들어야겠다고 생각했다.

*

　어머니는 택시요금 할증이 다 풀릴 즈음이 되어서야 들어왔다. 나는 딸의 잠을 깨우지 않으려, 불도 못 켜고 조심스레 옷을 벗는 어머니를 상상했지만, 어머니는 발로 나를 툭툭 차며 외쳤다. "야! 자냐?" 나는 이불 밖으로 고개를 내밀며 말했다. "미쳤어? 택시기사가 무슨 음주운전이야?" 어머니는 아무 말 없이 상긋 웃더니 이불 위로 고꾸라졌다. 어머니는 누군가의 말아쥔 주먹처럼 몸을 아주 작게 구부렸다. 나는 어머니에게 이불을 덮어줄까 하다가 그냥 그대로 놔두었다. 얼마 후 어머니는 추웠는지 스스로 이불 안으로 기어들어왔다.

　어둠속 어머니의 숨소리가 점점 잦아들었다. 어머니한테 얼핏 담배 냄새가 났다. 나는 왠지 모르게 골이 나서 '아주 나쁜 엄마군!'이라고 생각하며 팔짱을 꼈다. 어머니는 내게서 등을 돌린 채 새우잠을 잤다. 나는 똑바로 누워 천장을 바라봤다. 아주 긴 고요가 어머니의 숨소리를 쓰다듬었다. 그런데 자고 있는 줄 알았던 어머니가 갑자기 입을 열었다. 어머니는 작게 움츠러든 몸을 더욱 안으로 말며, 죽은 아버지에 대한 원망도, 무엇도 없는 낮은 목소리로 이렇게 말했다.

"잘 썩고 있을까?"

　　그날 밤 뜬눈으로 밤을 지새웠다. 나는 천장을 바라보며 내가 상상했던 아버지의 모습을 하나씩 떠올려봤다. 후쿠오카를 지나, 보르네오섬을 건너, 그리니치천문대를 향해 가는 아버지. 스핑크스의 발등을 돌아, 엠파이어스테이트빌딩을 거쳐, 과다라마산맥을 넘는 아버지. 웃으면서 달리는 아버지. 달리는 걸 좋아하는 아버지. 그러다 문득, 아버지가 그동안 언제나 눈부신 땡볕 아래서 뛰고 있었다는 사실을 깨달았다. 오랫동안 나는, 아버지에게 야광 반바지도 입혀드리고, 밑창이 말랑말랑한 운동화도 신겨드리고, 바람이 잘 통하는 셔츠도 입혀드리고, 달리기에 필요한 모든 것을 상상해왔다. 그런데 그중 선글라스를 씌워드릴 생각을 한번도 하지 않았다는 게 이상하게 여겨졌다. 아버지가 비록 세상에서 가장 시시하고 초라한 사람이라고 할지라도——그런 사람도 다른 사람들이 아픈 것은 같이 아프고, 다른 사람들이 좋아하는 것을 같이 좋아할 수 있다는 생각은 미처 못했다. 그러니 아버지는 내가 아버지를 상상했던 십수년 내내, 쉬지 않고 달리는 동안 늘 눈이 아프고 부셨을 거다. 그래서 나는 오늘밤 아버지의 얼굴에 선글라스를 씌워드리기로 결심했다. 나는 먼저 흐릿한 아버지의 얼굴을 떠올렸다. 아버지는 기대감에 부푼 얼굴로, 그러나 애써 내색하지 않으려는 듯 작게 웃고 있다. 아버지가 가만히 눈을 감는다. 마치 입맞춤을 기다리는 소년 같다. 그리하여 이제 나의 커다란 두 손이, 아버지의 얼굴에 선글라스를 씌운다. 그것은 아버지에게 썩 잘 어울린다. 그리고 이젠, 아마 더 잘 뛰실 수 있을 것이다.

누가 해변에서
함부로 불꽃놀이를 하는가

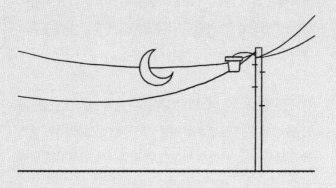

바람이 많이 불던 밤이었다. 바람이 많이 불어서, 무엇이든 묻고 싶은 밤. 뭐라도 묻지 않으면 누군가 굉장히 어려운 질문을 해올 것만 같은 —— 그날은 그런 바람이 불던 밤이었다.

　　나는 재래식 화장실에 앉아 식은땀을 흘리고 있었다. 다리 밑 까마득한 어둠 사이로 휘이 —— 바람이 지나갔다. 피로에 지친 여자의 미간처럼 좁은 등압선을 가진 바람이었다. 사람들은 그 바람이 북태평양에서 오는 바람이라고 했다.

　　나는 두 다리로 네모난 어둠을 간신히 딛고 있었다. 최근 아버지가 생일선물로 사준 새 신을 신고서였다. 발바닥이 땅에 닿을 때마다 반투명한 밑창에서 번쩍번쩍 빛이 나는 운동화였다. 전구 나간 화장실 안, 어둠속에서 빛나는 것이라곤 오직 그 푸른빛밖에 없었다. 운동화 주위로 날벌레가 모여들었다. 휘이 ─ 바람이 불었다. 내 사타구니 아래로 '북태평양'이 지나가는 것 같아 괜히 똥구멍이 시큰했다. 어두운 사각틀 위에 쭈그리고 앉아 나는 아버지와 함께했던 점심을 생각했다.

그날 오후 나는 아버지와 어느 식당에 앉아 있었다. 간판이라고는 나무판에 '복집'이라고 적힌 것이 전부인 허름한 가게였다. 아버지는 계속 그 집이 얼마나 유명한지 열심히 설명했지만, 손님이라고는 아버지와 나 둘밖에 없었다. 머리에 파마용 비닐을 뒤집어쓴 아주머니가 냄비를 들고 들어왔다. 아버지가 간장종지에 고추냉이를 풀었다. 우리는 마주보고 앉아 묵묵히 물 끓는 소리를 경청했다. 가족끼리 나누는 불친절이 이상하게 편안함을 주었고, 그것을 충분히 느끼라는 듯 국물은 최선을 다해 끓고 있었다. 아버지가 소매를 걷고 국자를 들었다. 국물 위로 배를 뒤집으며 동동 떠오르는 복어를 건져주며 아버지는 말했다.

"비싼 거다. 많이 먹어라."

냄비를 다 비울 때까지 우리는 서로 단 한마디도 하지

않고, 비지땀을 흘려가며 복어를 뜯었다. 식사 안에 깃든 어떤 순수한 집중이 부유하는 먼지들과 함께 빛나던 오후. 아버지는 물수건으로 얼굴을 닦아낸 뒤 마침내 입을 열었다.

"복어에는 말이다."

아버지가 입술에 침을 묻혔다.

"사람을 죽이는 독이 들어 있다."

"………"

"그 독은 굉장히 무서운데 가열하거나 햇볕을 쬐도 없어지지 않는다. 그래서 복어를 먹으면 짧게는 몇초, 길게는 하루 만에 죽을 수 있다."

나는 후식으로 나온 야쿠르트 꽁무니를 빨며 아버지를 멀뚱 쳐다봤다.

"그래서요?"

아버지가 말했다.

"너는 오늘 밤 자면 안 된다. 자면 죽는다."

짧은 정적이 흘렀다.

"뭐라고요?"

"죽는다고."

나는 아버지를 멍하니 바라보았다.

"아버지는요?"

"나는 어른이라 괜찮다."

나는 식탁 위에 수줍게 선 아버지의 야쿠르트를 바라봤다. 아버지는 주방에 커피를 시켰다.

"근데 왜 나한테 이걸 먹였어요?"

아버지가 잠깐 고민하는 듯하더니 답했다.

"네가…… 어른이 되어야 하기 때문이다. 아버지도 어릴 때 이걸 먹고 견뎌서 살아남았다."

"정말이요?"

"그럼."

아버지는 덧붙여 말했다.

"옆집 준구네 삼촌도…… 이걸 먹고 죽었다."

나는 준구네 삼촌이 사고로 죽었다는 말은 들었지만 그게 복어 때문인지는 몰랐다. 나는 진지하게 물었다.

"아버지, 전 이제 어떡하죠?"

아버지가 말했다.

"너는 오늘 밤 자면 안 된다. 자면 죽는다."

복집을 나서는 아버지의 발걸음은 느긋했다. 나는 야광 운동화를 꺾어신고 허둥지둥 아버지를 쫓아갔다. 그러곤 걷는 내내 아버지의 얼굴을 살폈다. 잘생기진 않았지만 거짓말할 사람의 얼굴은 아니었다. 아버지는 동네 사람들에게 사소한 참견과 인사를 건넸다. 그중 준구 엄마는 우리에게 "밤에 태풍이 온다 하니 장독을 덮고 빨래를 걷으라"고 충고했다. 나는 아버지를 따라가며 오늘 밤, 아버지에게 뭔가 물어야 하지 않을까 생각했다. 무엇인지는 모르겠지만 무엇이라도. 그러나 그 순간, 내가 아버지를 따라 졸래졸래 골목으로 사라지는 동안, 줄곧 내 발꿈치를 따라오는 하나의 환한 빛이 있었다는 사실을 나는 까맣게 잊고 있었다. 그러니 그때 누군가 나를 보았다면, 이제 막 아비를 따라 비행을 나서는 한마리 반디 같다고 했을지도 몰랐다.

*

집으로 돌아온 뒤 준구 엄마 말대로 장독 뚜껑을 덮고 빨래를 걷었다. 혹 다음 날 내가 잘못된다손 치더라도, 아버지가 여전히 새 옷을 입고, 된장을 먹을 수 있게 하기 위해서였다. 사실 예전에 나는 죽으려고 한 적이 한번 있었다. 아버지가 내게 시험지를 집어던지며 "이것도 점수냐, 머리는 얻다 쓰려고 달고 다니냐, 이럴 거면 당장 학교 때려치워라"라고 소리질렀을 때였다. 정말이지 그날은 살고 싶지 않았다. 그래서 숙제도 하지 않고 이불 위에 누위 그것을 꺼냈다. 그것은 포장용 김 안에 든 작고 흰 봉투였다. 봉투에는 '먹지 마시오'라는 문구가 씌어 있었다. 언제나 나로 하여금 뭔가 많은 생각을 하게 하는 문장이었다. 두근거리는 가슴으로 봉투를 찢자 투명한 모래알갱이 같은 것이 쏟아져나왔다. 그 알갱이를 혀끝에 두세알 묻힌 뒤 침을 삼켰다. 아무 맛도 나지 않았다. 나는 침착하게 이불을 뒤집어쓰고 눈을 감았다. 그리고 다음 날 눈을 떴을 때 아버지는 "왜 지금 일어났냐, 학교는 어쩌려고 그러냐, 공부도 못하는 게 잠만 많이 처잔다"며 고래고래 소리를 질렀다.

정말 폭풍이 오려는지 날이 흐렸다. 화장실에서 나와, 방 안에 웅크린 채 아버지를 기다렸다. 복어 때문에 자꾸 속이 메슥거리고 배가 알싸했다. 그런데도 화장실에만 가면 소식이 없었다. 변비가 있는 것도 아닌데 이상했다. 텔레비전 속 나이 많은 기상캐스터가 알 수 없는 그림과 기호를 가리키며 뭔가 열심히 설명했다. 고기압, 북태평양, 기류, 전선 뭐 그런 말들이었다. 평소 지구본을 즐겨본 덕에 나는 북태평양이 무엇인지 알고 있었다. 그것은 이곳에서 어마어마하게 먼 곳에 있는 어마어마하게 큰 바다였다. 나는 내가 맞는 이 바람이 그렇게 먼 곳에서 오는 바람이라는 게 믿기지 않았다.

아버지는 꽤 늦는 모양이었다. 나는 '아버지가 오면 가장 먼저 머리를 깎아달라고 해야지' 생각했다. 그런 뒤 이런저런 얘기를 시켜봐야지. 그러면 잠도 덜 오고 무섭지 않을 것이다.

아버지는 내가 태어났을 때부터 지금까지 내 머리를 잘라줬다. 딱히 기술이 좋은 건 아닌데 아버지가 이발하는 걸 매우 좋아했다. 아버지는 서툰 솜씨로 끙끙대며 한시간이 넘게 내 머리를 자르곤 했다. 덕분에 나는 몇년째 똑같은 모양의 머리를 하고 다녀야 했다. 아버지는 "부자끼리 정답고 얼마나 좋으냐"고 했지만 사실 돈을 아끼려고 그랬던 것 같다. 아버지는 공책만 한 거울이 달린 벽 앞에 나를 앉혀두고 정성스레 가위질을 했다. 그러곤 군대에서 자신이 이발병이었다며 늘 자랑하곤 했다. 나는 군대도 다녀오지 않은 아버지가 어떻게 이발병을 할 수 있었는지 의아했지만, 군말 없이 머리를 맡겼다. 머리를 깎는 동안 아버지가 들려주는 이야기가 좋았기 때문이다.

아버지는 밤 열시가 넘어서야 집에 왔다. 나는 아버지의 다리에 껌처럼 붙어 머리를 잘라달라 졸랐다. 아버지는 나를 이상하게 내려보더니, "자꾸 짜증나게 왜 그러냐"했다. 나는 "부자끼리 정답고 얼마나 좋냐"고 했다. 아버지는 잠시 갈등하다 점퍼를 옷걸이에 건 뒤, "알았다"고 했다.

*

"아버지, 나는 어떻게 태어났나요?"

"움직이지 마라."

차가운 가윗날이 귀끝을 스쳤다.

"그런 건."

아버지가 말했다.

"엄마에게나 물어보는 거다."

나는 의자에 앉아 조그만 거울을 바라봤다. 신문지를 뒤집어쓴 채 고개 숙인 내가 보였다. 작고 네모난 빗이 두피를 훑고 지나갔다. 아버지의 모습은 언뜻언뜻 비쳤다. 가위 쥔 손등이나 팔뚝, 옆구리만 비치는 식이었다. 나는 얼굴이 보이지 않는 아버지의 목소리를 들으며 노래하듯 물었다. 아버지, 아버지, 나는 어떻게. 집안 곳곳에서 바람 새는 소리가 들렸다. 먼 곳에서도 그보다 더 먼 곳에서도. 묻지 못하는 안부가 전해지는 그곳에서도. 바람이 불었다. 아버지, 아버지, 나는 어떻게.

"하지만, 엄마는…… 죽었잖아요."

아버지가 말했다.

"그랬지."

웅웅. 바깥에선 계속 바람이 불었다.

"궁금해요, 아버지. 나는, 어떻게."

아버지가 한숨을 쉬었다.

"말해줘도, 믿지 않을 거다."

"믿을게요, 아버지."

후드득. 신문 위로 머리카락이 쏟아졌다.

"고개 좀 숙여봐라."

아버지의 손등이 내 뒤통수를 지그시 눌렀다. 아버지의
한 손에는 작은 그릇이 들려 있었다. 그릇 안에는 비누거
품이 그득했다. 아버지는 두툼하고 부드러운 솔에 거품을
묻힌 다음 내 뒷덜미에 담뿍 발랐다. 간지러운 느낌 때문
에 고추 끝이 찡했다. 아버지가 속삭였다.

"이건."

아버지가 말했다.

"아직 아무에게도 말하지 않은 거다. 그러니까……"

"비밀요?"

"그래, 비밀."

나는 고개를 끄덕였다. 아버지는 한 손에 면도칼을 쥔 채 이야기를 시작했다.

"그러니까 내가 스무살 때였지……"

날카로운 면도날이 천천히 목 위를 미끄러져나갔다. 그래서 아버지의 이야기를 듣는 내내 내 몸에선 오소소 소름이 돋았다.

아버지의 여름은 어느 바다에서 시작된다. 아버지는 더벅머리에 빨간 사각팬츠를 입은 채 웃고 있다. 나는 그 웃음이 다신 볼 수 없는 사진처럼 느껴져 마음 아프다. 아버지는 훤칠하지만 몸에 근육이 하나도 없다. 그리고 저 다리는 어디서든 잘 도망치게 생겼다. 나는 착 달라붙은 팬츠 위로 튀어나온, 아버지의 그곳을 슬쩍 훔쳐본다. 작고 말캉한 그곳은 거짓말하는 사람의 얼굴처럼 천연덕스럽다. 내게 미소를 보여주려 잠시 멈춰 있던 아버지는 곧 친구들에게 달려간다. 아버지의 겨드랑이털에서 뚝뚝 소금물이 흐른다. 친구들의 얼굴은 내가 오래전 잡지에서 본 옛날 사람들을 닮았다. 그 어떤 선량함이, 그들이 옛날 사람이라는 것을 내게 알려준다. 모래 위로 찐감자와 오징어, 소주병이 보인다. 아버지는 감자를 우물거리며 어딘가를 계속 흘끔거린다. 저기 젖은 모래 위에서 두꺼비집을 짓고 있는 아가씨들이다. 그녀들은 짧고 통통한 허벅지에 살풋 나온 어여쁜 아랫배를 가지고 있다. 아버지는 아마도 그중 한 처녀, 저기 넓고 시원한 이마를 가진 처녀에게 마음이 끌렸으리라. 그녀는 당시 유행하던 양배추 모양의 수영모자를 쓰고 있다. 아버지의 친구들이 그녀들을 의식한다. 그녀들도 그걸 알지만 사내들보단 마음을 더 잘 숨긴다. 하하하하. 아버지와 친구들의 목소리가 난데없이 크다. 여자들이 이쪽을 흘끔 한번 쳐다본다. 하하하하. 사내들이 다시 웃는다. 사내들은 아가씨들과 합석할 수 있는 방법을 궁리하지만 떠오르는 것마다 마땅치 않다. 때마침 저쪽에서 아가씨 한명이 운다. 크고 시원한 이마를 가진 그 처녀다. 아가씨들이 그녀를 에워싸고 웅성거린다. 아버지와 친구들은 궁금해진다.

"가볼까?"

누군가 묻는다. 아버지 일행은 걱정스러운 척 아가씨들에게 다가간다. 아버지도 먹고 있던 찐감자를 손에 쥔 채 주춤 일어선다.

"무슨 일이에요?"

한 처녀가 대답한다.

"모르겠어요."

사내들은 모두 울고 있는 여자를 내려다본다. 여자의

몸 여기저기에 불긋한 두드러기가 나 있다. 여자는 겁에 질려 창백하다. 다른 처녀가 말한다.

"모래나 바닷물 때문인 것 같아요."

여자는 온몸이 가렵고 따끔거린다고 한다.

"약국은요?"

"너무 멀어요."

두드러기는 더 붉게 번지는 듯하다. 모두가 어찌할 줄 몰라 당황한다.

"어쩌죠."

아버지가 용기내어 말한다.

"괜찮다면 제가 어떻게 좀 해볼까요."

"어떻게요?"

아버지가 그녀 앞에 무릎 꿇는다. 그러고는 한 손으로 그녀의 팔을 가만히 들어올린다. 사람들이 기대와 의혹에 싸인 눈길로 아버지를 바라본다. 아버지는 숨을 크게 들이마시더니 손에 쥔 감자를 그녀의 팔에 비비기 시작한다. 사람들의 표정이 난감하다. 감자 부스러기가 지우개 가루처럼 파슬파슬 떨어져나온다. 아버지는 오랫동안 정성스럽게 여자의 팔을 마사지한다. 잠시 후 여자가 어머, 하고 외친다. 두드러기가 가라앉은 것이다.

"어머."

아버지가 말했다.

"그게 네 엄마가 내게 건넨 첫마디였지."

자신감을 얻은 아버지가 다소 과감하게 마사지의 범위를 넓힌다. 그러나 손끝은 여전히 바들거린다. 아버지의 손이 지나는 곳마다 여자의 가려움과 붓기는 사라진다. 여자는 계속 감탄하며 외쳐댄다. 어머, 어머.

"졸리니?"

"아니에요. 아버지, 계속하세요."

"첫날밤에도 네 엄마는."

아버지가 쑥스러운 듯 말했다.

"어머, 어머, 하고 미친 듯이 외쳤지."

나는 깜짝 놀라 물었다.

"뭐라고요?"

아버지가 면도칼을 바닥에 떨어뜨리며 말했다.

"아니다."

여름. 깊이를 알 수 없는 바다와 달빛. 그리고 두드러기 때문에 같이 놀게 된 무리가 있다. 모두 맨발이고, 모래를 밟을 때마다 전해오는 저릿함에 괜한 요의(尿意)를 느낀다. 그래서 아무것도 아닌 일에 과장되게 웃고, 서로의 호감을 사려는 어이없는 농담을 주고받는다. 청춘. 배고픈 듯 활짝 벌어진 동공들이 반딧불처럼 모래사장 위를 날아다닌다. 그들은 모두 알고 있다. 이렇게 두근거리는 순간일수록 모두에게 어떤 시치미를 뗄 만한 장난이 필요하다는 것을. 친구들은 아버지를 땅에 묻기로 한다. 아버지는 버둥대다 친구들의 손에 이끌려 모래 위에 뉘어진다. 하늘 위로 친구들의 악의에 찬 미소가 보인다. 아버지는 불안하다. 사내들과 여자들이 아버지를 둘러싸고 앉아 아버지의 몸에 모래를 덮는다. 모래 알갱이들이 수천년 전의 시간처럼 한꺼번에 흘러내린다. 아버지의 몸은 갑자기 나이를 많이 먹어버리는 것 같다. 발끝으로 빨려드는 파도 소리. 아버지의 몸통 위로 곧 작은 언덕이 생긴다. 친구들은 이제 그 언덕을 부수어 윤곽을 만들 것이다. 그러나 실루엣을 잡도록 허락된 사람은 그녀다. 그녀는 아버지의 몸에서 섬세하게 모래를 걷어낸다. 아버지에게 팔과 다리가 생긴다. 파도에 실려온 아담처럼 아버지는 똑바로 누워 있다. 아버지가 문득 고개를 빠끔 내밀어 자신의 몸통을 살펴본다. 건장하니 마음에 든다. 그런데 가슴 위로 웬 젖통 두개가 솟아 있다. 아버지는 얼굴이 빨개진다. 뭐야? 친구들은 대답하지 않고 아버지의 아랫도리 근처에 모여 웅성거린다. 아버지는 초조하다. 그리고 왠지 그들이 무슨 짓을 할지 알 것 같다. 아버지는 울며 "하지 마, 이 개새끼들아아아 — "라고 외치고 싶다. 친구들이 비켜선다. 아버지가 고개를 든다. 하늘을 향해 불뚝 솟은 성기가 보인다. 아주 거대한 모래 성기다. 친구들이 와아 — 하고 웃는다. 아버지는 창피해서 죽어버리고 싶다. 고개를 저으며 몸부림쳐보지만 꼼짝할 수 없다. 커다란 유방과 성기를 단 채 저항하다 그녀와 눈이 마주친 아버지는 순간 국민교육헌장을 떠올린다. 우리는 민족 중흥의 역사적 사명을 띠고 이 땅에 태어났다. 아버지는 자신이 이 땅에 태어난 진짜 이유를 생각한다. 그러나 아무것도 생각나지 않는다. 하지만 분명 이러려고 태어난 것은 아닐 것이다. 누군가 아버지의 성기에 기다란 불꽃놀이 막대를 꽂는다. 그러곤 그곳에 라이터로 불을 붙인다. 아버지가 놀란 눈으로 자신의 아랫도리를 바라보는 동안 친구들이 하나, 둘, 셋을 외친다. 심지를 타고 조급하게 타들어가는 불꽃이 피유우웅 — 하늘 높이 날아오른다. 아버지도, 그녀도, 친구들도 모두 고개를 들어 하늘을 바라본다. 아주 짧은 순간 고요가 그들의 머리 위에 머문다. 펑! 펑! 불빛이 터져나온다. 아버지는 누운 채 불빛을 세례받는다. 펑! 펑! 활짝 피는 불꽃들이 아름답다. 그리하여 아버지의 거대한 성기에서 나온 불꽃들이 민들레씨처럼 밤하늘로 퍼져나갔을 때. 아버지의 반짝이는 씨앗들이 고독한 우주로 멀리멀리 방사(放赦)되었을 때.

"바로 그때 네가 태어난 거다."

면도를 마친 아버지가 말했다. 나는 꼼짝 않고 앉아 있다 아버지를 향해 말했다.

"거짓말."

*

거울 속 아버지의 손가락이 보였다. 아버지가 손끝으로 내 머리를 가만 고정시킨 채 좌우 균형을 살폈다. 아버지는 내 오른쪽 머리를 더 잘라냈다. 신문지 구멍 사이로 들어온 머리카락 때문에 목 주위가 따끔거렸다. 그리고 문득 엷은 졸음이 몰려왔다.

"그래서요?"

아버지가 말했다.

"뭐가 말이냐?"

"그래서 나는 어떻게 태어났어요?"

"방금 말해줬잖니."

"불꽃요?"

"그래."

내 양볼은 복어처럼 퉁퉁 부어올랐다.

"그게 정말 아버지의 씨앗이면 나머지 자식들은 지금
다 어디 있어요?"

아버지가 말했다.

"코펜하겐."

"네?"

"코펜하겐에 있다. 스칸디나비아반도에도 있고, 부에
노스아이레스에도 있고, 스톡홀름에도 있고, 평양에도 있
고, 이스탄불에도 있다."

나는 지구본을 즐겨본 덕에 아버지가 말한 곳을 다 알
고 있었다.

"그런 거 말고 진짜 얘길 해주세요. 아까 말한 첫날밤
같은 거요. 아버지, 나는 진짜 얘기가 듣고 싶어요."

아버지는 아무렇지 않게 대답했다.

"알았다."

나는 아버지가 순순히 대답하는 것이 이상했지만 이야
기를 경청하기 위해 바로 앉았다.

"이것도 아직 아무에게도 말하지 않은 거다. 그러니까."

"비밀요?"

"그래, 비밀. 그리고 진짜."

아버지가 천천히 내 앞머리를 빗어내렸다. 나는 눈을

감았다. 어둠속 가위질 소리가 눈치 없이 경쾌했다.

"그러니까 그후 몇달이 지나서였지……"

얼굴 위로 우수수 머리카락이 쏟아졌다. 나는 꿈을 꾸지 않기 위해 감은 눈을 더욱 꼬옥 감았다.

빈대떡집이다. 좁고 어두운 가게 안에 탁자 몇개가 옹기종기 모여 있다. 벽 위쪽에선 먼지 낀 환풍기가 부지런히 돌아간다. 아버지는 그곳에 앉아 아까부터 자신의 두 손을 물끄러미 바라보고 있다. 무엇을 해야 할지 모르는 손. 아버지의 젊은 손. 나는 아버지의 손에서 그리움을 본다. 아직도 아버지의 발끝에는 아버지를 향해 달려오던 파도 소리가 파랗게 배어 있는데 그녀는, 오지 않을 모양이다.

"여기 막걸리 하나 더 주세요."

아버지가 맑은 콩나물국을 한술 뜬다. 그리고 깍두기 하나를 집어 입안에 넣는다. ……맛있다. 너무 사실적으로 맛있다. 이럴 때는 세상 모든 깍두기가 아무 탈 없이 잘 익어가고 있다는 사실만으로도 화가 난다. 아버지는 단숨에 막걸리를 들이켠다.

"아니, 학생 뭐 해?"

"네?"

옆 탁자를 행주질하던 아주머니가 아버지를 쳐다본다. 아버지는 자신의 손을 내려다본다. 숟가락 하나가 꽈배기처럼 휘어져 있다.

"아, 죄송합니다. 제가 술 먹으면 힘 조절을 못해서요."

"그래도 그렇지 남의 집 장사하는 물건을."

"진짜 죄송합니다."

아버지가 구부러진 숟가락을 들어 겸연쩍게 콩나물국을 뜬다. 그녀는, 오지 않을 모양이다. 아버지가 점퍼 속에 든 편지 한구절을 조용히 읊는다. 안녕하세요. 가늠할 수 없는 안부들을 여쭙니다. 잘 지내시는지요. 안녕 하고 물으면, 안녕 하고 대답하는 인사 뒤의 소소한 걱정들과 다시 안녕 하고 돌아선 뒤 묻지 못하는 안부 너머에 있는 안부들까지 모두, 안녕하시길 바랍니다.

"여기 막걸리 하나 더요."

그러곤 한번 더 소리내어, 안녕하세요. 아버지는 며칠 전, 그녀의 집 앞에서 생긴 일을 떠올린다.

초록색 페인트가 칠해진 철문 앞. 아버지는 몇시간째 서성이고 있다. 안녕하세요, 가늠할 수 없는 안부를. 철컥, 문이 열린다. 아버지가 허걱 놀라 뒤로 물러선다. 아버지의 얼굴 위로 산처럼 커다란 사내의 그림자가 드리운다.

"너 뭐야?"

그녀의 오빠다.

"아, 안녕하세요."

"너 이 새끼 뭔데 아까부터 남의 집 앞을 기웃거려?"

아버지가 한발짝 물러서며 말한다.

"경자씨, 집에 있나요?"

사내가 아버지를 훑어본다.

"경자? 경자는 왜?"

"아니, 저, 그냥."

"왜 그러는데?"

술 먹으면 힘이 세지는 아버지. 사내 앞에서 꼼짝을 못
한다.

"아니요, 저 다음에."

"그건 뭐야?"

사내가 묻는다.

"아무것도 아닙니다."

"뭔데?"

사내가 편지를 가로챈다.

"보지 마세요."

아버지가 손사래를 친다. 그러나 사내는 벌써 봉투에서
편지를 꺼내 읽고 있다. 아버지가 사내를 계속 만류하지

만 결국 모든 것이 소용없다는 것을 안다. 사내는 편지가 무슨 해로운 약물 설명서라도 되는 양 해독한다. 안녕하세요. 가늠할 수 없는 안부를 여쭙니다. 아버지가 사내의 얼굴을 살핀다. 사내의 표정이 딱딱하다. 아버지는 어쩔 줄 몰라한다. 사내의 얼굴은 점점 더 일그러진다. 아버지는 초조하다. 하지만, 이런 순간조차 난데없는 희망이 생기게 마련이어서, 아버지는 어쩌면 잘된 일일지도 모른다고 생각한다. 예전에 그녀에게서, 사내가 국문과에 다닌다는 얘길 들은 게 떠올랐기 때문이다. 불같은 성격이지만 가끔은 시를 읽고 운다고. 사내는 어쩌면 아버지를 이해해줄 것이다. 그리고 진심은 누구에게나 전달되기 마련이니까. 아버지가 사내의 표정을 천천히 살핀다. 그리고 자신이 쓴 문장을 되짚어본다. 제 가슴에는 바깥에서 부조된 이름이 있죠. 사내의 얼굴이 점점 부드럽게 변한다. 편지를 다 읽은 사내가 아버지를 바라본다. 아버지도 사내를 응시한다. 가로등 불빛 아래 두 사내의 침묵이 뭔가 용서해주려는 찰나. 사내는 아버지의 얼굴에 편지를 집어 던지며 버럭 소리친다.

"넌 인마, 문장이 안돼!"

"여기 얼마예요?"

아버지가 자리에서 일어난다. 술집을 나서는 아버지 뒤로 어지러운 탁자가 보인다. 탁자 위에 꽈배기처럼 꼬인 숟가락이 열개도 넘게 쌓여 있다. 구부러진 숟가락 — 마술이 아니라 완력인. 내 아버지의 우스운 사랑.

"졸리니?"

나는 꾸벅 졸다 정신을 차리며 말했다.

"아니에요, 아버지, 계속하세요."

"그래."

"그런데 아버지, 그게 무슨 말이에요?"

"뭐가?"

"문장요."

아버지가 말했다.

"언젠가 네가……"

나는 '언젠가'라는 말을 들으며 아버지의 따뜻한 해석을 기다렸다. 이럴 때 좋은 아버지들이란 대개 아이의 눈높이에 맞춰 설명해주기 때문이었다.

"스칸디나비아반도에 사는 형을 만나게 되면 그애에게 물어보아라."

나는 소리쳤다.

"아버지 좀! 그러지 말고 말해보세요. 진짜 이야기를."

아버지가 답했다.

"지금 하고 있다."

나는 눈꺼풀이 무거웠지만 아버지의 이야기를 들으려
정신을 차렸다. 계속하세요, 아버지. 아침 해가 뜰 때까지
나는, 자면 안 돼요.

아버지는 고쳐 쓴 편지를 다시 꺼내 읽는다. 그러고는
곧 편지를 구긴다. 아버지는 "나는 문장이 안돼!"라고 외
치며 거리에서 운다. 그러나 아버지는 어머니가 아버지를
향해 달려오고 있다는 사실을 모른다. 어딘지는 모르겠지
만 어디에선가 어머니와 아버지가 서로의 이름을 부른다.
그리고 그날, 두 사람이 마주쳤을 때.

"네 엄마가 뭐라고 했는지 아니?"

"뭐라구요?"

"그날 이후로 당신이 보고 싶을 때마다…… 온몸이 가
려워지곤 했어요."

나는 아버지의 얼굴을 볼 수 없었지만 아버지가 웃고
있다는 걸 알았다.

두 사람의 어깨가 보인다.

"미안해요."

어머니가 말한다.

"아니에요."

초등학교 안 빈 그네가 밤바람에 흔들린다.

"오빠 때문에 계속 나올 수가 없었어요."

아버지가 눈치를 보며 말한다.

"저를 싫어하나요?"

"네."

"왜요?"

"그냥 생긴 게 맘에 안 든대요."

아버지가 갑자기 버럭 화를 낸다.

"아니, 그렇다고 그걸 꼭 그대로 말해야겠어요?"

어머니가 말한다.

"미안해요."

두 사람은 이내 어색해진다. 불꽃놀이가 터지기 직전의 순간처럼 사방이 조용하다. 머쓱해진 아버지가 말한다.

"재밌는 거 보여줄까요?"

아버지가 주머니에서 숟가락을 꺼낸다. 어머니는 기대에 찬 눈으로 아버지를 바라본다. 아버지가 숟가락을 비튼다.

"어, 이상하다. 아까는 됐는데."

숟가락은 꿈쩍도 하지 않는다. 아버지가 다시 온힘을 다해 숟가락을 비튼다. 얼굴은 시뻘게지고 팔뚝 위에 핏줄이 꿈틀댄다. 그래도 숟가락은 여전히 멀쩡하다. 아버지가 숟가락을 집어던지며 소리친다.

"이런 씨발!"

놀란 어머니가 아버지를 빤히 바라본다. 아버지가 당황하며 변명한다.

"하하, 정말 할 줄 아는데."

아버지가 머리를 긁는다.

"이거라도 보여주고 싶었는데."

두 사람은 다시 어색해진다. 그리고 이런 때면 꼭 할말이 없다. 그들은 서로 얼굴을 바라본다. 아버지가 주춤한다. 배고픈 듯 활짝 벌어진 동공. 아버지가 어머니를 바라본다. 어머니도 아버지를 바라본다. 그리고 이제, 입맞춤 시간이다. 두 사람의 마음이 닿을락말락한다. 그런데 아버지, 아까 먹은 깍두기가 생각난다. 한갑 넘게 피운 담배도 막걸리도 모든 것이 신경쓰인다.

"잠깐만요."

아버지가 말한다.

"잠깐만 여기 있어요. 금방 올게요."

어머니가 불안한 듯 아버지를 바라본다.

"잠깐이면 돼요."

아버지가 헐레벌떡 수돗가에 도착한다. 수도꼭지를 돌려 두 손 가득 찬물을 받는다. 자신의 손금이 투명하게 비치는 손바닥 안으로 고개를 박는다. 그러고는 몇번이나 입 안을 헹군다. 아버지는 손바닥을 코앞에 갖다댄다. 고개를 갸웃거리지만 여전히 안심할 수 없다. 그때 마침 아버지가 뭔가 발견한다. 파란색 비놀리아 비누다. 아버지는 급한 마음에 손가락으로 비누를 찍어낸다. 물에 녹아 물컹해진 비누가 손끝에 담뿍 묻어나온다. 아버지가 손가락을 앞니에 마구 비빈다. 비누가 아버지의 이빨 사이로 녹아든다. 아버지는 입을 크게 벌리고 어금니도 허둥지둥 닦는다. 우웩── 곧바로 구역질이 나온다. 아버지가 다시 입 안을 헹군다. 아무리 해도 비누맛이 영 가시질 않는다. 메스껍고 비위가 상한다. 비누 냄새 때문에 머리가 깨질 듯이 아프다. 마치 자신의 뇌가 온통 비누로 만들어진 기분이다. 아버지는 휘청거리는 다리를 붙잡고 다시 어머니에게 달려간다.

"오래 기다렸어요?"

"어디 갔다와요?"

"아무것도 아니에요."

아버지는 머리가 지끈거린다. 그러나 어머니의 얼굴을

본 순간 맨발로 뜨거운 모래를 밟았을 때처럼 온몸이 저 릿해진다. 아버지는 자기도 모르게 입술에 침을 바른다. 세상에서 가장 중요한 거짓말이라도 할 것처럼, 아버지가 입술에 침을 바른다. 아버지가 어머니의 어깨를 잡는다. 어머니가 눈을 감는다. 그리고 두 사람의 얼굴이 점점 가까워진다. 두 입술이 닿기 전. 세계의. 고요함. 그리고 오래도록 기다려온 입맞춤. 말캉 두 사람의 입술이 겹친다. 순간 아버지의 머리 위로 수천개의 비눗방울이 한꺼번에 올라온다. 나풀나풀. 우주로 방사되는 아버지의 꿈. 그리하여 투명한 비눗방울이 낮꿈처럼 흩날렸을 때. 싱그러운 비놀리아 향기가 밤하늘 위로 톡톡 파랗게 퍼져나갔을 때.

"바로 그때 네가 태어난 거다."

나는 마구 콩닥이는 가슴을 안고 소리쳤다.

"정말요?"

아버지가 담담하게 답했다.

"거짓말이다."

*

아버지가 마른 수건으로 내 어깨에 묻은 머리카락을

탁탁 털어냈다. 나는 졸린 눈을 치켜세우며 크게 하품했다. 지구는 한쪽으로 돌고 바람은 여러 방향에서 부는 밤이었다. 아버지는 말이 없었다. 나는 노래하듯 물었다. 아버지, 아버지, 나는 어떻게. 먼 곳에서 파도 소리가 들렸다. 내가 아는 파도 소리였다. 아버지, 진짜 이야기를 해주세요. 복어 독이 점점 퍼지나봐요. 목이 마르고 눈알이 아파요. 어지럽기도 하구요. 아버지, 나는 이제 알아야겠어요.

"졸리니?"
"아니에요, 아버지."
"끝났으니 그만 자자."
아버지가 신문지를 걷어냈다.
"안 돼요. 나는 오늘 밤 자면 안 돼요. 자면 죽어요."
아버지가 말했다.
"자도 괜찮아."
"거짓말!"
"정말이다."
"그걸 어떻게 믿어요?"
"맘대로 해라."
"엄마가 살아 있었음,"

아버지가 멈칫했다. 나는 이때다 싶어 떼를 썼다.

"그렇게 말하지 않았을 거예요."

"………"

"아버지, 더이상 안 물어볼게요. 마지막으로 한번만요, 네?"

아버지가 두 손으로 내 어깨를 짚었다. 아버지는 한참 동안 말이 없었다. 나는 아버지가 화가 난 게 아닐까 싶어 걱정됐다. 아버지는 진지한 목소리로 말했다.

"알았다. 대신 너는 이 이야기를 다시는 해달라고 하면 안 된다, 알겠니?"

나는 고개를 세차게 주억거렸다.

"지금부터 하는 이야기는 모두 사실이다. 네 엄마를 두고 맹세할 수 있다. 그렇다고 조금 전에 한 얘기가 모두 거짓말이라는 것은 아니다."

나는 이번에도 고개를 끄덕였다. 아버지가 깊은 숨을 내쉬었다.

"내가 너희 엄마를 만난 건 춘천역 휴게소에서였다. 그때 나는 군화끈을 고쳐매며 기차를 기다리고 있었다. 청량리행 세시발이었지."

'이제 곧 이야기가 끝나려나보다. 그리고 이 밤도 어쩌면 끝날 것이다. 나는 죽지 않고 살아 언젠가 이 이야기를 사람들에게 들려줘야지' 하고 생각한다.

　꾸벅, 고개를 가누다 놀란다. 아득히 아버지의 목소리가 들려온다. 이제부터 정말인데 졸음이 밀려온다. 꾸벅, 나는 다시 고개를 떨군다. 아버지, 아버지, 나는 어떻게. 어디선가 바람이 말한다. 지금 이건 네가 묻는 말들이 아니라고. 나는 어디론가 둥실둥실 날아간다. 아버지의 이야기를 들어야 하는데. 지금 듣지 못하면 다시는 들을 수 없는데. 목소리가 멀어져간다. 저기 옛날옛날의 오래된 하늘 위로 펑! 펑! 불꽃놀이가 터진다. 점멸하는 불빛들. 나는 하늘 위에 높이 떠 우리집을 내려다본다. 저 멀리 스칸디나비아반도의 내 형제가 보인다. 그가 산 위에 올라 한쪽 손을 높이 흔든다. 그가 나에게 알은체를 한다. "어이 ─" 그의 목소리를 들으려 하지만 잘 들리지 않는다. 그가 다시 외친다. "어이!" 쩌렁쩌렁 반도의 산맥을 타고 울려퍼지는 너의 목소리. 나는 용기내어 묻는다. "뭐라구요?" 그가 말한다. "우리 땅은 간빙기라 일년에 이 센티씩 떠오르고 있어요!" 나는 좀더 큰 소리로 묻는다. "뭐라구요?" 그가 손을 흔들며 온힘을 다해, 마치 그러지 않으면 안 되는 듯 외친다. "돌아서며 묻지 못하는 안부 너머에 있는 안부들까지, 모두 안녕하세요." 나는 그 자리에 서서

스칸디나비아반도의 형제에게 아주 작은 목소리로 대답
한다. "……고마워요."

　바람이 잘 새는 어느 집. 졸고 있는 한 아이를 본다. 좁
은 등압선을 가진 바람이 몰고 오는 이야기에 귀기울이는
저 아이를. 아버지의 목소리가 들리지 않기 때문에 이제
아이는 스스로 이야기하려 한다. 아버지가 어머니를 만나
는 이야기를.
　어머니가 말한다. 당신이 보고 싶어질 때마다 온몸이
가려워지곤 했어요. 아버지가 말한다. 재밌는 거 보여줄
까요? 아이가 하늘 위로 수백개의 숟가락을 집어던진다.
빙글빙글 돌며 비상하는 숟가락이 폭죽처럼 반짝인다. 아
버지가 어머니를 껴안는다. 어머니의 몸이 숟가락처럼 구
부러진다. 어머니가 말한다. 거짓말. 아버지가 말한다. 아
니에요. 정말이에요. 아이가 말한다. 맞아요. 정말이에요.
아버지가 어머니를 바라본다. 어머니도 아버지를 바라본
다. 잠깐만 기다려요. 아버지가 말한다. 걱정 마요, 어머니
는 저기 있을 거예요. 안녕하세요. 잘 지내시는지요. 아이
는 점점 씨앗처럼 작아진다. 끔뻑이는 복어들의 눈빛. 복
어들의 헤엄. 북태평양 바람. 그러니까 이건, 비밀이라고.
멀리 동이 트고 있지만 누구도 정말이냐고 묻지 않고 누

구도 거짓말이라고 답하지 않는다. 아버지가 나를 아랫목에 누이는 기척을 어렴풋이 느낀다. 나는 입을 열지 않고 중얼거린다. 이건 모두 꿈일지도 모르지만 나에게 오기 위해 북태평양에서 수천 킬로미터를 날아온 바람처럼, 어쩐지 나는 그 꿈과 꼭 만나야만 할 것 같다고.

사
랑
의　인
사

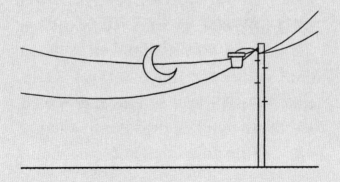

오래전 사라진 말(言)들을 알고 있다. 먼 옛날 대서양에 가라앉은 아틀란티스처럼. 출렁이는 바다풀 사이로 이름을 알아볼 수 없게 된 어느 도시의 명패(名牌)처럼. 지금은 소문으로만 남게 된 당신의 말들.

고메라섬 부족은 휘파람으로 된 말을 가지고 있다고 한다. 높낮이와 길이가 다른 수많은 휘파람 소리. 그들이 휘파람 언어를 만들 수 있었던 건, 그들 사이를 가르는 거대한 협곡 때문이었다. 지하철 안 ── 매일 아침 한강을 건너는 사람들 틈에 앉아 덜컹이는 이 세계의 박자를 느끼다보면, 나도 모르게 고산지대 사람들의 휘파람 소리를 상상하게 된다. 내가 한번도 본 적 없는 입술에서 출발해 골짜기를 타고 내려가 산을 한바퀴 돈 다음, 제자리로 돌아왔다 지구를 휘감은 뒤 ── 이제 막 내 귓가에 도착하는

긴 — 긴 — 휘파람 소리. 처음부터 나에게 오게끔 약속돼
있던 언어.

　나는 나타났다 사라진 혹은 사라졌다 나타난 괴물에
대해서도 알고 있다. 가난한 거짓말처럼 커다란 덩치를
가진. 숨으려 해도 들키고 마는. 들킨다 해도 재빨리 도망
칠 수 있는 지느러미를 공평하게 갖고 태어난. 네스호(湖)
의 괴물 — 네시.

　그를 처음 본 건 아홉살 때 아버지가 사준 『세계의 불
가사의』라는 책을 통해서였다. 그때 나는 구식 사진기에
찍힌 네시의 모습을 처음 접했다. 1933년 외과의사 윌슨
씨가 네스호 근처에서 찍은 사진이었다. 네시는 호수 위
로 반쯤 떠오른 채 명상에 잠겨 있었다. 자신이 속한 세계
밖으로 길게 내민 모가지와 우스울 정도로 작은 머리통,
매끄럽게 젖은 등허리, 턱 아래 돋아난 몇가닥의 수염(편
집자는 이 부분에 동그라미를 친 뒤 확대시켜놓았다), 그
리고 물속에 잠겨 알 수 없는 나머지 부분들. 네시의 첫인
상은 뭐랄까…… 좀 고독해 보였다. 나는 그런 기분을 무
어라 부르는지 알지 못했지만 그런 기분이 어떤 기분인지
는 알고 있었다.

네시를 본 내 가슴은 두근거렸다. 네시가 거대해서도 끔찍해서도 아니었다. 그가 오래전 사라진 존재의 흔적을 간직했기 때문이었다. 네시는 공룡과 매우 비슷했다. 사라졌기 때문에, 단지 사라졌다는 이유만으로 인류에게 여전히 매혹적인 존재, 공룡 말이다. 『세계의 불가사의』는 네시가 약 일억년 전 멸종한 플레시오사우루스를 닮았다고 설명했다. 플레시오사우루스, 입에서 바람이 많이 새는 이름이었다.

어떤 이는 네시를 일컬어 구름이나 안개를 잘못 본 것이라고 했다. 또 누군가는 관광객을 끌어들이기 위한 계략이라고 했다. 하지만 나는 그가 실제로 존재한다고 믿었다. 정말로 존재하지 않는다면 저렇게 수염까지 나 있을 리 없다고…… 네시는 나와 가까운 거리에 있었다. 내가 다리를 떨며 텔레비전을 볼 때도, 오답 많은 시험지를 접어 딱지를 칠 때도, 같은 시간 그는— 영국 어느 호수 밑에서 늘 찬찬히 눈꺼풀을 끔뻑거렸다.

오랫동안 네시는 잊혀질 만하면 나타났고, 기억할 만하면 사라졌다. 회사원이, 외과의사가, 항공기술자가, 나사(NASA)와 영국공군이 모두 네시를 증언하며 나섰다. 네시는 처음 촬영된 이래 수십년간 나타났다 사라지기를 반복하며 우리를 유혹했다. 네시를 둘러싼 이야기들 역시 마찬가지였다. 네시는 몇년에 한번씩 텔레비전 특집 프로그램이나 신문기사, 과학 시리즈물에 소개되었다. 사람들은 네시 따윈 아무래도 좋다는 식으로 그를 잊었고 그러다가도 어느새 널어둔 빨래를 깜빡했다는 듯 다시 떠올렸다. 1930년대 처음 등장한 이래 21세기가 될 때까지 네시 이야기는 반복됐다. 그럼에도 불구하고 신기한 점은 —— 그것이 한번도 지루하지 않았다는 거다.

몇년 전 한국의 백두산 천지에 네시가 나타났다. 나는 분식집에 앉아 그 소식을 들었다. 이번에는 부도난 출판사의 그림과학 시리즈나 세계를 떠도는 소문이 아니라 아홉시 뉴스데스크를 통해서였다. 아나운서는 상기된 목소리로 "신화통신 등 중국 언론은 11일 오전 9시경 천지 괴물이 50여분이나 모습을 드러냈으며 목격자도 10명에 달한다"고 말했다. 나는 밥 먹던 숟가락을 내려놓고 멍하니 텔레비전을 바라봤다. 내가 네시를 처음 본 이래 꼭 십년만의 일이었다. 누군가 "공산당 말은 믿을 수 없다"고 했다. 나는 '네시도 네 말은 믿지 않을 거다'라고 생각하며 뉴스를 경청했다. '한국'의 네시라는 말은 —— 과거 네시라는 말보다 나사(NASA)라는 말이 그랬듯 — 생경한 느낌을 줬다. 질 나쁜 화질 속에 담긴 네시의 모습은 단순하면서도 모호했다. 사진은 물그림자가 포착된 것에 가까웠다. 나는 사진을 통해 네시의 유려한 다이빙 솜씨를 짐작할 수 있었다. 화면 위로 목격자들의 흥분된 증언과 네시가 나타난 곳으로 추정되는 천지의 한 지점, 네시의 실루엣이 재빨리 지나갔다. 그러나 카메라가 먼 곳에서 잡은 백두산 천지의 모습은 탈영병을 숨겨준 어머니처럼 침착하고 고요했다.

문득 궁금했다. '지하 동굴에 살던 그가 갑자기 한국에는 왜 온 것일까? 그것도 호수가 아니라 휴화산 꼭대기에……?' 나는 네시의 흔적이라고 주장되는 2미터 가량의 물보라를 한참 동안 쳐다봤다. 그러자 한가지 확신이 들었다. 나는 고백받은 사람처럼 갑자기 부끄러워졌다. 그러니까 그는…… 나를 만나러 온 것이다. 자신의 모습이 텔레비전을 통해 전국에 방송될 거라는 걸 알고, 내게 인사를 하러 온 것이다. 별 목적은 없다. 다만 한번의 인사, 사랑의 인사를 하러 온 것이다. '내가 여기 있다고. 내가 여기 있었다고. 하지만 이건 우리끼리의 비밀이고 나는 다시 사라질 거라고……' 자세히 보니 물보라는 네시가 지느러미를 팔랑거렸을 때 만들어졌음직한 모양을 하

고 있었다. 나는 지느러미가 없어 한쪽 손을 가만히 흔들
어주었다.

　그런데 며칠 뒤 또다른 뉴스가 보도됐다. 천지괴수연
구협회(天池怪獸研究協會)가 백두산 괴물은 네시가 아니라
'곰이 바위에서 수영하려고 뛰어내린 것일 뿐'이라는 사
실을 밝혀냈다. 나는 굉장히 불쾌했다. 괴물이 아니라 곰
이라니. 곰탱이라니. 그 미련 곰탱이는 왜 하필 천지에 가
서 수영을 하고 지랄이란 말인가. 세상엔 이유를 알고 나
면 너무 시시해져버려 오히려 영원히 알지 않는 편이 나
은 경우도 있는 듯했다.

　하지만 사라지는 것들은 이유가 있다. 그리고 사라졌다
다시 나타나는 것들은 반드시 할 말이 있는 것이다.

　나는 오래전 사라진 한 사람에 대해서도 알고 있다. 내
게 『세계의 불가사의』를 옆구리에 끼워주고 "잠깐만 여
기 앉아 있어라" 한 사람. '잠깐만'이라 말하는 동안 네시
처럼 길게 자란 수염이 파르르 떨렸던 사람. 공원 의자에
앉아 「사라진 전설의 섬-아틀란티스」를 읽고 한참 뒤 주
위를 둘러봤을 때 거기 없던 사람. 다시 「모아이 석상-이

스터섬의 비밀」과 「UFO-외계인은 존재하는가」를 읽은 후 고개 들었을 때도 보이지 않던 사람. 할 수 없이 「바빌론 궁전」과 「미노스 궁전」을, 「시베리아 대폭발」과 「파로스의 등대」를, 「피라미드의 신비」를, 「스톤헨지」를, 「피사의 사탑」을 다 읽은 뒤 주변을 살폈을 때까지 끝끝내 나타나지 않은 사람.

처음에 나는 의연하게 아버지를 기다렸다. 허공에서 미아찾기 방송이 들릴 때면 '멍청한 것들 같으니라구!'라고 고개 젓기까지 하면서 말이다. 나는 아버지를 믿었다. 아버지는 계속 오지 않았고 나는 조금씩 초조해졌다. 공원에는 어둠이 깔리기 시작했다. 하늘 위로 불꽃놀이의 파편들이 구조를 요청하는 신호탄처럼 절박하게 쏟아졌다. 순간 나는 한가지 중요한 사실을 깨달았다. 그것은 '나는 버림받았다'는 사실이 아니었다. 그것은 단순하고 모호한 문장, 먼 곳에서 수백년 전 출발해 이제 막 내 고막 안에 도착한 휘파람 소리, '아빠가 사라졌다'는 말이었다. 정말이지 아버지는 실종된 것이 틀림없었다. 그렇지 않고서야 이렇게, 이런 곳에, 이런 식으로 나를 버릴 리 없었다. 의자 아래로 『세계의 불가사의』가 툭 떨어졌다. 발밑으로 버뮤다 삼각해협이 활짝 펼쳐졌다. 나는 누구에게든 빨리

이 사실을 알려야 한다고 생각했지만 꼼짝할 수 없었다.

미아보호소 안은 훌쩍이고 칭얼대는 아이들로 북적거렸다. 우는 아이들 사이를 가까스로 헤쳐나가 마이크 앞 직원에게 도착했다. 그녀에게 신뢰감을 주기 위해 나는 최대한 어른스러운 목소리로 말했다. "아버지가 사라졌습니다." 그녀는 한동안 나를 빤히 쳐다봤다. 나는 헛기침을 한 뒤 한번 더 정중하게 말했다. "아버지가 길을 잃은 것 같습니다." 그녀는 조금 전보다 더 의아한 표정으로 나를 쳐다봤다. 나는 완곡하게 말했다. "아버지가 사라졌다구요." 그녀가 끝까지 나를 이상하게 쳐다보자 나는 거의 울 것 같은 표정으로 말했다. "찾아주세요······"

오천만년 전에 사라진 실러캔스라는 물고기도 20세기에 발견되었다는데, 십수년 전에 사라진 아버지는 도무지 나타나지 않았다. 세상의 어떤 곰도 내게 다가와 한번이라도 아버지인 척해주지 않았고, 나는 거짓말을 잘하는 것은 공산당이 아니라 공공연한 사실들, 자기가 정말 사실인 줄 아는 사실들이라고 생각하게 되었다.

그리고 잃어버린 책. 『세계의 불가사의』──그곳엔 어

떤 내용이 있었던가? 잘 기억나지는 않지만 한마디로 이런 것이었다. 어떤 폐허든, 어떤 실종이든, 어떤 흔적이든 '당최 모르겠다'는 것이다. 즉, 왜 그렇게 됐는지 이해할 수 없다는 것. 그러니까 미스터리인 거라고.

나는 자라 어른이 되었고 아버지는 사라져 미스터리가 되었다. 그사이 내겐 많은 일이 있었다. 하지만 나는 그 일들에 대해 이야기하는 것을 좋아하지 않는다. 나를 떠난 그녀도 내가 내 이야기를 하지 않는다고 항상 서운해했지만…… 상관없다. 어릴 적 기억 따윈 버뮤다 해협에나 갖다버리라고 해라.

*

오랫동안 나는 하고 싶은 일도, 되고 싶은 것도 별로 없었다. 하지만 스스로 아무것도 아니라고 생각하지는 않았다. 그렇지만 나를 거쳐간 많은 이들이 세상엔 놀라울 것도, 새로울 것도 없다는 표정으로 나타나 "너는 아무것도 아니야. 너는 그걸 알아야 해"라고 말하곤 했다. 나는 사라지지 않았기 때문에 늘 그 자리에 있었고 그래서 의심받지 않았다. 물론 나는 나의 이력이 대단하지 않다는 것을 알고 있었다. 하지만 내가 아무것도 아니라고 말하는 사람들 역시 대단하다고 생각하지 않았다. 그러나 대단하지도 않은 이들에게 대단하지 않다는 소리를 듣는 건 대단한 사람에게 같은 이야기를 듣는 것보다 왠지 더 우울했다. 내가 나를 먹여살리게 된 순간부터 나는 내 이력이 지겨워졌고, 내가 제일 그리워하는 것은 아버지가 아니라 세상의 어떤 무심함, 아주 특별한 종류의 무심함이라 생각하게 되었다. 내가 해양대학에 갔던 것도 할 수 있는 한 나에 대한 사회적 편견을 하나라도 줄여보자는 마음에서였다. 내 꿈은 훌륭한 사람이 되는 것이 아니라 보통 사람이 되는 것이었다. 내가 보통 사람이 되기 위해서는 남보다 두배는 더 노력해야 된다는 것을 사람들은 잘 몰랐지만 말이다.

그리하여 여느 많은 일들이 그렇듯 내가 수족관 관리 요원이 된 이유는 아주 사소하다. 발밑에 뒹구는 전단지, 잘못 본 표지판, 누군가의 인사 한번처럼 ─ 작은 우연들과 스스로 만들어낸 의미 때문이다.

모두가 잠든 시간, 나는 혼자 찜질방에 가곤 했다. 특히 새벽 세네시는 아저씨들이 탕 청소를 마친 뒤 욕탕 안에 새로 물을 받는 시간이었다. 그때는 탈의실의 조명도 대부분 꺼지고, 때를 미는 사람 역시 몇명 없었다. 나는 새벽 세시의 그 고요한 욕탕 분위기를 좋아했다. 특히 호프집 서빙처럼 힘든 아르바이트를 마친 뒤 피로를 풀기에 찜질방만 한 곳도 없었다.

그날도 나는 이삿짐 아르바이트를 마친 뒤 찜질방에 들렀다. 탈의실 조명은 한두개를 제외하고 모두 꺼져, 카운터를 보는 아저씨는 대형 냉장고 옆에 누워 물개처럼 자고 있었다. 나는 텅 빈 욕탕 안에서 느긋하게 몸을 데운 뒤 탈의실로 나왔다. 발개진 두 볼과 보송보송하게 말라가는 성기 덕에 개운한 기분이 들었다. 나는 젖은 머리를 털며 텔레비전 앞 평상 위에 앉았다. 화면 위로 「내셔널지오그래픽—심해의 신비편」이 방영되고 있었다. 나는 다큐멘터리를 해설하는 성우들의 목소리만 들으면, 아랫목에 누운 것처럼 노곤해졌기 때문에 — 갑자기 삶에 아무 문제가 없는 것처럼 느껴졌다. 화면 위로 잠수정 한대가 보였다. 잠수정은 어둡고 깊은 바닷속으로 끝없이 내려갔다. "오랫동안 심해저는 생물이 살지 않을 것이라 여겨져왔습니다. 그곳은 춥고 어두우며 빛과 산소도 희박한 곳이기 때문입니다." 출렁이는 푸른 불빛 앞에 우두커니 앉아 화면을 응시했다. 한 손에 발톱깎이를 들고서였다. "해양생물학자 럼펠드 박사는 대략 몇천만종 이상이 살 것으로 추정되는 심해저에 심해동물을 찾으러 내려가고 있습니다." 잠수정은 아래로 더 아래로 내려갔다. 성우는 잠수정의 우수성과 럼펠드 박사의 지난한 노력을 설명했다. 새벽의 고요. 그리고 잠수정의 불빛이 비추는 물속 먼지들. "심해저에는 고생대부터 지금까지 살아온 생물들이 많습니다. 그중에는……" 어둠속 잠수정의 조그만 빛이 점점 과거로 들어갔다. 성우의 목소리는 지루했지만 동시에 그의 이야기에 계속 집중하게 만드는 이상한 힘을 갖고 있었다. 그때 뭔가 잠수정 옆을 획―하고 지나갔다. 나는 발톱을 깎다 말고 움찔했다. 그것은 투명하고 말캉거리며 발광하는 무엇이었다. 연구팀은 그 정도는 익숙하다는 듯 별로 관심을 두지 않았다. 나는 엉덩이를 들어 텔레비전 앞으로 좀더 기어갔다. 난생처음 보는 생물들이 잠수정 주위를 아무렇지 않게 획획 지나갔다. 그중에는 집에 먼지를 뭉쳐놓은 듯한 것도 있었고, 나팔꽃과 올챙이를 합쳐놓은 듯한 푸른 생물, 투명한 수세미처럼 생긴 녀석도 있었다. 그들은 잠수정의 조명을 받아 형형색색 빛을 내뿜었다. 나는 오래전 네시를 처음 봤을 때와는 또다른 흥분을 느꼈다. 인간이 애초에 바다에서 기어나온 존재라는 것을 떠나, 그냥 그것들이 오래전부터 거기 '있었다'는 사실이 놀라웠다. 거기 있는 그들과 여기 있는 내가 그 시간 만나고 있다는 것. 바다에서 나온 인간이 자신들의 기술을 이용해 다시 바다로 기어들어가 마치 꿈을 꾸듯—자기 옆을 헤엄쳐 가는 수많은 아버지들을 본다는 것. 몇백억년 전에 비해 하나도 늙지 않은, 자기보다 젊은 아버지를 본다는 것. 그건 정말 경이로운 일이었다. 나는 오래전 놀이공원에서 실종된 나의 아버지가 어쩌면 저 안에 있을지도 모른다고 생각했다. 화면 속 심해동물은 무심하고 부드럽게 나풀거리며 어디론가 계속 헤엄쳐갔다. 그때 나는 내가 무엇을 하고, 어떻게 살아야 할지 어렴풋이 깨달았지만 그것이 진정 무엇인지는 잘 몰랐다.

*

'블루월드'에서 가장 놀라웠던 점은 물고기들의 이름이었다. 저 많은 이름은 다 어디서 생겨났을까. 그리고 도대체 누가 아무도 관심 없는 저런 생물들에게 이름을 지어주느라 애썼을까. 돼지코거북이, 톱가오리, 각시붕어, 돌고기, 위디 씨드래곤, 스트라이프 버터플라이, 씨애플, 그린 모레이, 업다운 젤리피시…… 블루월드에는 약 일억

마리 이상의 물고기를 관리, 전시하고 있었다. 한국을 비롯해 아마존과 하와이, 아프리카 등 여러 지역의 다양한 환경에 사는 물고기들이었다. 기존의 서식지 환경과 비슷한 작은 수조 안에 종(種)별로 담겨진 것도 있고, 큰 수조 안에 여럿이 함께 놓인 것도 있었다. 그중 가장 인기 있는 동물은 단연 거북이와 상어였다. 아이들은 처음 보는 물고기에게도 관심이 많았지만, 그보다는 자신이 '알고' 있는 물고기에게 더 열광했다. 느린 시계처럼 헤엄쳐가는 거북이와 상어의 흰 배가 투명한 천장 위로 스윽 지나갈 때, 모든 아이들이 거의 정신을 차리지 못했다. 아이들은 일제히 휴대전화 카메라를 들고 수조 앞에 바싹 붙어 사진을 찍어댔다. 물고기 중 익숙한 자세로 멈춰 서는 녀석도 있고, 모든 게 싫다는 듯 혼자 바위 사이에 고개를 쳐박은 놈도 있었다.

아이들은 하루에도 몇번씩 수족관 유리를 주먹으로 쳤다. 그것은 물고기들이 제일 싫어하는 행동 중 하나였다. 나는 아이들이(간혹 어른들도 있었다) 왜 유리벽을 두드리는지 알고 있었다. 물고기가 자기를 알은척하지 않아서였다. 설사 그것이 물고기가 원치 않는 행동이라 하더라도, 싫어하는 반응이라도 해줬으면 하는 것이다. 나는 물고기의 무심함이 인간을 불안하게 만든다고 생각했다. 내가 수조 안에서 물고기와 마주쳤을 때 난감했던 것도 그들의 시선이었다. 물고기의 눈은 뭐랄까, 아무리 가까이에서 봐도 도통 나를 보고 있는 것인지 아닌지 알 수 없었다. 포식자의 눈이나 피식자의 눈이나 마찬가지였다. 포식자의 눈은 사냥을 돕기 위해 주로 정면을 향해 있고, 피식자의 눈은 포식자의 위치를 잘 감지해 도망칠 수 있도록 옆에 붙어 있었다. 하지만 무엇과도 상관없이 물고기의 눈은 정말 그들의 의중을 파악하기 어려운 모양새로 박혀 있었다. 어쨌든 많은 관람객이 물고기와 소통하고 싶어했고, 그 대화를 어떤 식으로 해야 할지 몰라 대부분 주먹을 사용했다.

블루월드가 개장된 이래 수많은 이들이 사진기 앞에서 미소를 지은 뒤 우리 곁을 떠나갔다. 나는 종종 물고기들과 함께 가족사진의 배경이 되었다. 나는 하루에 두시간 정도 수조 안에 들어갔는데, 나 역시 상어만큼 인기가 좋았다. 사람들은 물고기도 보고 싶어했지만, 물고기와 함께 있는 인간을 더 보고 싶어했다. 나는 귀가 멍멍한 수조 안에서 유리벽 너머를 바라보며, 세상에는 얼마나 많은 종류의 가족이 있는가 생각했다. 할아버지와 아버지, 어머니와 아들, 아버지와 어머니와 아들과 딸, 어머니와 딸, 딸과 아들, 딸과 딸, 할머니와 아들, 친아버지와 새어머니, 아버지와 어머니와 양아들, 이모와 조카, 삼촌과 조카, 할머니와 새어머니와 양아들, 새아버지와 친아버지와 딸, 그리고 세상에 혼자뿐인 많은 사람들…… 물속에서 그들을 바라보면, 그들이 행복한 가족인지 아닌지 조금은 알 수 있었다. 함께 수족관에 오는 가족이라면 당연히 행복한 가족일 것 같지만 반드시 그런 것만도 아니었다.

블루월드에서 하는 일 대부분은 수조 바깥에서 이뤄졌다. 기계 부속들을 점검하거나 물고기들의 식성에 맞게 밥을 만드는 일, 사육일지를 쓰고, 당직을 서는 일 등이 그랬다. 나는 잘 인배된 시긴 그리고 시스템에 따라 움직였다. 처음 이 일을 시작하게 만든 것이 우연과 의미였다면 그 다음부터 나를 움직이게 만든 것은 일련의 규칙과 의무였다. 나는 나의 밥벌이에 대한 자긍심이 있었다. 정당한 노동. 그리고 그 정당하다는 느낌 때문에 갖게 되는 삶의 기준과 편견. 그게 내게 어른이라는 느낌을 주었다.

물속에서의 일은 상상한 것보다 훨씬 힘들었다. 나는 보통 사람들과 다른 공기를 마셔야 했고, 물속에 머물 때는 그 어디에서보다 타는 듯한 갈증을 느꼈다. 그래도 이 일의 매력을 찾는다면 하루 두시간 정도 혼자 있을 수 있다는 점이었다. 물론 나는 사람들의 무수한 시선을 받았지만 쫀쫀한 검은색 잠수복과 물안경이 나를 언제나 안심시켜주었다.

그사이 내게도 몇번의 연애가 있었다. 그녀들은 얼굴을 기울인 채 내 이야기를 듣는 것을 좋아했다. 눈이 없는 물고기 블라인드 케이브 카라씬, 헤엄치지 못하는 프레임 호크피시, 알을 낳는 수컷 해마…… 나는 그녀들에게 네시나 외계인에 대한 생각을 말해주기도 했다. 그녀들은 언제나 "당신의 상상력이 귀엽다"고 다가와서는 "이젠 좀 현실을 생각하라"며 버럭 화를 내고 떠났다. 하지만 또 몰랐다. 갑자기 연락이 두절된 그녀가 일년에도 수천명씩 실종되는 지구인 중 한명이었는지도. 그녀의 실종이 지구에 미친 보잘것없고 작은 재앙—이를테면 수조 안의 작은 물고기들이 어느날 떼죽음을 당해야 했다거나, 임신 중인 수달의 식단이 잘못되었다는 사실을 그녀가 끝내 모른다 하더라도 말이다.

그즈음 세계는 매우 흔들리고 있었다. 먼 곳에서 끊임

없이 전쟁 소식 혹은 예감이 전해왔고, 한국에서는 점퍼 주머니에 손을 찔러넣은 채 공원에 앉아 있는 아버지들의 모습이 텔레비전을 통해 자주 보도됐다. 자세히는 알 수 없어도 사람들은 그 시간 아버지들이 단지 벤치에 앉아 있는 것만으로도 몹시 불안해하는 듯했다. 이상한 것은 사람들이 그것을 숨기고 싶어하는 동시에 온 동네에 떠벌리고 싶어한 것처럼 보였다는 점이다. 나는 텔레비전을 물끄러미 바라보다 생각했다. '그런데 아버지는, 정말 어디 있는 것일까?' 누군가 그날 아버지를 살짝 들어올린 뒤 그대로 파고다공원에 내려놓았고 순간 아버지는 폭삭 늙어버린 것이 아닐까? 나를 놀이공원에 두고 사라진 이유도 실은 자신에게 갈 공원이 따로 있었기 때문이 아닐까?

아버지들이 직장이 아닌 공원에 있어야 했기 때문에 수족관에 오는 가족 수도 부쩍 줄어들었다. 간혹 나는 현장에서 버려지는 아이들을 보곤 했다. 걸레를 들고 수족관 유리벽을 문지르고 있는 동안 내 앞에 모여 침을 흘리는 아이들 너머로 혼자 울고 있는 아이가 보이면 그중 몇몇은 버려진 아이였다. 그럴 때면 나는 수족관 주위를 빙돌며, 주위를 헤매고 있을 보호자를 찾아보곤 했다. 그렇게 한참 후 다시 제자리로 헤엄쳐오면, 아이는 이미 사라지고 없었다. 아마 둘 중 하나 — 보호자를 찾았거나 계속 찾는 중일 터였다. 때로는 몇년을 때로는 평생을 걸려가며 말이다.

내가 아버지를 찾지 않은 이유는 두가지다. 하나는 아버지가 나를 찾고 있을 것이기 때문이고, 다른 하나는 아버지에 대해 기억나는 것이 전혀 없기 때문이다. 나는 아버지가 언제고 나를 잘 찾을 만한 곳에 있어야 했다. 내가 할 수 있는 일은 그것밖에 없었다. 나는 아버지의 이름도, 나이도, 얼굴도 모두 잊어버렸다. 정말이지 이상하게 하나도 기억나지 않았다. 아버지에 대해 내가 유일하게 기억할 수 있는 건 아버지가 아버지였다는 사실밖에 없다. 그러니까 나는 이름도, 나이도, 얼굴도 모르는 사람 때문에 오랫동안 고통받고 오해받아온 셈이다. 하지만 어느날 아버지가 내 앞에 불쑥 나타난다면, 나는 아버지를 한번에 알아볼 자신이 있다. 그것은 아버지가 아버지이기 때문이기도 하며 어릴 때부터 사람들에게 "너는 어쩌면 그렇게 아버지랑 똑같이 생겼니"라는 말을 듣고 자라왔기 때문이다. 우리는 분명 서로를 알아볼 수 있을 것이다.

*

    블루월드의 5월은 매우 바쁘다. 어린이날과 어버이날, 성년의 날과 스승의 날 등 기념일이 모인 달이기 때문이다. 기획실에서는 '수중사진 콘테스트' '엄마와 함께하는 남극 탐험' '우리나라 민물고기' 등 여러가지 행사와 특별 전시를 마련했다. 관리요원들의 업무는 갈수록 늘어갔다. 나는 여느 때처럼 물고기들의 신체검사와 산란기간 동안 세심한 관리, 관람객을 위한 다이빙을 하느라 정신이 없었다.

    그날도 잠수복을 입고, 공기통을 메고, 부력조절기와 진압게이지 등 장비를 점검한 뒤 수조에 들어갔다. 물속으로 천천히 대가리를 들이밀며 부력의 주먹 사이를 매끄럽게 빠져나갔다. 내 동선을 따라 반짝이는 물방울들이 민들레 씨앗처럼 퍼져나갔다. 수조 앞에 관람객이 다닥다닥 붙어 있었다. 작은 물고기들이 가을 새떼처럼 우수수 날아올랐다. 어른들은 아이들에게 "저것 좀 봐"라고 말하며 수조 안을 가리켰다. 신이 난 아이들이 유리벽을 쾅쾅 두들겼다. 하지만 내겐 아무 소리도 전해오지 않았다. 나는 먹먹한 고요 속에서 명료한 기분을 느끼며 두리번거렸다. 덩치 큰 물고기 하나가 의뭉스러운 표정으로 뭐라 중얼거리며 내게 길을 비켜주었다. 수조 안의 풍경은 평화롭고 또 조금은 권태로웠다. 반면에 저 바깥은 가정의 달을 맞아 몰려든 인파로 복잡했다. 혼자 포대기에 아이를 업고 온 여자, 뭔가 기가 죽어 있는 노모, 그 노모가 찌푸린 눈으로 응시하는 아득한 바다, 유리벽에 코를 박고 있는 쌍둥이 자매와 벌써 짜증이 난 주부, 서로에게 어색한 친절을 베푸는 연인, 시계를 자주 보는 사내, 꾸중 듣는 아이, 사진기 앞에서 뻣뻣하게 웃는 가족, 입을 크게 벌리고 우는 아이, 사람들 사이에 물음표처럼 뜬 풍선. 그런데 얼핏 저 앞에 낯익은 얼굴이 보였다. 오십대 중반으로 보이는 한 사내의 얼굴이었다. 그는 인파 속에 섞여 혼자 이쪽을 바라보고 있었다. 어쩐지 그를 한번은 만난 적이 있는 것 같았다. 누구지? 누구였더라? 나는 그를 향해 천천히 헤엄쳐갔다. 그의 모습이 점점 선명하게 드러났다. 이윽고 그 중년의 남자 앞에 거의 다 다다랐을 때 나는 숨이 멎는 줄 알았다. 그는 내 아버지였다. 오래전 놀이공원에서 실종된 내 아버지 말이다. 나는 아버지를 알아봤다. 아버지는 나와 똑같은 얼굴을 하고 있었다. 머리가 좀 세고 살이 찌긴 했지만 그는 틀림없는 나의 아버지였다. 나는 숨을 고르며 아버지에게 바싹 다가갔다. 아버지와 나를 가르는 것은 투명한 유리 한장뿐이었다. 당장 바깥으로 달려가고 싶었지만 그사이 아버지를 놓칠지 몰랐다. 나는 주먹으로 유리벽을 쳤다. 그렇게 내가 여기 있다고, 지금 당신 앞에 있다고 표현하고 싶었다. 그런데 아버지는 나를 못 알아보는 것 같았다. 나는 한번 더 세게 유리벽을 두드렸다. 주먹 사이로 공기 방울들이 뭉텅뭉텅 빠져나갔다. 아버지는 자꾸 다른 곳을 바라보았다. 문득 아버지가 잠수복을 입은 채 물안경을 쓴 나를 알아볼 리 없다는 생각이 들었다. 그렇다고 물안경을 벗을 수는 없었다. 그러면 아무것도 볼 수 없고 아버지를 계속 따라갈 수 없을 것 같았다. 나는 더 힘차게 유리벽을 두드렸다. 그렇지만 내 몸짓은 늘어진 테이프처럼 둔하고 느릿하기만 했다. 그런데 아버지가 나를 향해 고개 돌렸다. 나는 아버지와 정면에서 눈이 마주쳤다. 아버지가 놀란 듯 멍한 표정을 지었다. 나를…… 알아보는 것 같았다. 묵묵히 이젠 아버지의 뜻에 따르겠다는 듯 나는 잠자코 있었다. 아버지가 얼굴을 붉히며 당장 자리를 떠난다고 해도 어쩔 수 없었다. 나는 조마조마한 가슴으로 아버지의 대답을 기다렸다. 잠시 후 아버지가 부드러운 미소를 지으며 내게 한쪽 손을 가만히 흔들어주었다. 아버지가…… 웃고 있었다. 나는 그만 울컥해서 입에 물은 호흡기를 놓쳐버릴 뻔했다. 아버지는, 나를 잊지 않은 것이다. 저런 미소는 오직 나를 잊지 않은 사람만이 지어 보일 수 있는 것이었다. 나는 모든 것이 아버지의 선물이라고 확신했다. 아버지, 그러니까 아버지는 나를 만나러 온 것이다. 내게 인사를 하러 다만 한 번의 인사, 사랑의 인사를 하러 온 것이다. 어쩌면 아버지는 저 미소를 연습하느라 이토록 늦게 도착한 것이 아니었을까? 나는 나를 향해 너그러운 미소를 짓는 아버지를 보며, 아버지가 내게 "그동안 외계인에게 납치되었다"고 말한다손 치더라도 믿을 수 있을 것 같았다.

그런데 아버지가 조금 이상했다. 아버지는 아이처럼 계속 웃기만 했다. 한손을 여전히 흔들며 거북이와 나를 똑같은 표정으로 바라보다…… 곧 다른 곳으로 시선을 돌렸다. 아버지는 내 등 너머를 바라보며 '우와' 하는 표정을 지었다. 아마 상어를 본 모양이었다. 나는 초조하게 아버지를 응시했다. 아버지는 뭔가 결정한 듯 다른 곳을 향해 걸어가기 시작했다. 다른 물고기들을 구경하려는 모양이었다. 나는 눈을 부릅뜨고 미친 듯이 유리벽을 두들겼다. 관람객들이 나를 이상하게 쳐다봤다. 하지만 아버지는 아무것도 모른다는 듯 그저 뒤통수만 보일 뿐이었다. 아버지는 내 시야에서 빠른 속도로 멀어져갔다. 아버지가 빠져나간 자리는 금세 다른 관람객들로 채워졌다. 두 다리로 재빨리 물갈퀴질을 하며 인파 사이로 성큼성큼 걸어가는 아버지를 허둥지둥 따라갔다. 아버지를 놓칠지도 모른다는 생각을 하니 숨이 막혀왔다. 아버지를 쫓아가는 내내 몇번이나 유리벽을 두들겼다. 하지만 아버지는 절대 돌아보지 않은 채 예전부터 유일하게 잘해온 일, 즉 내 앞에서 사라져가는 일에만 충실할 뿐이었다. 아버지는 점점 작아지더니 마침내 사람들 사이로 없어져버렸다. 눈에서 뜨거운 눈물이 솟구쳤다. 물안경 안으로 순식간에 수증기가 찼다. 나는 물속에서 허우적거리며 아버지, 아버지를 놓치지 않으려 안간힘 썼다. 하지만 아버지는 이미 사라졌고, 나는 그 자리에서 할 수 있는 게 없었다.

수면 위로 올라오자마자 물안경을 벗어던졌다. 말도, 울음도 아닌 숨소리가 정신없이 쏟아졌다. 휘파람을 처음 배우는 아이처럼, 온전한 음(音)이 되지 못한 서툰 쇳소리를 목구멍 위로 쏟아냈다. 정신을 차리려 수조 안에 얼굴을 박았다. 수면 위로 내 얼굴이 물에 뜬 가면처럼 뒤집혀 떴다. 그 안에서 한참 동안 눈을 감고 있었다. 그런데 어디선가 이상한 소리가 들려와 물속에서 눈을 번쩍 떴다. 수조 안의 물고기들이 일제히 입을 열었다 닫았다 하며 '아빠, 아빠, 아빠, 아빠' 하고 있었다. 물고기의 입에서 튀어 나온 '아빠'들이 수천개의 공기 방울이 되어 보글보글 올라왔다. 나는 겁을 먹고 상체를 들어올렸다. 내 얼굴 아래로 여러개의 물방울이 뚝뚝 떨어져나왔다.

서둘러 잠수복을 벗어던진 뒤 땅바닥에 주저앉았다. 그리고 — 오랫동안 흐느꼈다. 낮고 긴 울음소리가 수족관을 에워쌌다. 나는 벗어놓은 잠수복을 얼굴 위로 뒤집어 썼다. 그리고 두 팔로 한껏 잡아당겼다. 잠수복이 내 얼굴 위로 달싹 달라붙었다. 나는 호흡을 가누지 못하고 꺼이 꺼이 울었다. 잠수복이 내 입으로 들어갔다 나오기를 반복하며 '아빠, 아빠'거렸다. 한동안 그렇게 주저앉아 오래도록 뻐끔거렸다. 그리고 한참 후 내가 뚝 하고 울음을 그쳤을 때, 그 어마어마한 고요 속에서, 수조 위 작은 물결이 아무도 모르게 살짝 출렁거렸다. 나는 잠자코 앉아 그 소리를 들었다. 문득, 지겹다는 생각이 들었다.

영원한 화자

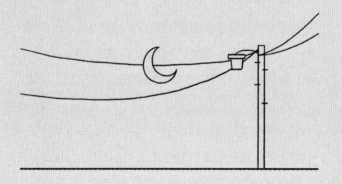

나는 내가 어떤 인간인가 자주 생각하는 사람이다. 나는 내가 어떤 인간인가 알기 위해 내 이름을 부르면 대답하는 사람, 그러나 그것이 내 이름인 것이 이상하여 자꾸만 당신의 이름을 불러보는 사람이다.

나는 당신이 어떤 인간인가에 대해서도 자주 생각하는 사람이다. 저 사람은 냉소적인가 그렇지 않은가, 저 사람은 허영심이 많은가 그렇지 않은가. 저 사람은 냉소적이고 허영심이 많지만 어쨌든 나를 좋아한단 말인가 아니란 말인가. 나는 '알기' 전에는 사랑할 수 없는 사람, 하나 가끔은 알 수 없는 쓰다듬에 숨죽이는 사람이다.

나는 말을 줍고 다니는 사람, 나는 나의 수집가, 나는 나를 찌푸린 눈으로 보는 나에게 가장 버르장머리없는 사람이다. 그리하여 나는 내가 어떤 인간인가 말해주는 사람의 이야기를 듣느라 호프집에서 오줌보를 붙든 채 상체를 기울이는 사람이다. 나는 스스로 <u>조금은 특별</u>하다고 생각하는 사람, 그래서 내 앞사람이나 옆사람도 스스로를 특별하다고 생각할지 모른다는 사실에 불쾌해지는 사람이다.

어쩌면 '나는 하루에 한가지 일밖에 못하는 사람이다'라는 식으로 나를 말할 수 있을지도 모른다. 만일 오늘 나의 가장 큰 일과가 운동화를 빠는 거라면 나는 정말 그날 운동화만 빠는 사람이다. 나는 게으른 사람이지만 앉아서도 누워서도 온종일 '오늘 운동화를 빨아야 되는데……'를 생각한다는 점에서 부지런한 사람이다. 나는 지식을 자랑하는 사람을 싫어하지만 누군가 내 방에 와 '책이 많으시네요'라고 한마디 해주면 기뻐하는 사람이다. 나는 농담을 좋아하지만 재치있는 사람을 보면 적의를 품는 사람. 나는 때론 돈 만원 때문에 우울해지는 사람이며, 현금지급기 앞에서 항상 뒷사람을 의식하는 사람이다.

나는 낯선 이들을 웃기고 난 뒤 안도하는 사람. 나는 나의 편견을 아끼는 사람, 나는 그 편견을 얻기까지 달려갔다 다치고 온 길을 버릴 수 없는 사람이다. 나는 '그것은 수난자들의 질문입니다'라는 알료사의 말에 밑줄 긋는 사람. 나는 아무것도 아닌 사람, 나는 내가 정말 아무것도 아닐까봐 무릎이 떨리는 사람이다.

나는 내가 무서워하는 것, 깔보는 것, 묻는 것이다. 나는 내가 눈을 크게 뜨고 보는 것, 곁눈질하는 것, 눈감아주는 것이다. 나는 괜찮다고 말하는 사람, 미안하다고 말하는 사람, 감사하다고 말하는 사람이다. 혈액형 혹은 별자리를, 우리가 무수히 침 발라가며 넘긴 해설을 말할 수도 있을 것이다. 나는 아직 잔뜩 남겨진 자이다.

나는 이것저것을 긁어모으지만 당신은 언제나 충분치 않다고 말한다. 나는 처음부터 다시 말한다. 그리하여 이것은 관심없는 이성의 고백처럼 언제나 조금씩 지루해진다.

나는 내가 어떤 인간인지 자주 질문하는 사람이다. 나는 내가 어떤 인간인가 대답하기 위해 내 이름을 부르면 고개 돌리는 사람, 그러나 그것이 내 이름인 것이 이상하여 자꾸만 당신의 대답을 기다리는 사람이다.

나는 당신이 어떤 인간인가에 대해서도 자주 질문하는 사람이다. 저 사람은 유머감각이 있는가 그렇지 않은가. 저 사람은 속물적인가 그렇지 않은가. 저 사람은 유머감각이 있고 속물적이지만 어쨌든 나를 좋아한단 말인가 아니란 말인가. 나는 '묻기' 전에는 사랑할 수 없는 사람. 하나 가끔은 당신이 내 이름을 부를 때 가슴이 철렁이는 사람이다.

나는 나의 첫사랑. 나는 내가 읽지 않은 필독도서, 나는 나의 죄인 적 없으나 벌이 된 사람이다. 그리하여 나는 내가 어떤 인간인가 설명하기 위해 인터넷 대화창 앞에서 오줌보를 붙든 채 줄남배를 피우는 사람이다. 나는 당신에게 잘 보이고 싶은 사람. 그러나 내가 가장 잘 보이고 싶은 사람은 결국 나라는 것을 아는 사람이다.

어쩌면 '나는 사려깊은 사람'이라는 식으로도 나를 말할 수 있을지 모른다. 나는 따뜻한 사람이지만, 당신보다 당신의 절망을 경청하고 있는 나의 예의바름을 더 사랑한다는 점에서 무례한 사람이다. 나는 오만한 사람을 미워하지만 겸손한 사람은 의심하는 사람이다. 나는 모두

가 좋아하는 그림 앞에서 내가 그동안 그것을 '그다지' 좋
아한 것은 아니라고 부정하는 사람이다. 나는 자신에 대
해서는 '당신들이 모르는 내가 있다'고 생각하면서, 타인
에 대해서는 언제나 '다른 사람들은 모르지만 나는 안다'
라고 생각하는 사람이다. 나는 동의하지 않아도 끄덕이는
사람, 나는 불안한 수다쟁이, 나는 나의 이야기, 나는 당신
이 생각하는 사람, 나는 나의 각주들이다.

하여, 스스로를 책(責)하는 게 나를 더 잘 아는 것인 양
착각하던 때가 있었다. 하나의 자부, 하나의 자만. 나는 당
신에게 '진짜'인 것 같았고, 내가 그렇게 말할 줄 아는 사
람이라는 것이 뿌듯했다. 그러나 돌이켜보면 ─ 그것은
언제나 잘난 척보다 나빴다.

그날도 그랬던가? 그날도 신중하게 옷을 고르는 사람
처럼 당신 앞에서 말을 고르고 있었던가? 내가 하루에 한
가지 일밖에 못하는 사람이 맞다면, 아마 그날도 종일 그
일을 생각하고 있었을 게 틀림없다. 그 일이 비록 서비스
센터에 휴대전화 수리를 맡기거나 칫솔통에 낀 물이끼를
닦는 일이었다손 치더라도 그것은 그날 내게 가장 중요한
일이었을 거다.

*

    지하철은 나른한 오후의 아랫배를 머리로 들이받으며
내천(川)자가 들어간 도시의 이름 속으로 달려갔다. 역 내
승객들은 오래전에도, 더 오래전에도 그곳에 선 것과 똑
같은 모습으로 서 있었다. 마치 모두가 똑같은 거짓말을
하므로 아무도 속고 있지 않다고 생각하는 듯한 모습이
었다.

    지하철이 막 출발하기 전 계단을 내려갔다. 나는 '도
에 관심있는 자'에게 잡혔을 때 대꾸 않는 사람인가 웃으
면서 사양하는 이인가, 나는 지구에 외계인이 살고 있다
고 생각하는 사람인가 그렇지 않은 이인가, 나는 콩이 들
어간 밥을 좋아하는 사람인가 그렇지 않은 이인가 대답을
지닌 나에게 이제 막 출발하려고 하는 열차는 그냥 보내
야 하는 대상이었다. 하나 막 닫힐랑말랑하는 문의 유혹
은 대단해 가끔은 나도 모르게 무작정 혹은 엉겁결에 뛰
어들게 만든다.

    지하철 안은 한적했다. 자꾸만 박살나는 햇빛 바깥에

앉아 주위를 둘러봤다. 스커트 아래로 완강하게 모아진 당신의 무릎, 졸음 아래로 툭 불거져나온 당신의 지퍼, 처음 샀을 때 아마 굉장히 좋아했을 것 같은 당신의 나이키, 오소소 솜털 돋은 귓불 아래로 부러 얕은 숨을 내쉬는 당신의 애인, 선반 위 구겨진 종이가방을 계속 신경쓰는 당신의 두 눈, 그리고 몇차 걸러 한명쯤은 있을 법한 저기 저 사관생도. 달라진 게 있다면 내가 예전보다 조금 더 까다로워졌다는 사실이다. 나는 당신이 왜 바지를 가슴까지 올려 입는지, 당신이 왜 그렇게 다리를 크게 벌리고 앉는지, 왜 그렇게 껌을 씹고, 왜 그런 농담에 웃고, 왜 그런 책을 읽는지 못마땅하다. 어쩌면 우리가 사람을 등지는 이유도 결국 그런 작은 것들 때문인지도 몰랐다.

또 한가지 예전과 달라진 건 내가 더이상 두리번거리지 않는다는 점이다. 나는 이제 사람을 표 안 나게 흘깃거리는 방법을 알게 되었다. 이를테면 내 앞에 앉은 당신은 누군가로부터 "그 친구 사람은 좋은데 실력이 없어"라는 말을 듣는 사람일지도 모른다. 혹은 "걔가 그러고 다녀도 집이 잘산다며?"라는 수군거림을 듣는 사람, "자넨 너무 융통성이 없군"이라든가 "저 사람 일등으로 들어왔다며?"라는 말을 듣는 이일지도 모른다. 당신은 또 누군가의 빈말에 기뻐하는 사람 혹은 진담에 격분하는 사람일 것이다. 당신은 "그래도 넌 나보다 낫잖아"라는 말에 서운해하는 사람이거나 "그 친구 사람 정말 괜찮아"라는 말에 솔깃해하는 사람일 것이다. 당신은 무겁거나 가벼운 사람, 당신은 맛없는 음식을 끝까지 먹는 사람, 당신은 소문 때문에 어딘가를 떠나야 했던 사람일지도 모른다. 당신은 텔레비전 뉴스를 보며 자주 빈정대는 사람, 당신은 버스나 화장실의 맨 끝자리를 좋아하는 사람, 당신은 누군가를 때리는 사람, 당신은 모두에게 인기있는 사람, 당신은 내가 언젠가 한번 만났던 사람일지도 모른다. 그리하여 잠시 후 짧은 정차 때 당신과 눈이 마주치자 나는 거짓말을 할 때면 코를 만진 옛날 사람처럼 휴대전화를 만지작거렸다.

그러니 어떤 우연들은 11시 11분처럼 혹은 4시 44분처럼 그렇게 다가오기도 한다. 그날 그 시간, 그 칸에 당신이 있었다는 우연. 순전히 그때 시계를 본 사람의 몫인 행운 혹은 외로움. 그럼에도 불구하고 11시 11분은 매일 다가오고 또 지나가므로 우리가 만난 것은 만난 것이 아니다.

누군가 나를 갸우뚱한 표정으로 바라보는 게 느껴졌다.

누군가를 그렇게 빤히 쳐다보는 게 결례임을 알아 그녀가
나를 뚫어져라 응시하는 게 불편했다. 잠시 후 그녀가 내
앞으로 다가왔다.

"아무개 아니니?"
나는 정말 아무개였던 나머지 내 이름을 듣고 깜짝 놀
랐다.
"아무개 맞지? 몰라보겠다 얘."
그녀는 활짝 웃으며 내 옆자리에 앉았다. 연분홍빛 원
피스 차림에 어딘지 모르게 유치원 선생님처럼 사람을
부담스럽게 만드는 선량한 기운이 느껴졌다. '누구더
라……?' 미간을 찌푸리는 동안 그녀가 내 쪽으로 몸을
더욱 밀착시켰다.
"이게 얼마 만이야, 연락 한번 안하고."
그녀가 아랫입술을 내민 뒤 콧잔등을 찡그리며 귀여운
표정을 지어 보였다. 그녀에게는 대체로 내게 먼저 말을
걸어오는 동창들의 공통점인 이상한 자신감이 엿보였다.
그녀가 수선스럽게 핸드백을 뒤지더니 명함을 꺼내 내게
내밀었다. 이지혜. 이름 옆에 조그맣게 웹디자이너라는
말이 씌어 있었다. 나는 내가 그녀를 기억하지 못한다는
것을 그녀가 눈치채게 될까봐 걱정스러웠다. 학창시절 기

억나는 사람이라고는 공부를 아주 잘했던 아이거나, 아주 말썽쟁이였던 아이 ─ 둘 중 하나였다. 그녀는 아마 그 중간에 있는 무수한 친구들 중에 하나였을 거다. 나는 누군가를 기억해주는 게 크게 생색낼 일이 아님에도 불구하고 나 역시 그녀의 이름을 먼저 불러주었다면 그녀가 좋아했을지도 모른다고 생각했다. 그 순간에도 나는 누군가를 배려하는 사람, 누군가를 배려하기 위해 나도 모르게 상대를 낮추어놓고 보는 이가 되고 말았다. 나는 엉거주춤 명함을 주머니에 넣었다.

"그러게 요새 통 연락하는 애들이 없어서……"

그녀의 반짝이는 구릿빛 종아리에 시선을 두며 말했다. 그녀가 다음 순서를 기다리듯 나를 쳐다봤다. 나는 부러 순진한 표정을 지어 보이며 내겐 명함이 없다고 말했다. 그녀는 다시 활달해지더니 괜찮다며, 내가 묻지 않은 동창들의 소식을 전하기 시작했다.

"너 지은이 알지? 걔 작년에 중국 남자랑 결혼했다고 하더라. 근데 글쎄 그 남자가 그렇게 갑부래. 너도 알지? 중국에서 부자는 진짜 부자라잖아."

나는 지은이가 누군지 기억나지 않았다.

"지은이?"

그녀가 답했다.

"그래, 지은이."

내가 미간을 찌푸리자 그녀는 부드럽게 나무라듯 말했다.

"우리 반 일번 말이야."

그녀가 아주 당연하다는 듯 말했기 때문에 나는 엉거주춤 답했다.

"……조그맣고, 매일 지각하던?"

그녀의 얼굴이 뜻밖에 환해졌다.

"그래! 우리 그때 지각하는 애들 벌금 모아서 연말에 다 같이 짜장면 사먹었잖아."

스프레이형 에어스타킹을 신은 그녀의 종아리에 시선을 둔 채 고개를 갸웃거리듯 끄덕거렸다. '그랬던가?'

"명화, 명화 기억나지? 걔 코 세운 거 알아?"

나는 명화가 누군지 기억나지 않았다.

"명화?"

그녀가 답했다.

"그래, 명화."

나는 마지못해 두루뭉술하게 말했다.

"그래? 예뻐졌겠네."

"말도 마. 고치고도 그렇게 안 예쁜 앤 처음 본다."

그녀는 은근히 '너도 동의하지?'라는 공범자의 사인을

보내며 크게 웃었다. 그녀가 동창들의 안부를 그렇게 상세하게 알고 있어 조금 놀랐다.

"선미 알지?"

"선미?"

"그래, 선미."

나는 지혜도, 지은이와 명화도, 선미도 누군지 떠오르지 않았지만 왠지 그 순간 거짓말을 해야 할 것 같은 기분이 들었다. 이왕 하는 거 그럴듯하게 하자고.

"응, 최근에 전화왔어. 생각나서 걸어봤다고 언제 보자고 하더라."

그녀의 동공이 크게 확장됐다.

"선미가?"

나는 대답했다.

"응, 선미가."

"최근 언제?"

잠시 고민하다 무심하게 답했다.

"며칠 전에."

그녀가 심각한 얼굴로 내 얼굴을 바라봤다.

"정말?"

"몇달 전이었나? 근데 왜?"

그녀가 마른침을 삼킨 후 답했다.

"걔…… 죽었잖아."

"………"

그러곤 내 얼굴을 뚫어지게 바라봤다.

"………"

정말 내가 아는 누군가가 죽은 것처럼 안타까운 감정이 일었다.

"어쩌다가?"

"몰랐니? 남자친구랑 오토바이 타고 가다 몇 년 전에 사고로 죽었다더라. 나도 최근에 지영이 만나 그 얘기 듣고 깜짝 놀랐지 뭐야. 이상하다. 네가 아는 사람 정말 선미 맞아?"

"아니, 아닌 거 같아. 내가 착각했나보다."

그녀가 다소 안도하는 듯 그러나 여전히 경직된 얼굴로 한숨을 내쉬었다. 그러나 그것도 잠시, 그녀는 그녀의 첫사랑이 자신에게 보험을 팔러 왔던 일과 고등학교 때 담임이 얼마나 변태적이었는지, 학교 앞 구멍가게 아들이 얼마나 해사했는지 회상하기 시작했다. 나는 그런 이야기가 하나도 귀에 들어오지 않았지만 가끔 '응' '그래?' '그랬구나' 반응하며 열심히 듣는 척했다. 모두 어디선가 들어봤던 것 같고 처음 듣는 이야기 같기도 했다. 그녀의 입술 주위에 둥근 테두리를 그리며 하얗게 붙은 침 찌꺼기가 보였다. 그녀의 말에 조용히 맞장구를 치며 몇개의 단서들로 그녀가 누구인지 기억해내려 애썼다. 곧이어 어색한 침묵이 흘렀다. 지하철 안은 왠지 나른했고, 햇빛은 여전히 빠른 속도로 박살나고 있었다. 나는 그녀에게 어디까지 가냐고 물었다. 그녀는 몇 정거장 후 내릴 거라고 했다. 다시 정적이 흘렀다.

"그런데……"

그녀가 반가워하며 무엇이든 말해보라는 듯이 내게 상체를 기울였다. 나는 마른침을 한번 삼켰다.

"그 스타킹 어디서 샀니?"

그녀가 잠시 당황하더니 답했다.

"아, 이거?"

그러곤 곧 에어스타킹의 장점과 각 홈쇼핑 채널의 마케팅 전략을 분석해 설명하기 시작했다. 그녀의 입술 주위에 붙은 침 찌꺼기가 계속 신경쓰였다. 나는 그녀에게 일이 재미있느냐고 물었다. 그녀는 '그런대로'라고 답했다. 나는 그녀에게 남자친구는 있냐고 물었다. 그녀는 '응, 벤처기업 다녀'라고 말했다. 나는 그녀에게 지금 혼자 사냐고 물었다. 그녀는 '그렇다'고 답했다. 그러자 다시 할 말이 없어졌다. 그녀는 명함에 주소가 있으니 언제 자신의 미니홈피에 한번 들르라고 말했다. 나는 그러겠다고 했다. 그러나 나는 동창들의 미니홈피에 방문하는 것을 좋아하지 않았다. 언제부터인가 서로가 자신의 홈페이지에 오갈 것이라는 것을 알고, 혹은 알면서도 모른 척 열심히 자기 삶을 전시하는 모습이 보기 싫었기 때문이다. 윤택한 사진 아래로는 온갖 사교적인 답글이 달리고, 사람들은 모두 행복해 보였다. 온라인에서 우리는 날마다 동창회 중이었다.

저편에서 색안경을 낀 사내가 트롯풍 '나 같은 죄인 살리신'에 맞춰 이쪽으로 걸어왔다. 늘 겪는 일이면서도 우리는 한번 더 의연해지기 위해 조금 긴장했다. 그녀는 어느새 고등학교 시절 학년주임 흉을 봤다. 나는 그녀의 말을 건성으로 들으며 내 앞에 앉은 정복 차림의 사관생도가 주머니를 뒤척이는 모습을 바라봤다. 그는 지갑을 찾으려 몸 이곳저곳을 황급하게 더듬다가 생각난 듯 007가방을 무릎에 올려놓았다. 앵벌이 사내가 우리 쪽으로 점점 가까이 오자 사관생도도 007가방을 열었다. 그러고는 가방이 무거운지 다시 바닥에 내려놓은 채 허리 굽혀 지갑을 찾았다. 나는 재빨리 그러나 표 안 나게 사관생도의 가방을 훑었다.

"그게 다 콤플렉스야."

"응? 뭐?"

"학년주임 말이야."

"어? 응."

사관생도는 지갑을 찾느라 한참 애쓰다 가방 안에서 또 작은 가방을 꺼내 지퍼를 열고 마침내 지갑을 꺼냈다. 언제 왔는지 색안경을 쓴 앵벌이 사내가 사관생도 앞에 얌전히 서 있었다.

"그런데 너 정말 여전하다."

그녀가 숨을 크게 한번 몰아쉬더니 말했다.

"응? 내가 어쨌는데?"

힘겹게 지갑을 꺼낸 사관생도가 어서 적선하기를 기다리며 앞에 장면으로부터 시선을 떼지 않고 답했다. 사관생도가 지갑을 열었다.

"너, 그때 늘 혼자였잖아. 늘 우울해하고."

순간 사관생도의 얼굴에 당혹스러운 빛이 스쳤다.

"내가?"

지갑 안에는 온통 푸릇푸릇한 만원짜리 지폐뿐이었다.

"그래, 그때 왜 은미 때문에…… 뭐 다 옛날 얘기긴 하지만. 그래도 잘 사는 거 같아 다행이다."

사관생도가 창백해진 얼굴로 지갑의 다른 면을 이리저리 살폈다. 앵벌이 사내는 사관생도 앞에서 계속 버티었

고 거의 모든 사람들이 이제 사관생도의 행동을 주시하고
있었다.

"내가 뭘……?"

그녀가 내 반응을 유심히 살피며 의뭉스러운 투로 말
했다.

"참, 너 생각나? 그때 우리 같이 점심 먹었는데."

순간 이지혜가 누군지 생각날 것 같았지만 그 지혜가,
이 지혜가 맞나 확신할 수 없었다. 그녀가 웃으며 말을 이
었다.

"그때 너 참 착했는데."

망설이던 사관생도는 다시 처음부터 모든 과정을, 그
러니까 아무것도 적선하지 않고, 지갑을 닫고, 그것을 작
은 가방 속에 넣고, 작은 가방의 지퍼를 닫고, 작은 가방을
007가방에 넣은 뒤 007가방의 버튼을 잠그고 무릎에 얹어
놓는 일을 신중하게 시연했다. 괜한 불쾌감이 일어 나도
모르게 벌떡 자리에서 일어났다.

"내리게?"

"어? 아니."

"난 내릴 건데."

사관생도 앞에 선 앵벌이가 얼굴을 일그러뜨리며 저편
으로 느리게 걸어갔다. 그녀가 문 앞에 곧은 자세로 서서

가을 동창회 때 한번 더 보자고 말했다. 우리 학교 은행나무가 참 예쁘지 않느냐면서. 지하철이 멈추자 그녀가 막 출입문 밖으로 나가려다 말고 잊은 것이 있다는 듯 물었다.

"그런데, 어디 가는 길이었어?"

그러나 내가 대답하기 전 출입구가 닫혔고, 앵벌이의 찬송가 소리 또한 거짓말처럼 다음 칸으로 사라졌다.

그런데 어디 가는 길이었어? 어디 가는 길이었지? 그래 나는 당신을 만나러 가는 길이었지.

나는 이내 울적해졌다. 동창들을 만나면 언제나 기분이 좋지 않았다. 더욱이 별로 유쾌하지 않은 시절을 보낸 동창들을 만나면, 단지 그 시절의 나를 목격했다는 사실만으로 그들이 미워지곤 했다. 내게 인사하고, 안부를 물으며 속으로는 그때를 떠올릴 게 분명하기 때문이었다. 그리고 그것은 비단 내가 고개 숙이고 다니던 시절의 동창들을 만날 때만 드는 기분은 아니었다. 전에도 한 패스트푸드점에서 중학교 동창을 만난 적이 있다. 나와 마찬가지로 스무살을 갓 넘긴 그녀의 등 뒤에는 아기가 또 옆에는 다섯살 즈음으로 보이는 아들도 있었다. 그녀는 "아무개 아니니?"라고 축농증 섞인 목소리로 내게 다가왔고, 그때도 나는 내가 아무개인 까닭에 아무개라는 말에 놀라고 말았다. 순간 나는 친절했던 상위권 학생으로 돌아가, 그녀가 자신의 모습을 부끄러워하지 않도록 아기가 예쁘다는 칭찬을 해줬다. 처음의 반가움과 달리 그녀 역시 할 말이 딱히 없는 듯했고, 우리는 다른 동창을 만나도 물어보는 것을 서로에게 물었다. 나는 애써 그녀와 친했던 한 친구의 안부를 물었다. 그녀는 반색을 하며 "미영이? 미영이도 지금 그 동네에 있어. 전화번호 줄까? 메모지 있니?"라고 물었다. 나는 미영이와 친한 건 그녀인데 왜 내게 연락처를 주겠다고 하는지 알 수 없었다. 그녀가 한 손으로 포대기에서 흘러내리는 아기를 자꾸 들쳐올리며, 다른 한 손으로 힘겹게 가방에서 볼펜과 종이를 꺼내 전화번호를 적었다. 나는 아직도 나를 중학교 때 모습으로 대하는 그녀에게 왠지 미안했고 동시에 그런 미안함을 느끼는 자신이 범박하게 느껴졌다. 그런데도 선뜻 나서 그 애의 가방을 들어준다거나 하지 못했다. 조금 전 이지혜만 해도 그랬다. 내 기억이 맞다면 그녀는 항상 누군가에게 자신의 작은 비밀을 털어놓은 뒤 상대방의 더 큰 비밀을 알아내는 친구였다. 잘 기억나지는 않지만 그때 그런 아이가 우리 반에 있었던 건 분명하다. 나는 지혜와 별로 친하지 않왔다. 그런데 어느날 그녀가 내 자리로 와 몇마디씩 건네기 시작했고, 점점 앉았다 가는 시간이 길어졌다. 나는 그녀에게 당시 친구들에게 부쩍 염증을 느낀다고 털어놨다. 그런데 그날 이후로 내게서 친구들이 하나둘 떠났고, 나는 영문도 모른 채 도시락을 혼자 먹어야 했다. 대수롭지 않은 일 같지만 도시락을 혼자 먹어본 사람은 그것이 얼마나 곤혹스러운 일인지 알 것이다. 그때의 고통은 내가 혼자라는 게 아니라, 내가 혼자라는 걸 모두 '보고' 있다는 데 있다. 오랫동안 잊은 일이었는데 그녀가 '같이 점심 먹었던'이란 말을 꺼내자 그때 일이 떠올랐다. 물론 그녀는 그 일은 전혀 기억하지 못할 수도 있다. 도시락을 혼자 먹은 것은 그녀가 아니었으니까. 좀 전까지 아무것도 모르고 그녀 말에 고개 끄덕인 사신이 바보같이 느껴졌다. 하지만 더이상 그녀 생각은 않기로 했다. 앞으로도 동창회에 나갈 일은 없을뿐더러 그녀를 다시 만날 일도 없을 터였다. 11시 11분은 이미 지났고, 나는 이제 11시 12분이나 11시 13분에 대해 신경쓸 필요가 없다.

열차는 계속 서울의 서쪽으로 달려나갔다. 나는 줄곧 당신에 대해 생각하고 있었다. 세상에서 나를 가장 잘 아는 사람, 그러나 지금 여기 없는 사람. 만일 그 사람과 지금 지하철 창문에 비스듬히 머리를 기댄 채 같은 곳을 바라봤다면, 아마 나는 당신이 다리를 그렇게 크게 벌리고 앉는 것도, 그렇게 껌을 씹는 점도 훨씬 너그럽게 바라봤을지도 몰랐다.

우리가 서로 어떻게 안고, 어떻게 할퀴었는지 ── 우리가 어떻게 다시 껴안고, 어떻게 다시 밀어냈는지는 ── 잘 기억이 나지 않는다. 다만 당시에는 중요하지 않다고 생각한 아주 작은 것, 당신이 젓가락을 집던 방식이나, 당신이 술안주로 베어물고 내려놓은 오이에 난 잇자국, 기이하게 생긴 엄지발가락 모양, 내가 반해버린 남자 배우를 질시할 때 짓던 표정이나, 당신이 조용히 뒤집어주던 삼겹살 색깔 같은 것들만 떠올랐다. 마치 우리가 사람을 등지는 이유가 아주 작은 것들 때문이듯, 사람을 사랑하게 되는 이유도 비슷할지 몰랐다. 그리고 지금 나는 지하철 의자에 기대어 앉아, 오래전 꼭 지금 같은 날씨와 꼭 지금 같은 시간에 당신과 지하철역 근처에서 했던 놀이를 생각하고 있었다.

그때 당신과 나는 어렸고, 땡볕이 내리쬐는 아스팔트 위를 걸으며 지하철역을 찾고 있었다. 더위 때문에 여느 때처럼 흔한 우스갯소리조차 하지 않던 나의 눈치를 살피며 당신은 갑자기 내게 게임을 하자고 했다. 종목은 '무엇무엇 했으면 좋겠다' 놀이. 내가 그게 뭐냐고 묻자, 당신은 그냥 하고 싶은 걸 얘기하면 되는 거라고 말했다. 아니, 할 수 없는 것을 이야기해도 된다고. 지쳐 있던 내가 그러자고 하자 당신은 갑자기 신이 나서 말했다.

"더이상 욕망이 없는 사람이 지는 거다?"

당신은 우선 담뱃값이 안 올랐으면 좋겠다고 말했다. 나는 하루 용돈이 이만원이었으면 좋겠다고 말했다. 당신은 복권에 당첨되었으면 좋겠다고 말했다. 나는 영어회화를 잘했으면 좋겠다고 말했다. 당신은 자기 집이 있었으면 좋겠다고 말했다. 나는 가슴이 커졌으면 좋겠다고 말했다. 당신은 아버지가 정신차렸으면 좋겠다고 말했다. 나는 노트북이 있었으면 좋겠다고 말했다. 당신은 엄마에게 애인이 있었으면 좋겠다고 말했다. 나는 햇볕에다 이불을 널 수 있었으면 좋겠다고 말했다. 당신은 누군가 자신을 우러러봐줬으면 좋겠다고 말했다. 나는 누군가 나에게 괜찮냐고 물어보지 않았으면 좋겠다고 말했다. 당신은 디지털카메라가 있었으면 좋겠다고 말했다. 나는 농담을 잘하고 싶다고 말했다. 당신은 미용실에서 샴푸만 한두시간쯤 받아봤으면 좋겠다고 말했다. 나는 내가 고부가가치 인간이 되었으면 좋겠다고 말했다. 당신은 다룰 줄 아는 악기가 있었으면 좋겠다고 말했다. 나는 치열이 발랐으면 좋겠다고 말했다. 당신은 춤을 잘 출 수 있었으면 좋겠다고 말했다. 나는 평생 집세나 받아먹으며 살 수 있었으면 좋겠다고 말했다. 당신은 운동을 잘했으면 좋겠다고 말했다. 나는 똑똑한 사람이 되었으면 좋겠다고 말했다. 당신은 차가 있었으면 좋겠다고 말했다. 나는 미안해하지 않았으면 좋겠다고 말했다.

한참 후 당신은 네가 될 수 있었으면 좋겠다고 말했다. 한참 후 나도 네가 될 수 있었으면 좋겠다고 말했다. 한참 후 당신은 너와 잘 수 있으면 좋겠다고 말했다. 한참 후 나도 너와 잘 수 있으면 좋겠다고 말했다. 우리 머리 위로는 지하철이 홍조처럼 긴 선을 그으며 지나갔고 우리는 서로를 꼭 껴안은 채 오래도록 서 있었다.

그리고 어느날, 당신은 너와 헤어졌으면 좋겠다고 말했다.

당신이 떠난 후 나는 몹시 우울해진 나머지 한밤중 길

에서 외계인을 만난대도 전혀 놀라지 않을 것 같았다. 나는 자꾸만 내가 누군지 잊어갔다. 그래서 자꾸 고3때 반장이 되거나, 대학 때 아르바이트생이 되거나, 아랫방 처녀가 되거나, 착한 막내가 되거나, 이동통신사 고객이 되거나, 뒷좌석의 시야를 가리는 앞좌석의 관객이 되거나, 예의바른 후배가 되거나, 우물쭈물하는 수습직원이 되거나, 날짜를 어기는 납세자가 되거나, 아는 여자가 되거나, 맥줏집 단골이 되거나, 신중한 소비자가 되거나, 아무것도 아닌 것이 되어갔다. 그리하여 나는 무얼 어찌해야 할지 모른 채 연락도 없이 당신을 만나러 가는 길이었다.

열차 안에서 이번 역은 이 열차의 종착역이니 승객 여러분은 모두 하차해주시기 바라며 가실 땐 잊으신 물건이 없는지 확인하시기 바란다는 안내방송이 흘러나왔다. 종착역에서 내리려고 했음에도 그런 방송을 들을 때면 번번이 뭔가 거절당하는 기분이 들었다. 동시에 아무것도 두고 오지 않았음에도 항상 뭔가 잊고 내리는 듯한 불안도. 터널 속으로 사라져가는 열차를 끝까지 응시하다 시계를 봤다. 그런데 그때 이지혜의 말이 다시 생각났다. 가을 동창회 때 보자고. 우리 학교는 은행나무가 예쁘지 않느냐는 말. 불현듯 내가 졸업한 학교에 은행나무가 한그루도 없었다는 사실이 떠올랐다. 나는 뒤돌아서 열차가 갓 빠져나간 터널을 한참 동안 바라봤다.

결국 그날 나는 당신을 만나러 가지 못했다. 대신 열차의 긴 선로를 되짚어가며 내가 '무엇무엇 했으면 좋겠는지' 생각했다.

*

그리하여, 한번 더, 그리하여 여전히 —

나는 내가 어떤 인간인가 자주 상상한다. 나는 내게서 당신만큼 멀리 떨어졌으니 내가 아무리 나라 해도 나를 상상해야만 하는 사람이다. 나는 내가 상상하는 사람, 그러나 그것이 내 모습인 것이 이상하여 자꾸만 당신의 상상을 빌려오는 사람이다.

나는 당신이 어떤 인간인가에 대해서도 자주 상상한다. 저 사람은 열등감이 많은가 그렇지 않은가, 저 사람은 달변가인가 그렇지 않은가. 저 사람은 열등감이 많고 달변가이지만 어쨌든 나를 좋아한단 말인가 아니란 말인가.

나는 '믿기' 전에는 사랑할 수 없는 사람, 하나 가끔은 그 무엇과도 상관없이 당신의 이름을 불러보는 사람이다.

　나는 긴 주소지, 나는 제목만 따라 부르는 팝송, 나는 사진처럼 언제나 조금씩 잘린 모습을 한 사람이다. 나는 내가 무엇을 말하고 싶어했는가보다 당신이 어떻게 받아들일지에 더 많은 에너지를 소비하는 사람이다. 나는 교양 있는 사람으로 보이고 싶어하는 사람, 그러나 무엇에나 쉽게 감탄하는 이로는 보이고 싶지 않은 사람이다. 나는 자신에게 솔직한 사람들을 미워하는 사람, 나는 뻔한 사람, 그러나 당신이 뻔하다는 사실에 불쾌해지는 사람이다.

　나는 이것저것을 긁어모으지만 당신은 언제나 충분치 않다고 말한다. 나는 처음부터 다시 말한다. 그리하여 이 것은 관심없는 이성의 고백처럼 언제나 조금씩 지루해진다.

　나는 기다리기만 하며 살고 싶지 않았던 사람, 나는 변명만 하고 살고 싶지 않았던 사람, 나는 내가 경멸하는 사람에게 고맙다고 말했던 사람, 나는 아르바이트하느라 쩔쩔매는 시간에 악기를 배워보고 싶었던 사람, 나는 당신의 고통을 소문낸 사람, 나는 나도 모르게 누군가를 해했을지도 모르는 사람, 나는 전동칫솔과 에어브라를 갖고 싶어한 사람, 나는 오래전 한 손으로 입을 가리고 웃었던 사람, 나는 여전히 전동칫솔이 없는 사람, 나는 여전히 기다리는 사람, 나는 세금을 받으러 온 주인의 기척이 들리면 집에 없는 척하는 사람, 나는 점점 여기 없는 척하는 사람, 나는 여기 없는 척하느라 당신이 불러도 대답하지 못했던 사람, 그러나 그때 사실 당신 근처까지 갔던 사람…… 하여 이 많은 말들 속에서도 당신이 끝끝내 나를 찾아내지 못할 것이라는 걸 아는 사람이다.

나는 이해받고 싶은 사람, 그러나 당신의 맨얼굴을 보고는 뒷걸음치는 사람이다. 나는 당신을 사랑하는 사람. 그러나 그 사랑이 '나는'으로 시작되는 사람이 하는 사랑이라는 것을 아는 사람이다. 나는 '그래도 나는'이라고 말한 뒤 주저앉는 사람, 나는 한번 더 '나는'이라고 말한 뒤 넘어지는 사람, 그러나 나는 멈출 수 없는 사람, 그리하여 '나는 내가 어떤 사람인지 자주 생각하는 사람이다'라고 처음부터 다시 말하는 사람이다. 하여, 우리는 흐르는 물에 손을 베이지 않고도 칼을 씻는 방법을 알고 있는 것이다.

—
그녀가 잠 못 드는 이유가 있다

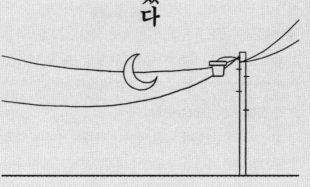

그녀는 벌써 몇번째 자세를 뒤척였다. 바로 누웠다, 옆으로 누웠다, 엎드렸다 하는 것은 기본이며 쿠션을 다리 사이 혹은 다리 밑에 끼우고 안거나 팽개쳤다. 팔은 둘다 올리거나 하나만 올렸고, 팔은 구부린 채 다리만 펴기도, 다리는 구부리고 팔만 펴기도 했다. 한쪽 다리는 올리고 한쪽 다리는 내린 채 팔은 양쪽 다 머리 위로 두거나, 고개는 왼쪽 또는 오른쪽을 향하게 할 수 있었다. 그녀의 자세는 모두 세분화된 신체의 경우의 수로 만들어진다. 이 세상에는 그녀가 아직 모르는, 어떤 예민한 사람이라도 깊게 잠들 수 있는 독특한 자세가 존재할지도 모른다. 그녀의 뒤척임은 바로 그 경우의 수를 하나씩 지워가며 '빙고'를 찾아가는 지난한 과정이다.

그녀는 자세를 한번 바꿀 때마다 한가지 주제에 대해 골몰한다. 혹은 하나의 자세에서 여러가지 생각을 떠올린다. 오늘의 일과 내일의 잊지 말아야 할 것들, 건강과 세금, 부채, 누군가의 부고, 후회와 수치, 돈이 나오면 꼭 사려고 마음먹은 것들, 냉장고 속 식품의 유통기한…… 그 중 그녀가 가장 많이 하는 생각은 '더이상 생각하면 안 된다'는 생각이다. 그녀는 "생각하지 말자. 생각하면 안 돼. 생각하면 안 된다고 했잖아…… 그런데 그 사람, 오늘 나한테 왜 그런 말을 했을까?" 생각한다. 그러곤 몸을 바싹 웅크린다. 그녀의 모습은 온갖 상념들로부터 자신을 지키려는 한마리 공벌레 같다. 그녀의 머릿속에 오늘 아침 지하철역에서 메트로를 나눠주던 아주머니의 손등이 스쳐 간다. 동네 술집 간판이 떠오르고, 누군가와 편해지자고 걸었던 농담이 실례였다는 생각이 떠오른다. 텔레비전 광고 문구가, 친구 집에 막혀버린 변기가, 이번 달 생활비는 얼마나 남았던가가 개천 위의 쓰레기처럼 그녀를 지나간다. 그녀가 잠 못 드는 수만가지 이유가 있다.

그녀는 아침에 우연히 들은 대중가요 때문에 잠 못 든다. 그녀는 '나는 왜 좋아하지도 않는 노래를 계속 웅얼거리고 있지?' 생각하며 그 노래를 밤새 흥얼거린다. 그녀는 이 세상에서 가장 긴 다리의 이름이 생각나지 않아 잠 못 이룬다. 혹은 『나의 라임오렌지나무』를 쓴 작가의 이름, 전에 본 영화 제목이 생각나지 않아 잠 못 든다. 그 감독, 그 배우, 그 배우가 입은 옷의 보풀까지 기억나는데 도무지 제목만은 떠오르지 않는 것이다. 그녀는 영화 제목의 첫 머릿글자 자음을 입안 가득 물고 뭔가 뱉어내려고 애를 쓴다. 누군가 곁에서 제목의 첫 글자인 온전한 '수'자를 외쳐준다면, 경마장에 앉아 있다 결승점을 통과하는 말을 보고 벌떡 일어나는 사람처럼 '수취인불명'이라고 숨도 쉬지 않고 내뱉을 수 있을 텐데. 'ㅅ' 근처만 빙빙 돌다 잠 못 이룬다. 그럴 때마다 그녀는 자신이 빨리 잠들어야 하는 이유를 설명한다. '나는 지금 몹시 피곤하다. 지금은 새벽 한시다. 나는 여섯시에 일어나야 한다. 실장님은 항상 한시간 먼저 나온다. 그는 나를 좋아하지 않는다. 지금 못 자면 낮에 존다. 낮에 졸면 실수한다. 실수하면 밤새 그 실수에 대해 생각하게 될 것이고, 그러다보면 내일 밤도 잠 못 들 것이며, 내일모레는 더 큰 실수를 하게 될 것이다…… 그런데 그 사람, 나한테 정말 왜 그런 말을 했을까?' 그러나 이것은 그녀가 잠 못 드는 사소한 이유에 불과하다.

 그녀는 숙면을 위해 여러가지 시도를 해보았다. 인터넷 검색창에 '불면증' 하고 친 뒤 '불면증은 유전인가요?' '불면증 증세 어떻게 알죠?' '인간은 잠을 안 자고 얼마나 살 수 있죠?' 등의 질문을 클릭한 뒤, 세상엔 정말 자신이 죽어도 궁금해하지 않을 것들을 궁금해하는 인간들이 많구나 생각하고, 그러다봄 사실 자기도 궁금해지고, 불면증 테스트에서 길 잃은 미아처럼 엄마를 찾아 '예' '아니오' 화살표를 따라가본 뒤, 종착지에서 '너는 미아가 맞다'라는 대답만 듣고 나오거나, 샤워, 우유, 라벤더 등의 단어 앞에서 눈을 반짝이기도 한다. 하지만 누군가 '14번 자세에서 온천에 대해 집중적으로 생각하면 잠이 잘 옵니다'라고 말해줄 경우, 그녀는 온천에 대한 안 좋은 기억이 떠올라 또 잠 못 이뤘다. 찜질방이 막 인기를 누리며 곳곳에 퍼질 즈음, 그녀가 사는 동네에도 24시간 여성전용 사우나가 생겼다. 그녀는 사방이 숯으로 채워진 불가마라든가, 물을 뿜어내는 용의 머리기 대리석으로 조각된 욕조, 쾌적한 휴게실을 이용하며 뿌듯해했다. 왠지 자신도 건강과 미용을 생각하는, 생활에 여유가 있는 사람처럼 느껴졌기 때문이다. 그녀는 냉탕에 있는 수압 마사지기를 자주 애용했다. 벽면에 봉을 잡고 센서식 버튼을 누르면 물폭포가 쏟아지는 기계였는데 아랫배나 허리를 마사지하기에 제격이었다. 그런데 그녀가 냉탕에 몸을 담그고 있을 때, 한 할머니가 수압 마사지기 앞에서 아랫배를 비비다 힘없이 똥을 싸버렸다. 그녀는 순간 비명을 지르며 냉

탕을 뛰쳐나왔다. 그녀가 샤워기로 허겁지겁 몸을 닦고
있을 때, 사람들이 웅성대며 욕조 주위로 모여들었다. 그
녀는 그제야 냉탕 안의 할머니를 제대로 쳐다볼 수 있었
다. 쪼글쪼글 까맣고 야윈 몸을 드러내며 발가벗은 채 똥
물 속에 홀로 서 있던 할머니. 뭐라 표현할 수 없는 얼굴
로 구부정히 선 그 할머니의 얼굴을 지금도 잊지 못한다.
그녀는 그때 자신이 조금만 덜 호들갑스러웠더라면 좋았
을 것이라 생각한다. 그래서 항상 '무엇무엇에 대해 생각
하면'이라는 식의 치료법은 그녀에게 도움이 되지 못했
다. 운동이 숙면에 좋다는 말을 따랐을 경우 밤새 몸이 쑤
셔 못 잤다. 따뜻한 우유를 마시면 설사를 했고, 명상은 왠
지 멍청하게 느껴졌다. 그녀는 아직도 효과적인 치료법을
찾지 못했다. 그녀는 자신이 잠 못 드는 이유를 좀더 면밀
히 살펴보기로 했다.

그녀는 불면의 가장 큰 이유가 자신의 성격 때문일 거
라 생각했다. 왜냐하면 그녀는 모두에게 좋은 사람이고
싶고, 지적인 동시에 겸손하며, 사려깊은 동시에 냉철하
고, 일도 잘하지만 옷도 잘 입는 사람이고 싶기 때문이었
다. 하지만 그녀는 그다지 냉철하지도 지적이지도 않았
다. 그녀는 항상 거절을 두려워하며 오해에 쩔쩔맸다. 그

녀는 누군가 화가 나 있으면 '혹시 나 때문인가?'라고 생각했다. 그러곤 잘못한 것이 없는데도 어느새 그 사람 비위를 맞추고 있었다. 혹은 요구하지도 않은 해명을 하며 자신을 의아하게 쳐다보는 사람 앞에서 "그게 아니고……"라며 더 많은 말들을 늘어놓았다. 그러나 그녀를 괴롭게 하는 것은 그런 자신의 약점을 누군가 알아차리고 속으로 경멸하면 어쩌나 하는 거였다. 그녀는 자신을 바꿔보려 했다. 그녀는 변명만 하고 사는 인간은 되고 싶지 않았다. 그러나 오해를 견디고 사는 일이란 얼마나 더 외로워야만 가능한 것인지. 그녀는 그것이 세상에서 가장 어려운 일처럼 느껴졌다. 그녀는 뭔가 선택하거나 결정해야 할 때마다 곤혹을 치르곤 했다. 누군가와 통화할 때 그녀는 저쪽의 숨소리, 머뭇거림, 말투와 어조 하나하나에 신경을 곤두세웠다. 그녀는 '이 사람이 지금 정말 나를 만나고 싶어하는 것인지, 미안해서인지, 내가 만나고 싶어할 것이라고 생각하고 그러는 것인지, 진짜로 그렇게 하자고는 못하겠지 하는 마음에 묻는 것인지, 예의상 그렇게 하는 것인지' 고민한다. 그녀는 "그쪽이 편한 곳에서"나 "그쪽 편한 시간에"라고 대답한다. 그녀는 언제나 누군가를 배려하지만 자신이 정말 배려하는 사람은 자신이라는 것을 안다. 그녀는 해야만 하는 말은 잘 못하면서, 하지 않아도 좋을 말은 잘한다. 만약 누군가와 밤새 술을 마실 경우 그녀는 먼저 일어나겠다는 말을 못한다. 반대로 상대방이 그만 일어나자고 할 경우 속으로 '이 사람 여지껏 지겨워한 것은 아닐까?' 생각한다. 그러면 자신이 한없이 눈치없는 인간처럼 여겨지고, 그러면 예의바른 인간이라도 되어보자 싶은 마음에 "제가 괜히 오래 붙잡아둔 것 같아요"라는 말을 하고 만다. 그녀는 결정하거나 선택하는 일만큼 거절하는 일도 능숙하지 못하다. 그녀는 자신을 말똥말똥 쳐다보는 사람 앞에서 끊임없이 '안 된다고 해. 싫다고 해'라는 말을 떠올리면서 번번이 "네"라든가 "제가 할게요"라고 말해버린다. 가끔 용기를 내어 거절해도 '그 사람 상처받았으면 어쩌지?' '나를 매정한 사람이라고 생각하지 않을까?' 고민하느라 잠 못 이룬다. 그녀는 자신을 바꾸기로 결심한 날이면 사람들로부터 "어디 아프냐?"는 질문을 받는다. 그리고 이 모든 것이 잠들기 전 다시 떠오른다. 하지만 이것 역시 그녀가 잠 못 드는 진짜 이유는 아닐 것이다.

　그녀는 잠들기 바로 직전, 자신이 한 생각이 무엇이었나 기억하지 못한다. 아침마다 살인적인 의지로 일어나기 때문에 그것을 생각해낼 정신도, 생각할 시간도 없다. 일

단 잠에서 깨면 그녀는 부산하게 움직인다. 그러곤 짧은 시간 안에 많은 것을 해낸다. 화장만 해도 그렇다. 그녀가 화장을 끝내기까지 잠들기 위한 과정만큼 복잡한 절차가 필요하다. 우선 피부를 안정시켜주고 모공을 확장시켜주는 스킨을 바른다. 수분과 유분을 공급해주는 로션을 바른다. 모공을 다시 수축시키기 위해 아스트린젠트를 바른다. 피부의 활력을 위해 수분크림을 한번 더 바른다. 자외선은 피부의 적이므로 선크림을 바르고, 메이크업베이스를 뭉치지 않게 골고루 펴 바른다. 잡티를 가리는 파운데이션을 바르고, 콤팩트를 꾹꾹 눌러 바른다. 눈썹칼로 눈썹을 정리하고, 머리색과 같은 색으로 눈썹을 그린다. 눈썹은 꼬리로 갈수록 진해지게 해야 하며, 너무 굵거나 얇아도 안 된다. 속눈썹을 둥글게 감아올린다. 아이새도를 바른다. 동일 계열 컬러에 좀더 진한 색으로 라인 부분을 덧바른다. 립스틱 색보다 다소 진한 색으로 립라인을 그린다. 아랫입술을 좀더 도톰하게 그리는 것이 좋다. 립스틱을 바르고, 윤기를 주기 위해 립글로즈를 덧바른다. 큰 붓으로 콧등 위에 흰 파우더를 발라 콧대가 높아 보이게 한다…… 그녀의 화장은 수수하다. 그녀는 사치스럽지도, 궁색하지도 않다. 그녀는 교통질서를 지키듯 화장의 상식을 준수한다. 그리고 그중 무엇 하나 생략할 수가 없다. 계속 해오던 것을 하지 않을 수 없고, 각각의 화장품은 저마다 독자적인 기능을 가지고 있기 때문이다. 그럼에도 불구하고 한 인간이 화장하는 데 필요한 것들은 아직도 얼마나 많이 남아 있는지. 모든 '필요'는 세분되어 있고 그녀는 예전보다 신경써야 할 것들이 더 많다. 손 하나만 치더라도 핸드크림과 네일크림이 따로 있듯, 폼클렌징과 바디클렌징과 아이리무버가 따로 있듯 말이다. 그러나 그런 건 그녀에게 별로 중요한 문제가 아니다. 그녀는 그것 말고도 생각해야 할 것이 너무 많다. 그녀는 언제 화장지가 떨어질지, 물먹는 하마에는 물이 얼마만큼 찼는지, 은행 잔고는 얼마인지 신경써야 한다. 세상에 쓰레기봉투의 종류만도 세가지가 넘는다. 세금의 종류는 그보다 더 많고, 질병의 종류는 더더욱 많다. 한 성인이 먹고사는 데 필요한 것과 알아야 될 것들은 얼마나 많은지. 그녀는 옛날 사람들은 지금보다 더 위험하고 더러운 곳에서도 잘 잤는데, 자기는 왜 그때보다 더 안전한 곳에 사는데도 잠 못들어하는지 궁금해한다. 그녀는 생리가 샐까봐 잠 못 든다. 이미 샜지만 생리대를 갈자니 귀찮고, 그냥 두자니 찝찝해서 잠 못 든다. 그녀는 옛 애인이 자기보다 다섯살 어린 여자와 사귄다는 소식을 듣고 잠 못 들고, 길에서 만난 동창과의 대화 때문에 잠 못 든다. 친구에게 빌려줬다 받지 못한 이만원 때문에 잠 못 들고, 우연히 본 벌레가 다시 나와 자신의 몸 위를 기어다니면 어쩌나 싶은 생각에 밤을 새고, 한밤의 광고 문자 때문에 잠 못 든다. 그녀는 자신의 등 아래로 지금 땅굴이 파이고 있으면 어쩌나 싶어 잠 못 들고, 스펠링을 잘못 적은 신청곡 쪽지 때문에 잠 못 든다. 그러나 이런 것들 역시 그녀가 잠 못 드는 진짜 이유는 아닐 것이다. 그녀는 자신이 언제부터 잠을 못 이뤘던가 생각한다. 고3때부터였나? 취업을 준비하던 대학교 4학년 여름부터였나? 경제적으로 독립한 뒤였던가? 잘 기억나지 않는다. 다만 자신이 어렸을 때 누가 업어가도 모를 정도로 잘 자는 볼 빨간 아이였다는 것만 생각날 뿐이다.

오늘밤에도 그녀는 몇번 뒤척인 끝에 편안한 자세를 찾아냈다. 그녀는 세개의 베개를 이용해 여러가지 자세를 구사한다. 처음 자세는 두 다리를 모으고 두 손을 가슴 위에 얹은 단정한 자세로 시작된다. 그녀의 기분은 작은 파동이 이는 수면과 같이 잔잔하면서도 불안하다. 그녀가 1부터 100까지 숫자를 세다 두번째로 자세를 튼다. 그러면 갑자기 하나의 추억이 무작위로 선출되는데, 오늘밤 그녀가 눈을 감고 뽑은 쪽지에는 '팬티'라고 적혀 있다. 그것은 그녀가 상경할 때 어머니가 억지로 보따리에 챙겨 넣어준 자주색 팬티다. 어머니가 시장 트럭에서 사온 팬티는 촌스러웠다. 진한 다홍색 팬티 위로 흰 줄무늬 밴드가 박음질돼 있고, 그 밴드 위에 가지각색의 꽃무늬가 새겨져 있었다. 어머니는 '여자는 무조건 팬티가 많아야 한다'며 똑같은 디자인의 팬티를 한다발 챙겨주며 눈물을 찔끔거렸다. 스무살의 그녀는 아무리 실용적인 것이라지만 그런 팬티를 입을 때면 우울해졌고, 빨랫줄에 그 팬티를 널 때마다 신경질이 나곤 했다. 그러던 어느날 그녀에게도 그녀를 쫓아다니는 남자친구가 생겼고, 여차저차해서 그녀는 자기가 무엇을 입고 있는지도 잊은 채 몸을 맡겼다. 그때 남자친구는 그녀 앞에서 웃어버렸고 그녀는…… 뭐 그랬던 것인데 이렇게 잠이 오지 않는 밤이면 이따금 그 팬티가 떠오르는 것이다. 그녀는 분노인지 수치심인지 아쉬움인지 부끄러움인지 모를 감정에 휩싸여 세번째로 자세를 틀었다. 하지만 어느새 그 생각을 또 하고 있었다. 그녀가 가장 많이 중얼거리는 '그때 내가 왜 그랬을까?'는 오늘도 반복되고, 그녀는 과학이 아무리 발전한다 해도 변할 수 없는 사실이 있다는 것을 슬퍼한다. 그녀가 타임머신을 타고 과거로 돌아가 재빨리 팬티를 갈아입지 않는 이상 그 팬티는 어디까지나 그 팬티일 뿐이다. 그녀는 그런 식으로 자신이 타인에게 요약되는 방식이 싫다. 같은 말이라도 '귓불'이 예쁜 여자로 남고 싶지 '귀부랄'이 예뻤던 여자로는 편집되고 싶지 않은 것이다. 그래서 그녀는 종종 '서른이 되기 전에 모든 증인들을 죽여버리고 싶다'고 생각하며 괴로워한다. 그녀는 그런 생각을 계속하다간 자신이 오늘도 새벽이나 되어서야 잠들게 될 것임을 안다. 그녀는 다시 자세를 틀며 무념무상의 상태가 되고자 노력한다. 그런데 그녀는 어느새 눈을 감고 통 속에 손을 다시 집어넣어 두번째 쪽지를 꺼내고 있다. 두번째 쪽지에는 '칠조석가여래좌상'이란 말이 씌어 있다. 한때 명석하단 소리를 들어보기도 한 그녀는 주위의 성화에 못 이겨 퀴즈쇼에 나간 적이 있다. 문제를 다 풀면 많은 돈을 주는 프로그램이었는데, 예선을 거뜬히 통과해 본선에 진출, 마지막 문제만 남겨둔 순간까지 올라갔던 것이다. 생방송 중이었고, 일가친척이 손에 땀을 쥐며 그녀를 응원하고 있었다. 마지막 문제는 "고려시대에 주조된 철조 불상으로 경기도 광주군 하사창리의 고려시대 절터에서 옮겨왔습니다. 앉은키의 높이가 2.8미터나 되며, 원만구족의 남성미를 잘 나타내고 있는 이 불상은 무엇일까요?"였다. 전국의 시청자들이 그녀가 답을 모른다는 것을 이미 눈치채고, 텔레비전 화면 위로 걱정스러위하는 친척들의 모습이 잠깐씩 스치고, 진행자가 힘차게 숫자를 셌다. "삼, 이, 일, 네에! 정답은 칠조석가여래좌상입니다." 그때 그녀의 머리를 스친 생각은 자신이 아마도 죽을 때까지 '칠조석가여래좌상'이라는 말을 잊지 못하게 되리라는 것이었다. 하지만 세상에 누가 칠조석가여래좌상 같은 걸 외우고 다닌단 말인가! 그후로 이렇게 잠 못 드는 밤이면 그녀는 "칠조석가여래좌상 칠조석가여래좌상" 하고 중얼거리게 되는 벌을 받게 된 것이다.

얼마나 뒤척였을까? 그녀는 갑자기 정신이 아득해짐을 느꼈다. 이것은 기분좋은 징조였다. 빛과 소리와 생각이 점점 멀어지고 그녀는 '생각하면 안 된다'는 생각도 하지 않은 채 그저 가만히 있으면 되었다. 숫자도, 팬티도, 귀부랄도, 칠조석가여래좌상도 우주선에서 버려지는 쓰레기들처럼 저 멀리 날아갈 터였다. 온몸에 힘이 빠지며 드디어 잠이 찾아왔다. 그리하여 아슬아슬하게 램수면상태로 진입하기 직전 어디선가 갑자기 평! 하는 소리가 들렸다. 그녀는 움찔 놀라며 눈을 부릅떴다. 빨갛게 핏발 선 눈에, 있지도 않은 쌍꺼풀이 굵게 생겼다. 그녀는 방안을 둘러보았다. 볼륨이 0으로 설정된 OCN 채널에서 자동차 추격 장면이 이어지고 있었다. 그녀는 그제야 그 방에 아버지가 있었음을 깨달았다. 문득 짜증이 났으나 태아처럼 리모컨을 꼬옥 쥔 채 잠든 아버지를 어쩔 도리가 없었다. 어쩔 도리가 있을 만큼 친한 사이가 아니었다.

그녀의 아버지는 며칠 전, 어디서 났는지 어울리지도 않는 빨간 이스트팩 하나를 멘 채 그녀 앞에 나타났다. 이스트팩 끈이 바싹 조여져 등에 달싹 달라붙은 가방을 멘 아버지의 모습은 뭔가 좀 모자라 보였다. 걸쇠가 채워진 현관문 틈으로 아버지를 빤히 쳐다보는 그녀 앞에서 그는 우물쭈물했다. "왜요?" 그녀가 입을 열자 아버지는 안도하는 표정으로 까만 귤봉지를 내밀며 말했다. "너 이거 좋아하지?"

그녀는 집안 가구며 장판에 대해 칭찬을 늘어놓는 아버지에게 아무것도 묻지 않았다. 알고 싶지 않았고, 알게 될까 두려웠다. 그녀는 반지하 셋방의 그저 그런 살림을 칭찬하고 나서는 아버지의 꿍꿍이가 미심쩍었다. 아버지의 입성은 초라했고 왠지 뭔가 초조해 보였다. 그러나 당신의 불안을 먼저 아는 척해주지는 않으리라. 아버지는 대뜸 "이 집 얼마냐?"고 물었다. "왜요?" "아니, 혼자서…… 대견해서……" 그런 뒤 두 사람은 아무 말도 안 했다. 한참 후 그녀의 아버지가 입을 열었다. "며칠만 있자." 그녀는 마음속으로 '안 된다고 말해. 안 된다고 말해. 어서. 안 된다고'라는 말을 끊임없이 외쳐댔으나 한참 후 "그러세요"라고 대답했다. 그후로 아버지는 며칠간 그녀 방에서 꿈쩍도 하지 않았다. 아버지는 원래 그 자리에 있 었던 사람처럼 자연스럽게 행동했다. 처음에는 "내가 부 엌에서 자마" 했던 그녀의 아버지는 그녀가 방에 큰 요 하 나와 작은 요 하나를 깐 뒤, 먼저 작은 요로 가 등을 돌리 고 눕자, 슬그머니 큰 요 안으로 들어갔다. 그날 이후로 그 녀는 새벽마다 펑, 펑, 폭죽처럼 빛나며 켜지는 텔레비전 소리에 간신히 든 잠을 더욱 설치게 되었다.

첫날, 아버지가 텔레비전을 켰을 때, 그녀는 아버지가 그저 심란해서 그런 것이라 생각했다. 그러나 둘째 날이 지나고 셋째 날이 지나자 그녀는 아버지가 텔레비전에 중 독된 상태라는 걸 깨달았다. 아버지는 텔레비전 없이는 절대로 잠들 수 없는 사람이었다. 아버지는 그녀가 꼭두 새벽 출근해 한밤중에 돌아올 때까지 그녀가 깔아준 이불 속에 파묻혀 지냈다. 아버지는 화장실에 가거나 라면을 끓여먹을 때를 제외하고 종일 텔레비전만 봤다. 아버지 는 그녀의 베개를 모두 끌어다 등받이를 만들어 이불 속 에서 텔레비전을 봤다. 그녀는 매일 밤 열시면 집에 돌아 와 방바닥으로부터 반쯤 솟아오른 아버지의 상반신을 봤다. 그러곤 이불 안에 감춰진 아버지의 하반신이 저 밑 콘크리트 속으로 한없이 뿌리 내리는 상상을 했다. '어쩌면 아버지에게는 애초에 하반신이 없었던 것 아닐까? 아버지를 너무 오랜만에 만난 까닭에 내가 그 사실을 잊어버린 것은 아닐까?'

아버지는 텔레비전을 보지 않을 때도 텔레비전이 계속 켜져 있기를 바랐다. 집에 돌아온 그녀는 트레이닝복으로 갈아입은 뒤, 세수를 하고, 문갑 앞에 앉아 기초화장품을 발랐다. 그녀가 조그만 원형 거울 앞에서 자신의 눈, 코, 입을 보고 있으면, 그 너머로 아버지의 눈, 코, 입이 작게 보였다. 목 늘어난 메리야스 차림으로 내셔널지오그래픽에 나오는 아프리카 기린을 멍한 눈빛으로 바라보는 아버지. 바둑을 둘 줄 모르면서 화면 가득 배열된 흰돌과 검은돌의 이동을 바라보는 아버지, 남북의 창을 보는 아버지, 부부 클리닉 사랑과 전쟁을 보는 아버지, TV쇼 진품명품을 보고, 열전 가수왕을 보고, 9급공무원 시험대비 강좌를 보고, 온게임넷 챌린지 리그를 보는 아버지, 열린 새 신자 예배를 보고, 아토피 희망은 있다를 보고, 밀라노 컬렉션을 보고, 결정 맛 대 맛을, 생활 TV법정을, 뉴스를, 광고를, 홈쇼핑을, 보여주는 것은 뭐든지 보는 아버지. 본 것을 또 보는 아버지. 봤다는 걸 기억하지 못하는 아버지. 텔레비전을 보기 위해 그녀 집에 종착한 것처럼 보이는 아버지. 며칠간 서로 대화를 하지 않았다는 것에 대해 이상하게 생각하지 않는 아버지. 매초 삼백만개의 점이 쏟아지는 화면은 주시하면서, 딸이 잠 못 드는 단 한가지 사실은 알아차리지 못하는 아버지. 그녀는 거울의 각도를 조절해 거울 속에 비친 아버지의 얼굴을 사라지게 했다. 그러곤 얼굴에 로션을 바른 뒤 갈라진 발뒤꿈치에 뉴트로지나 크림을 발랐다. 크림은 튜브 끝에서부터 꾹꾹 눌러 내용물을 짜내야 했다. 그녀는 불을 끈 뒤 작은 요로 들어가 아버지로부터 등을 돌리고 누웠다. 아버지가 텔레비전 볼륨을 5에서 1로 줄였다. 그녀는 웅크리고 누운 채 잠들려고 애썼다. 그녀는 '내일 잊지 말고 뉴트로지나 크림을 사오자' 생각했고, 아버지가 며칠 새 다 먹어버린 라면을 다시 사다놓을지 어쩔지 고민했다. 그녀는 자신의 등 뒤에서 괴물처럼 일렁이는 텔레비전 불빛이 무척 신경쓰였다. 연예프로그램에서 정우성이 오늘 어느 식당에 갔고, 이효리가 어떤 스타일의 남자를 좋아하는지 보도했다. 그녀는 몸뚱이를 더 둥글게 말아 전자파의 출렁거림으로부터 자신을 보호하려 했다. 아버지가 온 이후로 수면량이 부쩍 줄었다. 직장에서 실수도 더 하는 것 같고, 실장은 자신을 더 미워하게 됐다. 그녀는 자기 위해 안간힘을 썼다. 텔레비전 불빛이 여전히 신경을 거슬리게 했다. 그런데도 그녀는 '꺼달라'는 말을 하고 싶지 않았다. 그녀가 수차례 뒤척이다보면 주위는 잠잠해졌고 문득 뒤돌아보면 아버지가 꾸벅 졸고 있었다. 그녀는 조심스럽게 아버지에게 다가가 아버지의 손에 들린 리모컨을 빼내 텔레비전 전원을 껐다. 그러면 아버지는 움찔 일어나 어둠속에서 더듬더듬 리모컨을 찾았고 전원을 켠 뒤 도로 잤다. 그 모습은 품안에 먹이를 꼬옥 품고 자는 예민한 짐승같이 보였다. 그녀가 텔레비전을 끄기라도 하면 아버지는 사납게 으르렁거릴 것 같았다. 그녀는 아버지가 보지도 않는 텔레비전을 켜놓겠다고 무언의 항의를 하고 또 고집부리는 걸 이해할 수 없었다. 자식을 도대체 말려 죽일 셈인가. 몇년 만에 불쑥 찾아와, 꼭 자식이 잠 못 드는 수만가지 이유 중 다른 이유 하나를 추가해야 한단 말인가. 그녀는 아버지에게 언제 나갈 것인지 물어봐야겠다고 생각했다. 한밤중 그녀의 휴대전화를 가지고 부엌에서 몰래 전화를 거는 모양으로 봐서는 떠날 데가 있는지도 몰랐다. 그녀는 한숨을 내쉬며 시계를 봤다. 새벽 세시였다.

그녀는 일주일 동안 거의 자지 못했다. 가까스로 잠들면 새벽의 평! 소리에 다시 깼고, 다시 잠들면 알람이 울렸다. 그녀는 극도로 예민해져 있었다. 눈은 빡빡하니 아픈데다 입맛도 없고 얼굴이 까칠했다. 그녀는 그녀를 잠 못 들게 하는 것이 아버지가 보는 텔레비전인지 텔레비전을 보는 아버지인지 알 수 없었다. 필사적으로 자려 노력하는 사람과, 필사적으로 텔레비전을 사수하려는 사람이 같은 방에 있게 된 것부터가 잘못인지도 몰랐다. 예전에는 텔레비전이 애들을 망친다는 얘기가 있었는데, 그녀는 텔레비전이 어른들을 망치고 있다고 생각했다. 그녀는 아버지가 그동안 어디서 어떻게 살았는지 모르나, 어쨌든 아버지는 집을 망하게 한 장본인이며, 어머니를 쓰러지게 한 사람이니 어디서 무엇을 했건 분명 그르쳤을 것이라 생각했다. '아버지가 하는 일치고 잘되는 게 있었던가' '이러다 영영 엎혀살려고 하면 어쩌지?' 그러나 무엇보다도 급한 것은 잠이었다. 자야 한다. 무슨 일이 있어도 자야 한다. '하지만 어떻게?' 그녀는 평소 그녀를 잠 못 들게 한 수많은 이유를 다 잊어버렸다. 대신 오직 텔레비전만 없어진다면 아주아주 달고 깊은 잠을 잘 수 있을 것 같은 생각이 들었다. 그래서 한날 집에 돌아가 아버지가 화장실에 간 사이 가위로 텔레비전 유선을 싹둑 잘라버렸다. 그것은 과거, 아버지가 그들 가족과의 관계를 끊었던 것처럼 쉽게 잘라졌다.

그녀는 아버지가 화장실에서 돌아오자마자 유선을 끊은 걸 죽도록 후회했다. 리모컨을 만지는 아버지의 당혹스러운 표정은 고사하고 갑자기 아버지와 '말'을 해야 했기 때문이었다. 그 어색함. 그 침묵. 저 알 수 없는 표정. 그녀는 아버지의 표정이 새벽에 중계되는 게임 방송처럼 느껴졌다. 벌레처럼 생긴 작은 기계들이 쉴새없이 기어다니며 원석을 실어나르고, 무언가 끊임없이 진행되나 알 수 없는 해설과 열광이 외계어처럼 다가오던 그 낯섦. 진지한 게이머의 얼굴을 보며, 저 사람과 자신은 절대 같은 시간 속의 사람이 아니라고 느낀 그 이상하면서도 생경했던 새벽. 그러면서도 채널을 돌리지 않고 낯선 화면을 계속 바라봤던 때. 그녀는 아버지와의 숨막히게 어색한 침묵이 불편해서 어쩔 줄 몰랐다. 그녀는 마음속으로 외쳤다. '아버지, 잘 좀 떠올려보세요. 텔레비전에 나오는 아버지들은 이런 때 어떤 말을 했던가를.' 그녀는 평소보다 일찍 잠자리에 누웠다. 그녀가 형광등 스위치를 껐을 때, 아버지는 습관적으로 텔레비전 리모컨을 만지작거렸다. 그녀는 갑자기 들이닥친 고요 속에서 더 많은 잡생각에 시달렸다. 아버지의 숨소리, 침 삼키는 소리, 바스락거리는 소리가 유난히 크게 들려왔다. 마치 모든 소리를 동원해 자신의 존재를 주장하듯 아버지는 그렇게 그녀 옆에 있었다. 그녀는 자신이 실수한 것 같았다. 하지만 먼저 해명을 하고 싶지도 않았다. 그들은 서로에게 싸움을 걸지 않았다. 그렇게 아무 말 없이 유선을 끊어버린 것은 어쩐지 비겁했다는 생각이 들었다. 그녀는 그런 화법을 좋아하지 않는다. 그러다 문득 몇년 전에 만난 한 패션잡지의 편집장이 떠올랐다. 한날 대학생들을 상대로 한 그 잡지에 수필을 싣는 아르바이트를 소개받았다. 그녀가 문예에 조예가 깊었다기보다는 단지 돈이 필요했고, 또 그녀가 맡을 꼭지는 누구나 쓸 수 있는 성격의 글이었다. 그녀가 면접을 보러 갔을 때, 그 편집장은 온화하고 세련된 자세로 그녀를 맞아주었다. 그녀는 교양수업 때 쓴 몇편의 에세이를 탁자에 놓고 믹스커피를 한잔 마신 뒤 사무실을 나왔다. 편집장은 그때 그녀에게 "어떤 작가를 좋아하냐?"고 물었고 그녀는 어물어물 대답하지 못했다. 편집장은 미소를 지으며 자신은 아무개를 좋아한다 말했다. 그 후로 그녀는 잡지사로부터 어떠한 연락도 받지 못했다. 그런데 어느날 그때 나눈 평범한 대화가 다르게 번역되기 시작했다. 그녀는 편집장이 '나는 아무개 정도는 이해하는 사람이다. 그러니 내가 너를 퇴짜놓는대도 그것은 부당하지 않다'는 것을 그런 식으로 말한 게 아닐까 생각했다. 그러자 그 사람의 온화함에 홀딱 반할 줄만 알았던 자신이 바보같이 느껴졌다. 그녀는 사람들이 A를 그냥 A라고 말하지 왜 C라고 말한 뒤 상대방이 A라고 들어주길 바라는지 이해할 수 없었다. 사실 편집장은 아무 의도 없이 한 말이었는지도 모른다. 그후로 그녀는 다른 아르바이트 면접장에서 '저 질문의 의도는 뭐지?' 요리조리 생각하다 면접을 망쳤다. 번역, 그것은 그녀가 세상을 불신하기 시작했을 때 처음으로 배운 옹알이와 같은 거였다. 그런 그녀가 오늘 아버지에게 대뜸 C라는 카드를 던져놓고 모른 척한 것이다. 그녀는 몸을 뒤척이며 '아무것도 생각하지 말자'는 주문을 외웠다. 그러다 곧 그녀는 아버지가 방에만 계신 것은 돈이 없어서일지도 모른다고 생각했다. 자신도 돈이 없을 땐 나가기도 싫고 친구도 만나기 싫지 않았던가. 그녀는 아버지에게 용돈을 드려볼까 생각했다. 그러면 이불 속에 잠긴 저 하반신으로 산책도 하고, 시장도 가고, 훨씬 활동적인 사람이 될 것이다. 그러면 텔레비전도 덜 보게 될 테고, 그녀 역시 숙면하게 될지 모른다. 한편으로는 아버지에게 어떤 것도 주고 싶지 않다는 마음이 들었다. 그녀는 아버지에게 뭔가 받아본 기억이 없다. 게다가 용돈을 받은 아버지는 딸이 자기를 좋아한다고 생각하고 그녀에게 친한 척을 할지도 모른다. 하지만, 아무것도 주지 않은 아버지에게 자신이 무언가 해줄 수 있다면 그것도 멋진 복수이지 않을까. 그녀는 텔레비전이 가족간의 단절을 야기한다는 말을 믿었다. 그러나 지금 그녀는 만일 대한민국에 텔레비전이라도 없다면 가족 사이가 더 끔찍해질 것이라 확신했다. 그녀는 깊고 달콤한 잠을 기대했던 오늘 밤 왜 이런 생각을 해야 하는지 짜증이 났다. 그녀는 다시 잠을 청하려 노력했다. 생각해보니 들어오며 뉴트로지나 크림을 사오는 것을 깜빡했다.

다음 날, 그녀는 아버지의 반응을 상상했다. 못난 사람처럼 수줍어하며 어색한 친절을 베풀지도 모른다. 그래도 자신은 여전히 모른 척하리라. 그런 게 뭐 대수냐는 듯 말없이 세수를 하고 로션을 바른 뒤 이불 속으로 들어가야지. 자존심 때문에 아무 말도 안 할지 모른다. 그래도 속으로는 좋아하겠지. 절실할 때 생기는 돈만큼 반가운 게 또 있던가. 아니면 최소한 새벽에 텔레비전을 켜기 전 한번 더 생각할 수도 있겠지. 아버지도 예전의 아버지가 아니라 늙은 아버지이니. 사람이 늙으면 마음이 약해지고, 마음이 약해지면 쉽게 감동받으니 뭔가 보답하고 싶은 마음도 생기겠지. 그러나 그녀가 꼭 보답을 바랐던 것은 아니다. 그녀의 위신에 크게 상처를 입힌 행동을 무마하고픈 마음이 컸을 뿐이다. 그녀는 텔레비전 위에 놓아둔 십만 원을 생각하며 조심스럽게 반지하로 통하는 계단을 내려 갔다. 계단을 내려갈 때 탕, 탕, 하고 크게 들리는 자신의 구둣발 소리가 싫었다. 아버지가 온 이후로는 더욱 그랬다. 그녀는 현관문을 딴 뒤 집으로 들어갔다. 퀴퀴한 하수구 냄새를 비롯해 언제나 딱 그 정도 상태를 유지하는 습도와 온도 모두 그대로였다. 다만 변한 게 있다면, 그녀가 상상해온 아버지의 하반신이 그녀가 없는 사이 그곳에서 뿌리째 걸어나갔다는 것뿐이었다.

그날 밤, 그녀는 온전한 자기 방에서 다시 잠을 청했다. 그녀는 가장 먼저 트레이닝복을 벗어던지고 팬티 위에 헐렁한 티셔츠를 걸쳐입었다. 그러곤 그동안 잠 못 이룬 이유가 답답한 트레이닝복 때문은 아니었을까 생각했다. 그녀는 평소처럼 세수를 하고, 얼굴에 기초화장품을 바르고, 발뒤꿈치에 뉴트로지나 크림을 고루 펴바른 뒤 작은 요 위에 누웠다. 자기 전 큰 요를 갤까 했지만 오늘은 왠지 그 요에 손을 대고 싶지 않았다. 그녀는 불을 끄고 작은 요에 누워 어떤 빛도 어떤 소음도 없는 상태에서 참으로 오랜만에 숙면을 청했다. 두 발을 가지런히 모으고 두 팔을 가슴에 얹은 단정한 자세로 1부터 100까지 숫자를 세다 87에서 그만두고 옆으로 자세를 틀었다. 들어오는 길, 주인 아주머니에게 세금을 드리지 못했다는 생각이 문득 들었다. 잠시 후 다시 눈을 감았다 쪽지를 뽑고 말았는데 그곳엔 '털'이라고 씌어 있었다. 그녀는 왜 이렇게 사소하고, 하찮고, 지나간 것들이 과자 위에 들러붙는 개미떼처럼 그녀를 계속 따라다니는지 한숨을 쉬었다. 신입생 때였다. 그녀는 깨끗한 크림색 치마 정장을 입고 있었다. 그녀는 그때 20세기 철학이라는 과목의 발표조 조장으로 많은 사람들 앞에서 발제를 했다. 그녀는 텔레비전 속 아나운서들이 그렇듯 가지런히 모은 두 다리를 오른쪽으로 모아 비스듬히 고정시킨 채 정확하고 또박또박한 발음으로 베르그송에 대해 발표했다. 그녀는 그런 자신의 모습에 내심 흡족해했다. 그런데 그때, 그녀는 페이퍼를 넘기던 중 종아리 정가운데 박힌 자신의 음모 한올을 발견했다. 아마도 팬티스타킹을 신던 중 속옷에서 떨어져 붙은 모양이었다. 그것은 다른 털과는 충분히 구별될 수 있는 윤기와 웨이브를 가지고 있었고 깨끗한 그녀의 종아리 위에서 유난히 도드라져 보였다. 그녀는 그때부터 허둥대기 시작했다. 발표를 계속하자니 누군가 그 털을 볼까 신경이 쓰였고, 그렇다고 팬티스타킹 속으로 손을 집어넣어 털을 뺄 수도 없는 노릇이었다. 만일 손으로 요리조리 밀어 간신히 종아리 뒤로 털을 숨긴들, 털만 더 눈에 띄게 할 터였다. 그때의 식은땀 나는 기억. 그리고 앞자리 남학생 중 몇명은 분명히 자신의 음모를 봤을 거라는 생각이 그녀를 오늘 밤 또 괴롭혔다. 그녀는 이제 다른 생각은 아무것도 하지 말자고 생각했다. 그렇게 쪽지를 계속 뽑다보면 어느새 십년 전에 한 실수까지 떠올리게 되리라는 것을 알고 있었다. 그녀는 요 위에 엎드린 채 고개만 옆으로 돌리는 자세로 몸을 틀었다. 종아리를 생각하니 갑자기 옛날 남자친구가 그녀의 다리를 '닭다리'라 놀린 기억이 떠올랐다. 그녀는 그때가 조금은 그리운 듯 그리고 다시는 돌아가고 싶지 않은 듯 아주 잠시 웃었다. 그러다 닭다리라는 말에 갑자기 닭고기가 생각났다. 자신은 닭고기의 부위 중 목 부분을 가장 좋아했다. 다른 친구들은 징그럽다고 먹지 않았지만 그녀만큼은 그 부위가 얼마나 연하고 맛있는지 알고 있었다. 그래서 그녀가 어릴 때 그녀의 아버지는 어디서 구해왔는지 닭 모가지만 열개 넘게 담긴 상자를 그녀에게 내민 뒤 술냄새를 풍기며 곯아떨어지곤 했는데…… 그녀는 언제부턴가 닭 모가지를 뜯지 않게 되었다. 그보다는 닭고기 자체를 좋아하지 않게 되었다. 아버지 생각이 나자 미간을 찌푸리며 다른 생각을 떠올리려 했다. 하지만 그때부터 평소 때는 생각하지 않으려 할수록 새록새록 떠오르던 잡념이 도무지 나타날 기미를 보이지 않았다. 그녀는 아버지라는 잡념에 덜미를 잡힌 채 갑자기 허둥댔다. 어디로는 고사하고 왜 떠났는지 알 수 없었다. 그냥 예전에 말한 것처럼 그 '며칠만'이 다됐기 때문일까? 뭔가 쫓기고 있는 듯했는데 누군가 이곳에 찾아온 건 아닐까? 텔레비전 때문에 못내 서운했던 것일까? 여지껏 신세졌으면서 말도 없이 떠나도 되는 건가? 고개 저으며 칠조석가여래좌상을, 세상에서 가장 긴 다리를, 혹은 따뜻한 우유랄까 김이 풍부하게 올라오는 욕조를 생각하려 애썼다. 그러다 편집장을 떠올린 그녀는 갑자기 용돈이 생각났다. 아버지가 혹시 그 돈의 의미를 '차비'로 안 건 아닐까? 유선을 끊었을 때와 마찬가지로 나가달라는 정중한 표현이라고 해석한 건 아닐까?

그녀는 덜컥 걱정이 됐다. 아니 그것은 걱정보다 억울함이었다. 왜냐하면 그녀는 오해를 못 견디는 성격이었기 때문이다. 그녀는 꺼진 텔레비전 화면을 쳐다봤다. 그것은 닫힌 창문처럼 답답하고, 켜져 있을 때보다 더 멍청해 보였다. 그녀는 깊은숨을 토해내며 웅얼거렸다. "아버지, 그것은 C카드가 아니라 그냥 A, 마음의 A일 뿐이었어요."

얼마나 지났을까? 갑자기 어마어마한 졸음이 밀려오는 것을 느꼈다. 시계를 보니 새벽 네시였다. 그녀는 문득 잠

들고 싶지 않아졌다. 짧은 수면은 긴 불면보다 더 큰 고통을 주기 때문이었다. 평소에는 너무 잠이 오지 않아 울고 싶었는데, 이상한 일이었다. 눈꺼풀이 자꾸만 감겨왔고, 그녀는 저항할 수 없는 힘에 이끌려 그대로 곯아떨어져버렸다.

그녀는 요 위에 벌목된 나무처럼 누워 있다. 그녀의 이마에서는 식은땀이 났다. 바싹 마른 입술에서 뜨거운 날숨이 새어나왔다. 그녀는 하도 오랜만에 깊은 잠에 빠진 터라 웬만한 소리와 빛에는 꿈쩍도 하지 않았다. 온몸에 땀이 비오듯 쏟아져 이불이 흥건히 젖을 정도였다. 그녀는 꿈을 꾸고 있었다. 장소는 눈이 함박 쌓인 동네 놀이터였다. 그녀는 놀이터를 바라보며, '저거 내가 아는 놀이터인데……'라고 생각했다. 그러자 곧이어 다섯살쯤 돼 보이는 여자아이와 젊은 아버지가 나타났다. 아이는 아마도 조금 전 관광버스를 타고 눈썰매장으로 출발한 아이들 때문에 잔뜩 골이 나 있을 것이다. 아이는 벌써 몇시간째 아버지를 조르고 있었다. 꿈에서는 그런 장면이 보이지 않았지만 그녀는 벌써 다 알고 있었다. 아이는 여전히 심술이 난 채 아버지를 따라 놀이터로 나선다. 눈이 발목까지 쌓인 놀이터에는 아이와 아버지뿐이었다. 아버지는 아주

커다란 숟가락처럼 생긴 플라스틱 삽을 어깨에 멨다. 이
윽고 아버지가 삽의 머리 부분에 아이를 번쩍 들어 앉혔
다. 아이는 아주 조그마해서 삽 안에 꼭 맞게 들어갔다. 아
버지는 삽의 손잡이 부분을 잡은 뒤 그 자리에서 빙글빙글
돌며 삽을 운전하기 시작했다. 아이는 꺄아악 소리를 지
르며 자지러지게 좋아했다. 아이의 반응에 신이 난 아버
지는 삽을 잡고 이리저리 뛰어다니며 속력을 냈다. 아버
지와 아이의 얼굴 모두 바알갛게 상기됐고, 아버지의 하
반신은 몹시 싱싱하고 단단해 보였다. 삽 속에 어느새 그
녀가 앉아 있다. 아버지는 그녀를 위해 너무 빨리 회전하
느라 점점 얼굴이 흐려졌다. 그녀는 그 속도가 무서워지
기 시작했다. 그녀는 아버지에게 그만 하라고 외칠 참이
나 아버지의 얼굴은 점점 풍경과 범벅이 되어 사라졌다.

　이상한 것은 꿈속에서는 몹시 추운 겨울이고, 움직이
는 것은 아버지인데, 막상 비지땀을 흘리는 건 그녀였다
는 점이다. 아버지가 그녀를 기쁘게 하기 위해 힘들게 움
직이면 움직일수록 많은 땀을 흘리는 것은 그녀였다. 그
녀는 그렇게 행복한 꿈을 꾸면서 몹시 고통스러운 표정을
지었다. 아마 그녀는 자신의 땀이 식을 때 즈음 그 차가
움에 놀라 스스로 일어나게 될 것이다. 그러나 그것은 매
우 아득한 꿈이라 그녀는 깨어나서 그 꿈을 기억하지 못

할 것이다. 혹은 기억한다 하더라도 어느 드라마에서 본 광경이려니 생각할지 모른다. 그런 뒤 다시 그녀는 1부터 100까지 세려 할 것이고, 자신이 잠 못 드는 수만가지 이유 중 진짜 이유가 뭘까 고민할 것이다. 그런 뒤 그녀는 서럽게 울지도 모르고 어쩌면 한번 더 자세를 틀며 "진짜 이유 같은 건 없어"라고 중얼거릴지 모른다.

노크하지 않는 집

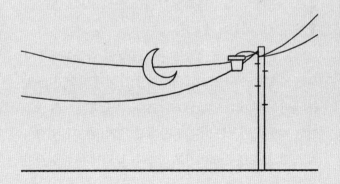

이 집에는 서로 얼굴을 모르는 다섯 여자가 산다. 그중에는 대학생도 있고 직장인도 있다. 자세히는 모르겠으나 그런 것 같다. 아마 그녀들은 모두 이십대 초반일 것이다. 그녀들이 무슨 일을 하고, 어떤 얼굴을 가졌는지 모를 일이나, 이 집이 가정집이 아닌 것만은 분명하다.

매일 아침 얼굴을 모르는 다섯 여자는 같은 변기를 쓴다. 나는 가끔 얼굴을 모르는 사람이 물을 안 내리고 간 흔적을 본다. 혹은 그녀들의 빨래를 보고, 그녀들이 먹는 음식 냄새를 맡는다.

다섯명의 여자 중 네명은 다른 한명이 화장실에서 나오는 기척이 난 뒤에도 그 여자가 자기 방에 들어가 문 닫는 소리를 낼 때까지 모두 기다린다. 그 소리가 나지 않는 이상 네명의 여자는 절대 먼저 문을 열지 않는다. 약속이라도 한 듯 다섯명의 여자는 문 닫는 소리에 따라 움직이며, 가끔 타이밍을 놓쳤을 땐 서로의 얼굴을 보고 이상하리만치 화들짝 놀라 얼른 문을 닫아버린다. 그리고 그럴 때 보는 서로의 얼굴이란 반쪽 혹은 삼분의 일쯤으로 조각난 것이다.

물론 이곳에서도 종종 얼굴 없는 사건이 일어난다. 가령 몇번 방 아가씨가 어제 울었다든가, 몇번 방 여자가 세탁기를 쓴 뒤에는 항상 양말 한짝이 남는다든가, 몇번 방 여자는 남자를 자주 들인다거나 하는 것들이다.

한번은 삼일 내내 복도에서 술냄새가 난 적이 있다. 밤새 어떤 남자가 현관문을 발로 차는 소동이 있었고 복도 끝방 여자는 울어댔다. 그 소음을 네 방의 여자들은 각자 잘 참아냈다. 여자는 과음을 했는지 화장실을 자주 들락거렸다. 시금한 토사물 냄새가 내 방까지 침투했고 남자는 오래도록 여자의 이름을 불러댔다. 얼마 후 주위가 잠잠해졌을 때, 나는 화장실에 가다 그녀 방문 앞에 묶여져 있는 토사물 비닐봉지를 보고, 밖에 남자로 인해 알게 된 그녀의 이름을 떠올렸다.

다음 날 아침 위층에서 주인 여자가 내려왔다. 아주머니는 현관 앞에 서서 다섯 방을 향해 고래고래 소리를 질렀다. 누구냐고. 반말이었다. 나는 이불을 품안으로 돌돌 말아 한껏 움츠러들었다. 주인 여자에게는 '그래서 되겠어? 어?' 식으로 말끝마다 '어?'를 한번씩 더 붙이는 버릇이 있었다. 그녀는 십분 이상을 혼자 복도에 서서 떠들다 돌아갔다. 그러나 굳게 닫힌 다섯 방은 무덤처럼 조용했다.

그녀들이 언제부터 각자의 방에 살게 됐는지는 모른다. 나는 삼개월 전에 이 방으로 이사왔다. 그때 나는 휴학 중이었고, 편의점으로 시급 이천오백원짜리 아르바이트를 나가고 있었다. 처음 이곳에 온 뒤 사람들과 인사도 하고 공동의 문제에 대해 효율적으로 이야기도 나눌 겸 반상회 비슷한 모임을 주선해보려고 했다. 그러나 이곳은 아주 오래전부터 그런 것 없이도 평화스럽게 잘 굴러가는 것 같았고, 새로 온 사람이 너무 나대는 것도 좋지 않을 것 같아 그 일을 곧 포기하고 말았다.

이곳은 대학가 근처에 있는 주택단지 내 건물이다. 집은 반지하와 1.5층, 2.5층으로 돼 있다. 세층 모두 1층이라 하기에도 애매하고 2층 혹은 지하라고 하기에도 어색한 높이이다. 처음 집을 보러 왔을 때, 나는 이 집이 한마리 커다란 불구의 짐승처럼 느껴졌다. 건물의 1.5층과 0.5층 (즉 반지하)에는 세입자가 살며, 2.5층에는 주인 여자 혼자 산다. 그녀는 붉은 몸집에 굵은 쌍꺼풀을 가진 오십대 후반의 여자다. 처음 집을 구하러 그녀 방에 들어갔을 때, 그녀는 내게 유자차를 내주며 벌써 대학강사가 된 아들 자랑을 했다. 그녀는 둔해 보이는 외모에 비해 빠른 하이톤의 목소리를 가졌다. 나는 그녀 말을 가끔 못 알아듣는다.

내가 사는 1.5층의 내부는 거꾸로 된 기역자 모양이다. 기역의 세로획 부분에 화장실과 방 세개가 마주보고, 가로와 세로획의 접점 부분에 또 방 하나, 그리고 가로획 부분에 나머지 방 하나가 있다. 나는 그중 첫번째 방인 화장실과 마주한 현관 앞의 방에 들어가게 됐다. 주인 여자는 나를 1번방 아가씨라 불렀다.

이사한 지 세달이 지나도록 나는 나머지 네 방의 여자들을 한번도 정면에서 본 적이 없다. 처음엔 대부분의 여자들이 아침이면 집을 나가는데, 나는 오후 아르바이트를 하기 때문이라고 생각했다. 그러나 이곳의 여자들이 서로의 얼굴을 본 적이 없다는 사실을 깨닫는 데는 그리 오랜 시간이 걸리지 않았다. 가끔 나는 내 앞방에 사는 거구의 여자가 널어놓은 헐렁한 면팬티를 보고, 일곱시면 일어나 출근을 하는 옆방 여자가 방문 앞에 묶어놓은 쓰레기봉투를 보고, 자정이 지나면 각각의 방문 앞에 놓이는 슬리퍼를 본다. 끝방 여자의 슬리퍼는 안창이 볼록볼록한 지압

용 슬리퍼라는 것도 이곳에 온 지 며칠이 지난 후에 알게
되었다. 3번방 여자는 지나치게 이불을 자주 빠는 것 같
고, 5번방 여자는 빨래를 세탁기에 담가놓고 곧잘 잊어버
리곤 한다는 사실도 함께 말이다.

　이 집의 길고 좁은 복도 중앙에는 우리 모두가 쓰는 빨
래건조대가 하나 있다. 빨래건조대는 2번방 앞에 펼쳐져
있는데, 안쪽의 4번방 여자와 5번방 여자가 1번방인 내 방
앞에 있는 화장실에 가기 위해선 게걸음을 하여 복도와
건조대 사이의 좁은 틈을 지나야 한다. 나 역시 5번방 옆
다용도실에 가기 위해 그녀들과 똑같은 방법으로 그곳을
지나가야 함은 물론이다. 우리는 모두 돌아가며 그곳에
빨래를 넌다. 건조대 사용에 대해 서로 특별한 약속도 규
칙도 없으나, 우리는 별 무리없이 그것을 공평하게 잘 사
용하는 편이다. 그것은 아마 각자 방 안에서 숨죽이고 듣
는 세탁기 소리나, 빨래를 터는 기척, 혹은 복도를 오가며
보는 빨래건조대를 신호로 서로 조심스럽게 움직이기 때
문일 것이다. 주말에 빨래가 겹쳤는데, 건조대에 누군가
의 빨래가 널린 경우, 하는 수 없이 우리는 각자의 방안에
다 빨래를 넌다. 그럴 경우 아무래도 불편하고 방 안이 복
잡해진다.

　한번은 내게 하도 건조대의 순서가 오지 않아 입고 갈

옷이 떨어진 적이 있다. 빨래건조대 상태를 틈틈이 살폈는데, 며칠이고 빨래 걷을 생각을 하지 않는 여자가 있었다. 좀더 기다릴까 하다가 욕실에서 빨간 다라이를 꺼내어 그곳에 상대방의 빨래를 개어놓기로 했다. 네켤레의 실내화가 모두 현관문 앞에 어지럽게 놓였고, 집에는 나혼자뿐이었다. 건조대에 널린 옷들은 대개 평범한 기성복이었는데, 사이즈가 유난히 컸다. 아마 내 방 맞은편에 사는 뚱뚱한 여자의 것이리라. 커다란 옷들은 보풀이 일어난 채 건조대에 피로하게 걸쳐져 있었고, 늙은 팬티 앞면엔 하나같이 누르스름한 얼룩이 배어 있었다. 갑자기 '여자에게는 애인이 없다'는 생각이 들었다. 빨래는 모두 바삭 말라 있었는데, 건조대 끝, 널어놓은 지 얼마 안 된 코르셋 히니기 비닥에 물을 뚝뚝 흘리며 무겁게 걸쳐져 있었다. 나는 코르셋을 제외한 나머지 옷들을 다라이에 곱게 담아 2번방 문 앞에 얌전히 놓아두었다. 어쩌면 직장에서 돌아온 그녀가 곱게 개어진 빨래를 보고 좋아할지도 모른다는 생각이 들었다.

그날 저녁, 나는 빈 다라이 바닥에 붙은 포스트잇 한장을 보았다.

—내 옷에 손대지 마시오.

나는 내가 아는 한 이 집의 여자들 중 유일한 흡연자다. 하지만 이사 후 몇주 동안 주위의 시선이나 피해를 생각해 흡연 욕구를 참았다. 그러다 어느날부터 자연스레 화장실이나 방에서 담배를 피우게 됐다. 담배는 주로 창가에서 까치발을 들고 초조하게 빤다. 나는 혹 위층에서 내려오던 주인 여자가 우연히 연기를 보게 되면 어쩌나 걱정한다. 결국 담배를 반도 못 태운 채 끄고, 창문을 연 뒤 바닥에 향기 나는 섬유유연제를 뿌려놓고 기다린다. 한참 후. 화장실에 계속 있기도 뭣해 욕실을 나온다. 그러면 누군가 내가 어서 나와주기를, 너 때문에 배가 아파 문고리를 잡고 있었다는 듯 재빨리 화장실로 들어가는 소리가 들린다. 나는 어쩐지 그런 소리, 그런 속도가 신경쓰인다.

그날 저녁, 샤워를 하려고 화장실에 들어가다 문 앞에 전에 없던 포스트잇 하나가 붙은 걸 보았다.

—방에서 불을 사용하는 사람은 조심합시다. 우리 모두를 위해.

나는 부끄러움을 느꼈다. 무언가 사무적이고 서툰 그녀들의 목소리. 방문 뒤로 얼른 숨어버리는 그녀들의 반쪽 혹은 삼분의 일 얼굴이 떠올랐다. 깊숙이 파묻힌 나머지 한쪽 눈동자가 저 문 안쪽에서 한없이 피부 안으로 함몰되듯 오그라들고 있을지 몰라. 어쩌면 그녀들, 얼굴 반쪽에 화상이라도 당한 건 아닐까? 네 여자 모두 똑같이 전부 화상당한 반쪽 얼굴로 다섯개의 방이 있는 이 집에 살고 있는지도. 그걸 나만 모르거나 넷 다 모르는 건 아닐까? 어쩌면 한날 한시 이 집에 불이 났고, 그녀들은, 그녀들은, 뭐 그런 거 아닐까?

그러나 나는 이 집에 화재가 난 적이 없다는 걸 알고 있다. 그리고 다섯명 중 한명은 어쩐지 퍽 귀엽고 예쁜 얼굴을 가지고 있을 거라는 것도.

이 집 화장실은 한평 남짓에 욕조와 세면대는 없고 샤워기와 좌변기만 있다. 한쪽 벽에는 두개의 선반이 놓여 있다. 선반에는 다섯개의 목욕바구니에 다섯개의 비누, 다섯개의 칫솔, 다섯개의 타월이 담겨 있다. 치약은 내놓고 쓰지 않는 모양인데, 아마 누군가 치약을 욕실에 두고 썼다가 일주일 만에 홀쭉해진 것을 보고, 서로 민망해진 까닭이리라. 내 것이 없을 때 네 것을 쓰기도, 내 것이 있지만 네 것을 쓰기도 하는 거 같다, 다섯 여자는.

욕실의 좌변기는 절수형이며, 변기 앞에는 발로 페달을 밟으면 뚜껑이 열리는 휴지통이 있다. 욕실의 쓰레기 수거 및 청소는 일주일에 한번씩 주인 여자가 한다. 욕실은 비교적 깨끗한 편이나 휴지통은 언제나 질질 넘친다. 쓰레기봉투 한장이 우리가 4일을 쓸 수 있는 용량이라면,

7일을 쓰라고 내버려두기 때문이다. 나는 생리대가 비어져나오는 것이 보기 싫어 볼일을 본 뒤 습관적으로 휴지통에 발을 넣어 꾸욱 밟곤 했다.

처음 이곳에 들어왔을 때, 화장실에 갈 때마다 젖은 슬리퍼를 신어야 하는 게 무척 싫었다. 그래서 욕실을 쓰고 난 뒤 항상 슬리퍼를 욕실 문턱에 기울여놓곤 했다. 그후 모두는 아니어도 몇명은 그렇게 해주는 것 같았다. 언제부턴가 나는 그 몇명과 몇명이 아닌 이들에 대해 선입견을 갖기 시작했다. 그녀들의 얼굴을 본 적은 없지만 나는 내 선입견에 대한 나름의 근거를 갖고 있었다. 가만 보면 씻은 후 머리카락을 치워놓는 사람은 언제나 그랬고, 안하는 사람은 죽어도 안하는 것 같았다. 남들 출근시간에 욕실에 들어가 한시간은 족히 씻고 나오는 사람은 언제나 그 사람인 것 같았고, 샤워 후 좌변기를 젖게 만들어 앉을 때 불편을 주는 사람도 항상 그 사람인 것 같았다. 나는 그것을 슬리퍼로 구분했다.

물론 그 사람은 한 사람이 아니다. 화장실 벽에 주인 여자가 맞춤법을 틀려가며 적어놓은 주의사항에도 불구하고 이 같은 일이 반복되는 것, 그것은 이십년 넘게 따로 자라온 다섯 여자의 '습관' 때문이리라. 1번방 여자에겐 괜찮은 일이 3번방 여자에게는 참을 수 없는 일이 되고,

4번방 여자에겐 이해할 수 없는 일이 2번방 여자에게는 아무렇지도 않은 일일 수 있다. 이 집에 이사오기 전, 혼자서만 살아봤던 내가 그것을 이해하게 되는 데는 한달이 넘게 걸렸다.

하지만 이해할 수 있다는 것과 용납할 수 있다는 것은 별개의 문제다. 나는 종종 참을 수 없을 만큼 화가 난다. 밤마다 자기 방에서 엠티라도 여는 듯한 4번방 여자의 소음. 내가 공용 보일러 온도를 내릴 때마다 다투듯 온도를 다시 올려놓는 3번방 여자의 이기심. 빨래 걷어주는 건 싫어하면서 자기가 걷는 것도 아닌 2번방 여자의 게으름. 문을 열고 닫는 소리가 너무 커 나를 깜짝깜짝 놀라게 하는 5번방 여자의 덜렁댐. 그러면서도 그 누구도 항의하지도 변명하지도 않는, 사실은 눈과 귀를 모두 얼이놓고 사는 1, 2, 3, 4, 5. 우리는 너무 가까이 살고 그러므로 너무 멀다.

그러나 이런 집들은 여기말고도 주위에 널렸고 계속해서 생겨났다. 최근에도 이 집 바로 뒤편에 3층짜리 건물 하나가 바싹 들어섰다. 시끄러운 공사음 탓에 오전 내내 나는 베개로 귀를 틀어막아야 했고, 주인 여자는 아침마다 그곳 인부들과 싸웠다. 처음에는 "우리 학생들 주말에 잠도 못 자게 이게 뭐냐"에서부터 "거기 시멘트가 여기까지 흘러와 하수구가 막히지 않냐" "여기 건물주 누구냐"

그리고 종래에는 "나도 내 재산 지켜야겠다"고 오열했다. 그리고 곧 우리들이 사는 층으로 올라온 주인 여자는 복도에 놓인 쓰레기봉투를 보고 대뜸 "얘들은 여기가 쓰레기장인 줄 알아?"라고 소리쳤다. 나는 '방 안에 놓으면 냄새가 나요, 아주머니'라고 말하고 싶었지만 주인 여자가 "낮에 형광등을 켜놓으면 어떡해, 응?"이라고 연달아 화를 냈고 '낮에도 불을 켜지 않으면 여긴 어두워요, 아주머니'라고 말하고 싶었을 때, 주인 여자는 "누가 보일러를 아직도 온수로 해놨어, 응?" 하고 추궁했다. 나는 꼼짝 않고 이불에 누워 "그건 내가 안했는데……"라고 중얼거렸다. 처음 집을 보러 왔을 때, 내게 유자차를 끓여주며 아들 자랑을 한 여자는 그렇게 빈 복도에서 한참을 씩씩대다가 나갔다. 몇분 후 누군가 화장실에서 물 내리는 소리가 들렸다.

나는 이 집의 신발 정리를 한다. 이곳 여관식 자취방의 공용장소는 대개 주인 여자가 청소를 도맡아 하는 편이다. 그러나 신발 정리까지는 그녀도 할 수 없고, 하는 것도 이상하다. 내가 이 집 신발 정리를 하는 건 순전히 자발적인 것이다.

현관에 바글바글한 신발들을 보면 언제나 짜증이 났다.

내가 신발 정리에 신경을 쓰는 이유는 단순히 현관 앞이 복잡한 게 싫기보다, 저녁 시간, 다섯개의 방이 모두 차 있다는 사실에 화가 나기 때문이다. 모두가 제 방 주인이고, 모두가 제자리에 있는 것뿐인데, 더러 숨이 막혔다. 보통 오후나 주말에는 두 방 정도에만 사람이 찼다. 그러면 나는 안락한 마음으로 낮잠을 자거나 음악을 들으며 방안에서 뒹굴곤 했다. 그때는 욕실을 쓸 때도, 빨래를 널 때도 마음이 편했다. 그런데 밤에는 사정이 달랐다. 아침에는 모두가 나가버리지만 밤에는 모두가 돌아왔다. 아울러 밤에는, 그 주인들과 함께 나간 신발들도 돌아왔다.

그녀들의 신발은 다채롭다. 투박한 것에서부터 미끈한 것까지, 그리고 어느 것은 평범하고 또 어느 것은 굉장히 감각적이다. 사이즈도 제각각인데 그중 유독 거대한 운동화가 하나 있다. 아마 그것은 2번방 여자의 것이리라. 나는 여러개의 신발을 하나하나 집어 신발장에 넣었다. 현관 앞이 말끔하게 비워지자 이상하게 안도가 됐다.

어느날, 현관 앞에 세번째 포스트잇이 붙었다.

—나갈 때 꼭 문을 잠그고 나갑시다. 신발 도둑맞은 사람이 있습니다.

나는 그 종이를 붙인 사람이 신발 주인이리라 생각했다. 실종된 신발. 어쩌면 그녀가 내부를 의심하고 있는지도 모르겠다. 그렇다면 저것은 네명의 여자를 향한 점잖은 항의일까?

신발 주인에겐 미안한 일이지만 나는 도난 사건이 이집을 물기 있게 해주었다고 생각한다. 다른 집에서 생기는 일이 이 집에서도 일어나야 우리는 서로를 덜 무서워하게 될 것이다. 나는 그녀들의 운동화 밑창을 내려다보며 신발장 문을 열었다.

큰비가 내렸다. 옆방에서 가뭄이 어떻고 단비가 어떻다는 기자의 목소리가 간헐적으로 들렸다. 아홉시 뉴스다. 그러나 그녀가 뉴스를 규칙적으로 보는 것 같지는 않다. 누군가 화장실에 들어간다. 삐그덕 문 닫는 소리가 들린다. 그녀가 곧 화장실 문을 잠근다. 알루미늄이 지그시 퉁겨진다. 누군가 현관으로 올라온다. 소리가 들린다. 그녀는 지금 가방에서 열쇠를 꺼내고 있다. 잠금쇠를 푸는, 철커덕 소리. 내 앞방의 여자는 라디오를 듣고 있다. 아마 그녀도 나처럼 배를 깔고 바닥에 엎드려 있을 거다. 복도 끝, 다용도실에서는 야밤에 세탁기 돌아가는 소리가 난다. 세탁기는 밤에 자주 돈다. 아니, 전체적으로 이 집은 주로 낮보다 밤에 활기를 띤다. 그러나 밤 세탁이 실제로 허용된 것은 아니다. 다용도실 바로 옆방 여자가 써났음직한 메모가 다목적실 문앞에 있고, 우리는 모두 그것을 읽었으므로.

—밤 열시 넘어서는 세탁기를 돌리지 맙시다.

내 방은 세평 남짓한 크기이다. 방 안에는 세칸짜리 분홍색 서랍장 하나, 오른쪽 모서리 귀가 닳은 한칸짜리 금성냉장고 하나, 그리고 생리 중에 흘린 피가 까맣게 마른 아이보리색 요 한채와 장미가 무더기로 그려진 이불이 있다. 세칸짜리 서랍장 중 언제나 한칸은 양말이나 티셔츠가 기어나와 완전히 닫히지 않은 채 이가 물려 있고, 냉장고 옆 책장에는 얼마 안 되는 음반과 책이 있다. 서태지, 김현철, 이승환, 너바나, 비틀즈 등의 이름이 새겨진 음반이다. 방문 쪽 콘센트에는 항상 휴대전화가 충전 중이고 방바닥 위 노란 장판엔 군데군데 담배빵 자국이 나 있다. 다른 여자들의 방을 본 적은 없으나, 우리 방 앞엔 각기 비슷한 크기의 쓰레기봉투가 문패처럼, 혹은 문앞을 지키는 개처럼 웅크린 채 놓여 있다.

어느날, 한 여자가 이사 갔다. 얼마 후 또다른 여자가 이사 왔다. 모든 건 순식간에 끝났다. 나는 복도에서 들리는 말소리와 기척만으로 그들의 들고 남을 알았다. 실제로 여기 방주인들은 내가 생각하는 것보다 자주 바뀌는지도 모른다. 이 집 현관문 앞에는 며칠이 지나도록 아무도 가져가지 않는 우편물이 쌓이곤 한다. 무수한 옛 주인들의 이름은 그렇게 쌓이거나, 비에 젖거나, 실종되거나, 버려진다. 그리고 주인 여자 외에는 떼는 사람이 없는 족발, 피자, 중국집 전단지들. 간혹 그중 한 집을 골라 무언가를 시켜먹는 여자도 있는 모양이었다. 부엌이 없는 이 집에서 음식을 만들어먹는 일은 매우 드물었다.

어느날 오후, 평소대로라면 모두가 나갔음직한 시간이 분명한데 밖이 소란스럽다. 나는 화장실에 가고 싶은 것을 참으며 방에 누워 밖의 소리에 귀기울인다. 나이 많은 여자 하나, 젊은 여자 하나, 그리고 중년 남자 하나다.

"아니 학생, 어쩌다 열쇠를 안에 두고 잠갔어. 이거 비상키도 없는데……"

나이 많은 여자, 그녀는 위층 주인 여자다. 목소리가 상냥한 듯 신경질적이다.

"………"

젊은 여자, 그녀는 아마도 네번째 방쯤의 여자일 것이다. 그녀는 지금 면구스러워하고 있다.

철컥.

"다 됐네요."

중년의 남자, 그는 열쇠가게의 주인이다.

"만원입니다."

잠시 부스럭 소리가 나고 남자와 여자가 나간다. 그들이 떠나는 소리를 확인하고 화장실에 가려 복도로 슬그머니 나온다. 그러다, 얼핏, 네번째 방으로 들어가는 4번방 여자의 뒷모습을 아주 짧게 스치듯 본다. 보통 키에 하늘색 옷을 입었던 것 같은데, 정말 순간이었다. 그녀는 마치 흡입되듯 4번방으로 쑤욱 빨려들어갔다. '왠지 저 여잔 호리호리할 거 같아.' 4번 방문을 한참 쳐다보다 화장실 문을 연다. 갑자기 화장실 안에서 역한 냄새가 확 풍겨온다. 순간 뒷걸음질치며 고개 돌린다. 아마 오늘 아침 마지막으로 이 욕실을 쓴 사람은 우리 중 가장 커다란 신발을 신는 거구의 여자이리라. 나는 이 냄새를 안다. 꼭 내 앞방의 문이 열렸다 닫히면 욕실에서 이 냄새가 났다. 나는 욕실에 있는 각기 다른 종류의 세안도구와 샴푸를 훑으며 그녀를 욕한다. 그리고 손에 닿는 대로 남의 샴푸를 짜내 머리를 감는다. 욕실을 나온 뒤 다용도실 앞 메모도 생각나고 해 늦기 전에 빨래를 돌린다. 세탁 양이 꽤 많다. 서둘러 빨래를 널고 편의점에 간다.

지금 내가 사는 곳을 아는 친구는 없다. 나는 휴학한 후 학교에서 몇 정거장 떨어진 이곳으로 이사했고, 생각보다 편의점 일이 고돼 누굴 부르거나 만날 시간이 없었다. 그리고 사실 누구에게 알리고 싶은 마음도 별로 없다. 이 집은 내가 구한 것이고, 부모님이 시골에서 월 이십만원씩 송금해주신다.

졸업을 하고 형편이 나아지면 나는 이 집보다 더 좋은 곳으로 옮길 수 있을 것이라 생각한다. 나는 지금 이곳을 벗어나기 위해 여기에 있는 것이다. 그런 점에서 매일 출근을 하는 3번방 여자나, 2번방 여자는 나와 다를 바 없을 거다. 내가 편의점에서 돌아온 것은 새벽 한시가 넘어서다.

현관문을 따고 가장 먼저 바닥을 본다. 어쩐 일로 신발이 없다. 복도를 보니 각 방에 네켤레의 실내화가 나란히 방을 향해 놓여 있다. 모두 들어와 있다. 누군가 신발을 정리한 모양인데…… 미안해서였을까? 의아해하며 방문을 딴다. 철커덕. 오늘밤 이 소리가 유난히 크다. 왠지 네 방 여자들의 잠을 모조리 깨우는 거 같아 조심스럽다. 나는 여느 때처럼 방에 들어가 클렌징을 하고 세수를 하러 화장실에 들어간다. 그리고 수챗구멍 위 네 여자의 머리카락이 뭉쳐, 뱀 똬리처럼 둥글게 감겨 있는 찌끼를 집게로 집어 휴지통에 버린다. 이것 역시 내가 수시로 하는 일 중에 하나며 아마 그녀들도 하는 일일 것이다. 욕실에서 나와 낮에 널고 간 빨래를 걷는다. 방 안으로 들어와 빨래를 개어 서랍장에 넣는다. 그런데 뭔가 이상한 기분이 든다. 방금 전 막 갠 빨래를 천천히 훑어본다. 속옷 몇개가 부족하다. 순간 볼이 화끈거렸다. 여고 시절 자주 본 성도착환자일까? 예전의 그 신발 도둑처럼 누군가 슬그머니 또 이 집에 들어왔던 것일까? 수치심과 불쾌감이 들었다. 생각해보니 꽤 비싼 속옷도 있었던 것 같다.

그러나 나는 일단 이 일에 대해선 묵인하기로 했다. 사실 포스트잇 따위를 붙이는 건 바보 같은 짓이라 생각해왔다.

다음 날 느지막이 일어나 이불 위에서 뒹구는데, 옆방 여자가 쓰레기봉투 들고 나가는 소리가 난다. 잠이 묻은 얼굴로 휴대전화를 열어 시간을 본다. 그녀가 출근했어야 하는 시간인데…… 이상해서 다시 확인해보니 일요일이다. 정오가 지났지만 여자들 대부분 깊은 잠에 빠져 있는 것 같다. 일요일이니까, 하고 나도 다시 잠을 청한다. 사람 사는 게 다 비슷하다는 것 혹은 우리에게 공통점이 있다는 게 친근하면서도 낯설다.

새벽녘, 목이 말라 머리맡 소형냉장고를 더듬었다. 물이 없다. 너무 갈증이 나 지갑을 들고 방을 나선다. 그런데 현관 앞 내 신발이 보이지 않는다. 두번째 도난. 나는 당황한다. 갑자기 이건 내부의 짓일 거라는 생각이 든다. 만일 바깥 사람이라면 속옷이며 뭐며 그렇게 내 것만 골라 가져갈 수는 없을 거다. 그런데, 사실 그렇게 따지면 우리 모두 어떤 신발이 누구 것인지 모르기는 매한가지였다. 누군가 장난을 치는 걸까? 그런데 누가? 여분의 운동화를 끌고 나가며 편의점으로 향한다. 사실 같이 사는 사람들에게 간접적으로나마 절도의 혐의를 묻는 건 서로 민망하고 어색한 일이다. 한번만 더 이런 일이 발생한다면 나는 그 반쪽짜리 얼굴의 여자들에게 당당하게 전면 공개를 요구할 것이다. 우리는 이야기해야 한다고 주장할 것이다. 이 집은 평온하고 나름대로 질서있지만 무언가 이상하다고, 단호하게 이야기할 것이다. 소리나 냄새가 아닌 실제 얼굴을 보고 말이다.

두번의 도난사건이 생긴 뒤 나는 절대 내 물건을 밖에 두지 않았다. 빨래는 습기가 차더라도 방 안에 널었고, 구두도 책상 아래 상자에 넣어두었다. 복도와 현관에서 생긴 일이니, 현관문 단속이 철저하지 않은 이상 같은 일이 얼마든지 일어날 수 있으리라 믿었다. 얼마간 정신적, 육체적으로 꽤 긴장된 나날들을 보냈고 그러한 상태가 보름쯤 가자 오히려 스스로 시들해져버렸다. 왜냐하면 그 보름 사이 나에겐 어떠한 일도 일어나지 않았기 때문이다. 그래서 어쩌면 그새 도난 사건을 잊었는지도 모르겠다. 사람들은 여전히 소리를 내며 용변을 보고, 물을 내리고, 샤워를 하고, 이런저런 기척을 부지런히 내주었으며, 라디오를 듣고, 텔레비전을 보고, 빨래를 돌리고, 신발을 정리했다. 간간이 전화로 누군가와 수다도 떠는 것 같았으나 목소리가 희미해 잘 들리지 않았다. 나 역시 편의점 일이 손에 익어 지루한 나날을 보내다 간혹 만취되어 돌아왔다.

　어느날 집에 돌아와보니 방 한가운데 며칠 전 잃어버린 내 구두가 놓여 있다. 나는 소스라치게 놀라 주위를 두리번거린다. 누굴까? 나는 다시 묻는다. 누굴까? 자기 발에 맞지 않아 도로 갖다놓은 것일까? 하지만 이 문을 어떻게 땄을까? 속옷은 그냥 갖고 있을까? 누군가 술에 취해 자기 방과 내 방을 혼동한 게 아닐까? 지난번에도 누군가 내 방문을 실수로 열려는 것을 기겁을 하고 안에서 막은 적이 있잖아? 밖에서 무어라 사과를 하고 비틀거리며 지나간 것 같은데, 그 여자 몇번 방 여자였더라? 아, 5번방이었지. 혹 자기 빨래를 만졌다고 불쾌해한 2번방 여자는 아닐까? 아니다. 그 여자는 발이 크다. 아니면 내

가 보일러 온도를 올릴 때마다 도로 내려놓은 3번방 여자
가 골이 나서 그랬을까? 아니면 4번? 아니, 5번? 아니 다
시 2번? 누군가 한명쯤은 나와 친해지고 싶어서 이러는
건 아닐까? 아니다. 그것은 어리석다. 나는 다른 방의 여
자들을 의심한다.

　방 한가운데 덩그러니 놓인 구두를 내려다본다. 며칠
전 이곳에 온 열쇠가게 아저씨가 문득 떠오른다. 떳떳함
혹은 당당함에 대해서도 다시 생각한다. 이건 억울한 일
이다. 내부의 장난이라면 밝혀내겠다. 누군가 내 나머지
속옷을 갖고 있을 거다. 내일은 네 방의 문을 모두 따 내
속옷을, 그리고 그것을 훔친 여자를 찾아내고야 말겠다.
밖에서 누군가 카악, 양칫물을 뱉는 소리가 들렸다.

　"열쇠를 안에 두고 잠가서요……"

　나는 열쇠가게 남자에게 해명한다. 지금 네 여자는 모
두 방에 없다. 그녀들은 모두 밤에 돌아온다. 그는 별 의
심 없이 내 부탁을 들어준다. 전에도 이런 일이 있었던 데
다 아마 방이 다르기 때문일 거다. 모든 여자들의 방을 뒤
지는 게 미안해 우선 가장 심증이 가는 5번방을 먼저 보
기로 한다. 그녀가 만일 맞다면, 나머지 세 방의 여자들에
게 덜 미안하리라. 5번방을 먼저 본 뒤 그곳에 내 속옷들

이 없다면, 다른 열쇠가게에 전화를 걸어 두번째로 심증이 가는 방을 열어보면 될 것이다. 그리고 그 일은 그녀들이 돌아오기 전에 신중히 그리고 신속히 이뤄져야 하리라. 그녀들의 방문을 여는 건 뜻밖에 참 쉬운 일일지 모른다. 남자가 5번방 문을 능숙하게 딴다. 나는 그 모습을 주의깊게 보며 감탄한다. 경쾌한 소리를 내며 방문이 열린다. 남자에게 출장 비용을 지불한다. 그가 이 집을 떠난다. 방문 앞에 서 잠시 망설인다. 밖에서는 여전히 드릴 소리, 망치질 소리 등 공사음이 시끄럽게 들린다. 용기를 내어 5번 방문을 활짝 연다. 누군가 발걸음 소리라도 내면 이대로 주저앉아버릴 것만 같다. 마른침을 삼키며 천천히 그녀의 방을 연다.

5빈방. 드디어 안이 보인다. 나는 방 안을 천천히 살펴보기 시작한다. 방 안에는 세칸짜리 분홍색 서랍장 하나, 오른쪽 모서리 귀가 닳은 한칸짜리 금성냉장고 하나, 그리고 생리 중에 흘린 피가 까맣게 마른 아이보리색 요 한채와 장미가 무더기로 그려진 이불이 있다. 세칸짜리 서랍장 중 한칸은 양말이나 티셔츠가 기어나와 완전히 닫히지 않은 채 이가 물려 있고, 냉장고 옆 책장에는 얼마 안되는 음반과 책이 있다. 음반 위로 서태지, 김현철, 이승환, 너바나, 비틀즈 등의 이름이 보인다. 방문 쪽 콘센트에 휴대전화 충전기가 노란불을 깜빡이고 방바닥 군데군데 담배빵 자국이 나 있다.

　나는 무언가 얻어맞은 듯 큰 충격에 휩싸인다. 떨리는 손으로 주머니에서 내 방 열쇠를 꺼낸다. 그러곤 4번방 앞에 가서 선다. 나는 나도 모르게 4번방 문고리에 내 방 열쇠를 집어넣는다. 쇠 마찰소리가 나고 마침내 구멍이 열쇠를 삼키는 소리. 내 방 열쇠가 4번방 문을 열고 있다. 그리고 그것은 이상하게도 잘 열린다.

　철커덕, 4번방이 열린다. 방 안에는 세칸짜리 분홍색 서랍장 하나, 오른쪽 모서리 귀가 닳은 한칸짜리 금성냉장고 하나, 그리고 생리 중에 흘린 피가 까맣게 마른 아이보리색 요 한채와 장미가 무더기로 그려진 이불이 있다. 세칸짜리 서랍장 중 한칸은 양말이나 티셔츠가 기어나와 완전히 닫히지 않은 채 이가 물려 있고, 냉장고 옆 책장에는 얼마 안 되는 음반과 책이 있다. 서태지, 김현철, 이승환, 너바나, 비틀즈 등이다. 방문 쪽 콘센트에 휴대전화 충전기가 노랗게 깜빡이고 방바닥 군데군데 담배빵 자국이 나 있다.

　그리고 세번째, 그리고, 끝끝내 마지막 방까지. 나는 기어이 목격하고야 만다. 내 방과 가구에서부터 옷, 장신구, 책, 그리고 방바닥에 난 담뱃불 자국까지 똑같은 네개의 방을.

　잠에서 깨어났을 때 나는 다시 내 방에 있다. 시간을 보
니 아홉시다. 나는 소스라치게 놀란다. 다시 시계를 본다.
아홉시다. 그녀들이, 아, 그녀들이 돌아올 시간이다. 나는
이곳에서 도망치고 싶다. 하지만 그녀들과 마주치기라도
한다면? 내가 자신들의 방에 들어갔다 나온 걸 알게 될
까? 나는 안절부절못하며 꼼짝없이 방에 갇혀 있다. 시간
은 죽은 듯 천천히 가고 잠시 후 그녀들은 하나둘 좀비처
럼 모여들 것이다.

　첫번째 여자. 그것은 나이다. 나는 불도 켜지 않은 채
방에 웅크리고 앉아 있다. 나중에 들어올 그녀들이 나의
귀가를 몰랐으면 좋겠다고 생각한다.

　잠시 후 먼 곳에서 발걸음 소리가 들려온다. 현관문이
열린다.

　철커덕. 두번째 여자가 들어온다. 괜찮다고, 괜찮다고
생각한다. 그녀는 천천히 슬리퍼 소리를 내며 자기 방으
로 들어간다. 나는 타는 듯한 초조를 느끼며 몸을 최대한
안 움직인다. 오늘 밤은 지독하게 적막하고 이런 밤은 특
히 아주 작은 소리라도 잘 들리게 마련이다.

　철커덕. 세번째 여자가 들어온다. 나는 휴대전화를 더

듣는다. 갑자기 전화벨이라도 요란스레 울려댈까봐 조바심이 난다. 그럼 어쩐지 세번째 여자는 산속에서 적을 발견한 군인처럼 소리없이 다가와 내게 푸욱 칼을 꽂아댈지도 모른다. 여자가 자신의 방으로 들어간다. 나는 왠지 그녀들이 모두 내 방을 거쳐가며 이쪽을 한번씩 노려보았을 거란 공포에 사로잡힌다. 그녀는 조용하다. 오늘은 라디오도 안 듣는 걸까?

철커덕. 네번째 여자가 들어온다. 나는 흠칫 놀란다. 마음이 급하다. 다급히 어딘가로 전화를 한다. 이제는 정말 누군가 필요한 시간. 그러나 최근 애인이 생긴 친구는 한시간째 통화 중이다. 초조한 나는 계속 휴대전화의 통화 버튼을 누른다. 누르고, 부재를 확인하고, 끊고, 다시 누르고, 확인한다. 그러다가 결국 지금 저희 고객이 통화 중이어서,라는 말에 섬뜩해진다. 다른 친구에게 전화를 건다. 그는 받지 않는다. 가까운 이부터 범위를 넓혀가며 여기저기 정신없이 전화를 건다. 그러나 오늘 밤은 이상하게 모두가 통화 중이거나 부재중이다. 나는 무섭다. 못 견디게 무섭다. 그때 철커덕, 마지막으로 문 여는 소리가 들려왔다. 다섯번째 여자다. 복도를 가로질러 슬리퍼 끄는 기척이 들리고 또각, 방문 손잡이 꼭지를 누르는 소리가 난다. 가슴이 터질 것 같고 당장 이 방을 뛰쳐나가 소리지르며 그녀들의 방문을 사정없이 두들기고 싶다. 그러나 우리는 끝끝내 서로의 얼굴을 봐서는 안 되는 것이다. 그리하여 또각, 다섯번째 여자가 방문을 잠그는 순간 드디어 한 친구와의 통화 연결에 성공한다. 친구는 "여보세요"라고 말한다. 나 역시 친구에게 "여보세요"라고 말한다. 곧이어 친구는 "누구세요?"라고 묻는다. 순간 나는 내가 누구에게 전화를 걸었는지 알지 못한다는 사실을 깨닫는다. 한번 더 "누구세요?" 묻는 친구의 목소리가 들린다. 당황한 나는 내 친구이거나, 선배이거나, 친구의 친구일지 모르는 사람에게 절박한 목소리로 묻는다. "누구세요?" 경계하듯 저편에선 잠시 말이 없다. 그리하여 행여 상대가 수화기를 놓을까봐 조급해하며 내가 연이어 "누구세요?" "누구셨죠?"를 울듯 묻고 있을 때, 각각의 방이 무덤처럼 조용했는지 어땠는지, 네명의 여자가 모두 내 방으로 달려왔는지 어땠는지 나는 기억하지 못한다. 다만 주의력이 좋은 여자였다면 누군가 한명은 아침에 내가 화장실 앞에 처음으로 붙여놓은 '미안해요. 무서워서 그랬습니다'라는 포스트잇을 보았을지도 모른다는 생각을 그 순간 하고 있었다는 기억뿐이다.

— 나는 편의점에 간다

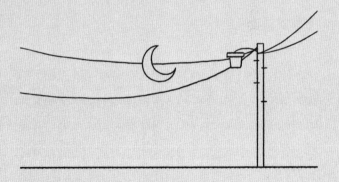

나는 편의점에 간다. 많게는 하루에 몇번 적게는 일주일에 한번 정도 편의점에 간다. 그러므로 그사이 내겐 반드시 무언가 필요해진다.

약속과 우연과 재난이 이삿짐처럼 사라진 2003년 서울. 빈손을 물끄러미 쳐다보고 있는 우리에게 편의점은 기원을 알 수 없는 전설처럼 그렇게 왔다. 시치미를 떼고 앉은 누군가의 정부처럼. 혹은 통조림 속 봉인된 시간처럼. 수상할 것도 없이.

2003년 서울 사람들에게 습관이란 구원만큼 중요한 문제가 되었다. 그리하여 2003년 서울 사람들에게 중요한 문제가 뭘까 항시 고민하는 창백한 사람들은 우리에게 편의점을 지어주었다. 그것은 많이 그리고 신속하게 생겨

212

났다.

편의점에는 많은 사람들이 오간다. 그들은 모두 누구일까? 자세히는 알 수 없으나, 저마다 하나씩 사진 앨범을 가지고 있는 사람들이 틀림없다. 운동회 때 2등으로 달리던 중 뒤를 돌아보는 1등 아이의 얼굴을 보고 같이 흠칫 놀랐거나, 형제에게 돈을 꾸어 여자를 만나고, 모든 문제집의 첫장만을 풀어봤거나, 뜻을 알면서도 국어사전에서 '음부'나 '성교'라는 단어를 찾아봤을 사람들. 혹은 하게 될 사람들. 그러나 우리는 서로를 알아보지 못한다. 그런 건 아직 습관이 들지 않았다.

하루에도 몇번씩 편의점에서 오기는, 내가 한번쯤 만났을 수도 그렇지 않았을 수도 있는 사람들. 그중에는 조금 전 비디오방에서 섹스를 한 뒤 같이 컵라면을 나눠먹는 어린 연인도 있고, 아버지께 꾸중듣고 담배를 사러 온 백수 총각, 얼굴을 공개한 적 없는 예술가나 실직자, 간첩, 심지어는 걸인으로 위장한 예수조차 있을지 모른다. 그러나 편의점은 묻지 않는다. 참으로 거대한 관대다.

이곳은 대학가 근처의 주택단지이다. 이곳에는 모두 세

개의 편의점이 있다. 세개의 편의점은 주택단지를 중심으로 서로 삼십 미터가 안 되는 거리에 삼각형 모양으로 배치됐다. 엘지25시는 주택단지 근처에, 바로 맞은편에 패밀리마트가, 패밀리마트에서 조금 떨어진 곳에 세븐일레븐이 있는 식이다. 주택단지로부터 엘지25시는 일직선, 패밀리마트는 니은자 모양, 세븐일레븐은 디귿자 모양을 그리고 있다.

세 편의점이 언제부터 이곳에 생겼는지는 기억나지 않는다. 이곳은 쉴새없이 무언가 생겼다 사라지고, 생긴 게 또다시 생기곤 했다. 여관, 피시방, 테이크아웃 커피점, 호프집, 교회…… 편의점은 언제부턴가 그것들 틈에 말쑥한 차림의 전입생처럼 앉아 있었다.

내가 자주 갔던 편의점은 세븐일레븐이었다. 특별한 이유는 없고 그저 그곳이 귀갓길에 가장 먼저 눈에 띄는 편의점이었기 때문이다. 도로 위 퇴근 차량이 긴 트리를 만들며 깜빡이는 시간, 나는 종종 편의점에 들렀다. 집으로 가는 길, 그곳 어딘가 환하게 간판을 밝히며 선 세븐일레븐. 숨길 것도 감출 것도 없다는 듯 투명 유리 사이로 훤히 내장을 드러내는 그곳. 나는 세븐일레븐을 지나며 '설마 저렇게 많은 물건 중 내게 필요한 게 한가지도 없을까'

의심하게 된다. 그러면 세븐일레븐은 틀린 답을 고쳐주며 학생의 머리를 쓰다듬는 선생님처럼 내 손에 무언가를 들려보낸다.

나는 집에 화장지가 있지만 화장지가 언제 떨어질지 모르므로 화장지를 산다. 나는 집에 밥이 없지만 밥은 언제나 해먹어야 되는 것이므로 참치캔을 산다. 나는 참치캔을 샀으니 밥을 해먹을 것이고, 밥을 해먹으면 입가심을 하고 싶을 것이므로 요구르트를 산다.

어느날 초록색 조끼를 입은 세븐일레븐의 사장이 내게 말을 건다.

"안녕하세요?"

엉겁결에 서로 눈이 마주친 순간 그의 손에 들린 리더기가 잽싸게 컵라면의 바코드를 읽어낸다.

"여기 사세요?"

구리색 피부에 살집이 좋다. 나는 컵라면 값 650원과 함께 '네'라는 말을 지불하며 세븐일레븐을 황급히 나온다. 그런데 그후 세븐일레븐에 갈 때마다 내가 물건을 사는 족족 그 남자가 말을 걸기 시작한다.

"학생이에요?"

"네."

"3학년?"

"네."

"혼자 살아요?"

"네."

"여기 K대학?"

"아니요."

"그럼 어느 학교 다녀요?"

나는 대충 학교 이름을 얼버무린다. 그러곤 다음 질문이 설마 '전공이 뭐예요?'는 아니겠지 생각한다. 그가 묻는다.

"전공이 뭐예요?"

아마 내가 문학을 전공한다고 하면 그는 자신의 문학관에 대해 열변할 것이고, 미술을 전공한다고 하면 개중 유명한 미술작가를 들먹일 것이며, 이벤트학이나 국제관계학을 전공하고 있다고 말하면, 또 '그게 뭐 하는 과냐' '언제 생겼냐' '그거 졸업하면 뭐 하게 되냐' 등의 질문을 퍼부을 것이다. 그러고는 나중에 그는 나를 '안다'라고 말하겠지.

나는 그에게 거짓말을 한다. 식품공학. 그는 "어유, 그럼 살림 잘하시겠네"라고 농담을 건다. "그럼 언제 졸업……"이라고 남자가 다음 말을 이으려 한다. 그때 만일 전자레인지가 삐 — 소리를 내지 않고, 잘 익은 햇반이 내게 무사히 건네지지 않았다면, 그는 내게 '좋아하는 체위는 뭐냐'고까지 물어봤을지 모른다. 내가 세븐일레븐 로고가 새겨진 반투명 비닐봉지를 들고 황급히 문을 나설 때, 그가 내 뒤에서 순서를 기다리고 있던 여고생에게 막 말을 거는 소리가 들렸다.

"언니 잘 있어요? 그 시립대 다닌다는……"

나는 그후로 세븐일레븐에 가지 않는다.

엘지25시와 주택단지 골목 사이에 이동식 포장마차가 한대 들어섰다. 떡볶이와 순대, 어묵 등을 파는 곳으로 인상 좋은 할머니와 그녀의 젊은 아들이 함께 운영하는 데였다. 포장마차는 편의점의 인스턴트 밤참에 싫증이 난 손님들로 항상 붐볐다. 새벽에 배가 고플 때 나 역시 그곳을 이용했다. 나는 그곳에서 못난이만두를 섞은 떡볶이를 꼭 이천원어치 샀다. 그들 모자는 내게 전공을 물어오지는 않았지만 내가 떡볶이를 살 때면 못난이만두나 고구마튀김을 한개씩 더 얹어주었다. 포장마차 할머니는 덤을 주기 위해 가판대 너머의 내게 항상 상체를 기울이곤 했다.

나는 여느 때와 다름없이 떡볶이를 사러 포장마차에 갔다. 그날은 할머니의 아들이 혼자 가게를 보고 있었다. 그는 이십대 후반으로 해사하게 생겼으나 말투는 조금 촌스러운 사람이었다. 그는 못난이만두에 떡볶이 국물을 묻히며 과거 세븐일레븐의 사장이 그랬던 것처럼 내게 이것저것을 어눌하게 물어왔다. 나는 그의 질문에 건성으로 대답했다. 그는 그의 노모가 그러는 것처럼 내게 덤을 주기 위해 잠시 상체를 내 앞으로 기울였다. 나는 그의 상체가 제자리로 갈 때까지 잠시 숨을 멎고 있었다. 그는 나에게 전공을 물어왔다. 나는 잠시 망설이다 국문과라고 거짓말을 했다. 그는 국문과를 나오면 뭐가 되느냐고 진심으로 궁금해하며 물었다. 나는 대충 생각해내어 "뭐 그냥 학자가 되기도 하고, 기자가 되기도 하고, 선생님이 되기도 한다"며 둘러댔다. 지금 생각해보면 정성은 없으나 악의도 없는 그런 말투였다. 그런데 무럭무럭 피어오르는 김 사이로 그의 얼굴이 잔뜩 흐려졌다. 내 앞에서 긴 국자로 어묵 국물을 휘이휘이 젓던 그는 잠시 뭔가 생각하더니 우울한 목소리로 말했다.

"저도 대학 나왔어요. 그냥 편하게 살려고 이런 거 하는 거예요."

잠시 어색한 침묵이 흘렀다.

그후 나는 그 포장마차에 가지 않는다.

갑자기 그들 모자 특히 그 아들과 인사를 해야 되나 말아야 되나 하는 문제가 생겼다. 인사를 하자니 하루에도 몇번씩 오가는 그 골목에서 번번이 귀찮을 것 같고, 그렇다고 안 하자니 그들이 나를 어떻게 볼지 걱정됐다. 그곳을 지날 때면 몇 미터 전부터 신경이 쓰였다. 하지만 나는 조용히 그곳을 지나쳤다. 그것이 내게는 더 익숙하고 편한 방법이었다. 모자와 나는 서로를 발견하면 약속한 듯 시선을 피하고 딴청을 부렸다.

내가 두번째 단골로 삼은 편의점은 패밀리마트다. 패밀리마트는 사십대 후반으로 보이는 여성이 계산대를 지킨다. 그녀는 풀린 파마머리에 문신한 눈썹을 가지고 있다. 그녀는 그녀 주위를 에워싼 물건들 사이에서 언제나 죽도록 심심해 보였다. 나는 심통난 듯한 그녀의 얼굴로부터 등을 돌린 채 종종 그곳에서 컵라면을 먹었다.

패밀리마트는 세 편의점 중 가장 장사가 안되는 편의점이다. 그것은 아마도 세븐일레븐과 달리 주인이 지나치게 불친절한 까닭인 듯했다. 딱 한번 패밀리마트가 제법 분주해진 적이 있다. 맞은편의 엘지25시가 문을 닫았을 때였다. 엘지25시의 간판은 내려지고 그 안에서는 내부 공사가 한창 진행 중이었다. 그때 패밀리마트의 여자가 가장 먼저 한 일은 손님들이 라면이나 죽 따위의 인스턴트식품을 먹는 간이 탁자를 치워버린 거였다. 여자는 바빠졌고, 손님들이 와서 시간을 죽이고 가는 간이 탁자가 갑자기 성가셔졌다. 여자는 아마도 몇달 후 엘지25시의 자리에 훨씬 크고 화려한 큐마트가 생겨나리라고는 상상 못한 모양이었다. 맞은편 큐마트 개점 후 패밀리마트는 예전처럼 다시 조용해졌다. 그래도 나는 패밀리마트를 계속 이용했다. 나처럼 혼자 자취를 하는 사람에겐 일정한 동선, 일정한 습관이 필요하기 때문이었다. 그러던 내가 패밀리마트에 가지 않게 된 건 어느날 콘돔 한갑을 계산대 앞에 내민 내게 그녀가 주민등록증을 요구하고 나서부터다. 무책임한 것보다 잠시 민망한 게 낫다 싶어 죽도록 심심해 보이는 주인 여자 앞에 화투패를 열듯 과감히 콘돔을 내보였을 때, 그녀는 정말 심심했던 까닭인지 수상한 눈초리로 내게 물었다.

"몇살이에요?"

지갑에서 주민등록증을 꺼내느라 애를 먹는 동안 계산이 지체되고 있는 이유를 궁금해하며 두리번거리는 사람들을 의식하느라 나는 진땀을 뺐다. 그녀는 콘돔 한갑을 사기 위해 열번도 더 고민하고, 필요없는 과자까지 덩달아 산, 한 손님의 민망함을 순식간에 짓밟아버렸다. 그 후로 나는 세븐일레븐과 아울러 패밀리마트도 가지 않게 되었다. 세븐일레븐이든 패밀리마트든 그와 같은 편의점에서 손님 하나 잃는 게 그리 큰 문제가 아님에도 불구하고 당시 나는 그게 대단한 복수라도 되는 듯 생각했다. 패밀리마트에서 물건을 살 때마다 주인여자가 속으로 나를 '콘돔샀던여자콘돔샀던여자' 하고 생각할지도 모른다는 사실도 그곳에 발을 끊는 데 일조했다.

그리하여 한 개인의 편의점에 대한 이러저러한 소심하고 보잘것없는 경험, 나름의 근거로 인해 나의 마지막 단골 편의점은 큐마트가 되었다. 큐마트의 특징은 우선 센서식 자동문에 있다. 큐마트의 자동문은 코가 예민한 짐승처럼 잔뜩 웅크리고 있다가 조금이라도 기웃거리는 손님이 있으면 컹 하고 짖듯 문을 활짝 열어주었다. 자동문은 항상 구원처럼 열렸다.

큐마트를 경영하는 부부는 사십대 후반이다. 아마도 그들은 지난 IMF 때 명예퇴직금으로 큐마트를 연 것 같다. 확실한 것은 아니다. 그러나 그들 부부의 관상이 온화했던 탓에 나는 내 추측을 확신했다. 그 나이에도 의심이 적고, 성격이 부드러운 사람들이란 대개 그들을 부드럽게 만들 수밖에 없는 환경에서 살던 사람들이다. 그들은 사기를, 배반을, 착취를, 불평등을 모른다. 그들은 아마 그들이 노력한 만큼 벌거나 노력한 것 이상으로 벌어온 사람들일 것이다. 모든 부드러움에는 자신들이 의식하지 못하는 어떤 잔인함이 있다. 그게 사실이 아닐지라도 내가 그걸 사실로 만들어버리는 이유는 그러고 나면 내 처지가 덜 속상해지기 때문이다. 나는 그들을 폄하하는 대신, 그들의 환경을 덜 부러워할 수 있게 된다. 나는 정직하므로 가난하고 그들은 부정직했으므로 풍족하다. 가치란 편의점의 물건과 같아서 그런 식으로도 교환될 수 있는 것이다.

큐마트의 두번째 특징은 음악이다. 큐마트는 언제나 매장 내에 음악을 틀어놓는다. 음악은 대개 잔잔한 클래식이다. 큐마트의 음악은 손님들로 하여금 물건 앞에 오래 머물도록 해준다. 산책로에서 천천히 허리를 구부려 낙엽을 줍듯 큐마트에서 양반김이나 제주삼다수를 드는 나의 몸짓은 갑자기 우아해진다. 내가 편의점에 갈 때마다 어떤 안심이 드는 건, 편의점에서 물건이 아니라 일상을 구매한다는 실감 때문인지도 모르겠다. 비닐봉지를 흔들며 귀가할 때 나는 궁핍한 자취생도, 적적한 독거인도 무엇도 아닌 평범한 소비자이자 서울시민이 된다. 그곳에서 나는 깨끗한나라 화장지를, 이오요구르트를, 동대문구청에서 발매한 10리터용 쓰레기봉투를, 좋은느낌 생리대를, 도브 비누를 산다.

큐마트의 마지막 특징은 아르바이트생이다. 그곳의 아르바이트생은 이십대 중반의 청년으로 말수가 적고 무심하다. 잘생긴 호남형은 아니나 빤히 들여다보면 볼수록 정이 들게 생긴 얼굴이다. 그러나 빤히 들여다볼 일이 없는 이상 지하철역에 가면 오분마다 한번씩 볼 수 있는 외모다. 물론 그가 절색이든 박색이든 나와 상관없다. 내게 중요한 것은 그가 수다쟁이인가 아닌가뿐이다. 큐마트의 청년은 내게 꼭 필요한 말만 건넨다. '이천오백원입니다' 혹은 '데워드릴까요?' 혹은 '빨대 넣어드릴까요?' 등이 그것이다. 나는 그 짐이 아주 마음에 든다. 그가 상품의 바코드에 스캐너를 댈 때면, 모니터에 가격과 잔액 등이 모두 표시된다. 마음만 먹는다면 우리는 어떤 말도 안할 수 있다.

큐마트의 계산대는 주로 그 청년이 지킨다. 주인 부부는 잘 보이지 않는다. 내가 청년을 자주 보는 것은 청년의 근무 시간과 내가 편의점에 가는 시간이 일치하기 때문인지도 모른다.

큐마트 로고가 새겨진 푸른 조끼는 그와 잘 어울린다.

그는 사무적이므로 내게 가끔 성적이다. 때론 신명조의 말투로, 때론 침묵으로, 때론 유니폼으로 표현되는 그의 위치란 그것이 가지고 있는 바로 그 '입는다'는 성격 때문에 그 뒤에 숨겨진 육체를 상상하게 만든다.

큐마트 개점 이후 줄곧 큐마트에만 들르던 내가 간만에 세븐일레븐에 간 적이 있다. 갑자기 세븐일레븐에서 파는 삼각김밥이 먹고 싶어서였다. 세 편의점은 모두 조금씩 밀고 있는 상품이 달랐다. 외제 상품이 유난히 많은 곳이 있는 반면 국산품이 주인 곳, 유독 야참거리가 많은 데가 있었다. 새벽. 트레이닝 바람으로 도로 위를 무단횡단해 세븐일레븐에 다다랐을 때 세븐일레븐의 사장은 언제나 그래왔듯 방긋 미소 지었다.

"오랜만이네요."

나는 가볍게 목례를 하며 예의를 차린다. 나의 반응에 힘입은 그는 다시 다정하게 묻는다.

"왜 이렇게 안 왔어요."

나는 삼각김밥을 집은 뒤 편의점을 둘러본다. 모든 게 있어야 할 자리에 있고 또 있었던 자리에 있다.

"칠백원입니다."

계산대 앞 남자가 나를 빤히 쳐다본다. 말똥말똥한 눈

으로 나의 지불을 기다린다. 그 눈빛이 하도 천진해 나는 생각난 듯 점퍼 주머니를 뒤적였다. 그런데 주머니 안에서 아무것도 잡히지 않았다. 갑자기 나는 식은땀이 났다.

"저…… 지갑을 두고 온 것 같아요."

내가 기어들어가는 목소리로 변명하자 남자는 정말 상냥하게 삼각김밥을 슬며시 자기 앞으로 끌어놓은 뒤 답했다.

"다녀오세요."

큐마트의 크기는 스무평 정도 된다. 마트 양쪽 벽에는 가로로 긴 대형냉장고가 있다. 그곳에는 주로 유제품과 냉동식품 등이 비치돼 있다. 자동문을 기준으로 마트 내부를 정면으로 비리봤을 때, 그 끝에는 또 세로로 긴 냉장고가 있다. 그곳에는 주로 음료수가 있다. 자동문이 달린 유리벽 안쪽에는 또 냉장고가 있는데 그곳에는 빙과류가 있다. 말하자면 냉장고가 미음자 모양으로 큐마트 내부를 감싸고 있는 모양이다. 그리고 그것은 다른 편의점의 구조와 크게 다르지 않다. 편의점은 바깥과는 다른 시간이 흐르는 곳이다.

큐마트의 계산대는 자동문 바로 안쪽에 있다. 계산대

뒤로는 각종 양주와 담배가 진열돼 있고, 우측으로는 휴대전화 급속충전기가 있다. 계산대 앞쪽에는 신문과 복권이 있다. 신문이 낮게 진열된 까닭에 손님들은 박찬호의 수염 위로, 김대중 대통령의 미소 위로, 마약을 복용한 가수의 고개 숙인 정수리 위로 생수를, 휴지를, 면도기를 내민다.

최근 고향에 갔다 본가에 휴대전화 충전기를 두고 왔다. 집에서 충전기를 택배로 보내주겠다는 연락이 왔다. 택배가 도착할 때까지 큐마트에서 휴대전화를 급속충전하기로 했다. 휴대전화 충전 가격은 삼십분에 천원이었다. 큐마트의 푸른 조끼 청년은 내 휴대전화의 배터리를 열어 기종을 확인한 뒤 휴대전화를 충전기에 넣었다.

"비밀번호 뭐로 할까요?"

청년이 물었다. 휴대전화 충전에도 비밀번호가 필요한지 몰랐던 나는 번호를 얼른 생각해내지 못해 당황했다. 청년은 손가락을 충전기 번호판에 올려놓은 채 나를 물끄러미 바라보았다.

"공칠이사요."

그것은 나의 생일이었다. 청년은 "공칠이사……" 하고 조그맣게 중얼거리며 '비밀'인지 '번호'인지 모를 것을 기계에 눌러박았다. 청년이 나의 생일을 만지는 것을 나는 잠시 바라보았다.

"계산이오."

한 사내가 내 앞을 치고 들어왔다. 청년은 그 사내가 내민 유아용 젖병에 스캐너를 댄다. 나는 젖병을 사는 사내의 얼굴이 궁금해 고개를 돌리지만 사내는 바쁜 듯 나가버린다. 내게서 천원을 받은 편의점 청년은 더이상 나에게 볼일이 없다. 나는 삼십분간 계산대 앞에서 기다린다. 괜히 물건들을 구경하는 척 큐마트 안을 거닌다. 그러다 자동문 근처에 너무 가까이 가버렸는지 자동문이 스르륵 열리는 걸 보곤 당황해 결백을 증명하듯 뒤로 성큼 물러선다. 그러나 청년은 나에게 별로 주의를 기울이지 않는다. 나는 철제 선반들 사이를 돌아다니다 필요도 없는 물건 몇개를 더 샀다.

삼십분이 지나고 드디어 휴대폰 충전기가 충전완료를 나타내며 깜빡거리자 청년이 내게 다시 한번 묻는다.

"번호요."

내가 "공칠이사……"하고 조그맣게 대답하는 동시에 한 남자가

"계산이오."

말한다. 남자는 계산대에 이쑤시개 다섯통을 내민다.

얼굴을 보니 최근 내가 가지 않은 포장마차의 '대학 나온' 총각이다. 총각과 나는 순간 눈이 마주친다. 총각은 나를 못 본 척 얼른 문 밖으로 나간다.

그후에도 몇번 휴대전화를 충전하러 큐마트에 갔다. 급속충전의 경우 배터리가 오래가지 않기 때문이다. 청년은 번번이 비밀번호를 묻고 나는 매번 똑같이 '공칠이사'라고 답한다. 시골에서 택배를 받아본 이후에도 사실은 몇번 더 큐마트에서 충전을 했다.

큐마트에 다니면서 내가 한 가장 큰 착각은 푸른 조끼 청년과 사적인 말을 하지 않으므로 내 사생활이 전혀 드러나지 않을 것이라고 생각한 거였다. 내가 아는 한 큐마트는 '어서 오세요'와 '감사합니다'의 세계였다. 그의 관심은 그가 파는 물건에, 나의 관심은 내가 사는 물건에 있어야 마땅했다. 그런데 큐마트를 오래 다니다보니 뜻밖에 의도하지도 원하지도 않은 내 정보들이 매일매일 그가 들고 있는 바코드 검색기에 찍혀나가고 있다는 것을 깨달았다. 예컨대 그는 나의 식성을 안다. 대여섯 종류의 생수 중 내가 어떤 물을 가장 좋아하는지, 자주 사가는 요구르트가 딸기맛인지 사과맛인지, 흑미밥과 쌀밥 중 무엇을 더 선호하는지 등을 말이다. 원한다면 그는 내 방의 크기도 추측할 수 있다. 쓰레기봉투를 매번 10리터짜리로 사가는 나는 결코 큰 방에 살고 있을 리 없다. 그는 나의 가족관계도 알 수 있을 것이다. 새벽마다 와서 햇반을 사가는 여자, 생필품을 스스로 사는 어린 여자, 젓가락은 한개만 가져가는 그 여자는 독신이리라. 그는 내 고향을 안다. 편의점에 겨울옷을 정리한 택배를 부치러 갔을 때 수수료를 받으며 양쪽 주소를 확인했다. 그는 나의 생리주기를 안다. 그는 정기적으로 생리대를 사가는 나를 본다. 그는 콘돔갑을 뒤집어 계산대에 올려놓는 나를 본다. 그는 나의 식생활에서 성생활에 이르기까지 모든 영역을 본다. 왜냐하면 편의점이란 모든 걸 파는 곳이기 때문이다. 큐마트가 나의 가장 오랜 단골이 된 덕에 청년은 내게 단 한마디의 사적인 대화를 걸지 않고도 니에 대해 많은 것을 알게 되었다. 그는 나도 모르는 나의 습관을 알고 있을지 모른다.

그는 내 전공을 묻지 않는다. 나는 그에게 내 전공을 말하고 싶다. 나는 쓰레기봉투나 사가는 여자와 구별될 것이다. 그와 사랑하고 싶어졌다는 얘기는 아니다. 다만 내 사생활을 아는 그가 못마땅해졌을 뿐이다. 알면서도 침묵하는, 그의 무심함이 서운하게 느껴졌을 뿐이다. 전자레인지에서 햇반이 돌아가는 일분삼십초 동안, 혹은 서울우유가 돌아가는 이십초 동안 아무 말도 하지 않는 그가 궁금해졌다. 나는 네 앞에서 하루에도 몇번씩 내장을 꺼내 놓듯 내가 먹고 싸고 하는 것을 드러내는데 너는 언제나 푸른 제복을 입은 채 무심하다. 나는 너에 대해 아는 게 하나도 없다. 세븐일레븐에서는 식품공학을 전공하는 학생으로, 포장마차에서는 국문학을 전공하는 학생으로, 패밀리마트에선 콘돔을 샀던 미성년자 같은 성년으로 모두 다르게 알고 있는 동네에서 그는 최소한의 진실을 알고 있을지도 모르는데 말이다.

　나는 상상한다. 어느날 세개의 편의점이 마주보고 있는 도로 한가운데서 한 여자가 차에 치어 죽는다. 세 편의점의 모든 주인, 즉 증인들은 그녀를 '안다'고 증언하고 나섰으나 저마다 진술이 달랐다. 편의점의 주인들은 어긋나는 진술 속에서 자신의 기억을 의심하며, 이번엔 다시 그녀를 '모른다'고 부정하고 나선다. 그러면 세번의 부정 속에서 여자는 그때 어떻게 되며, 누가 되는가. 그것은 계산대를 등진 채 누군가에게 문자메시지를 보내고 있는 저 편의점 청년의 마음의 수신자가 누군지 아무도 모르는 것과 같다. 그것이 궁금하여 누군가 당장 도로로 뛰어든다 하더라도 답은 얻어지지 않을 것이다. 그러므로 나는 도로 한가운데로 가지 않고 편의점에 간다.

크리스마스 저녁이었다. 서울의 거리가 꽝꽝 얼어붙은 날. 거리는 한산했고 모두가 번화가로 몰려간 탓에 도시의 변두리는 을씨년스러웠다. 모 보험회사에서는 올 크리스마스에 눈이 내리면 가입자에게 돈을 준다는 광고를 내세웠다. 그날은 아침부터 눈이 내렸고 얼마 전 수능을 마친 동생이 재수학원을 알아보러 올라오기로 한 날이었다. 동생은 우선 내 방에 들러 하루 묵고 노량진 입시학원을 알아본 뒤 고향에 내려갈 계획이었다. 동생을 기다리는 동안 나는 집 근처를 크게 벗어나지 않는 한도 내에서 피시방과 식당을 오갔다. 그런데 열시쯤 동생이 막차로 막 서울에 도착했다는 전화를 해온 지 얼마 지나지 않아 대학 친구의 위급한 전화를 받았다. 그녀는 복통을 호소하며 고통스러운 목소리로 내게 와줄 것을 부탁했다. 대충 급한 대로 현금카드와 휴대전화만을 챙긴 채 집밖으로 나왔다. 그러곤 순간 당황했다. 동생에게 내 방 열쇠가 없었기 때문이다. 한두시간이라면 피시방에 들어가 있으라 하면 될 일이었지만, 응급실에서 몇시간을 있어야 될지 모르는 상황이었다. 게다가 동생은 서울 지리를 잘 몰랐다. 단골 가게에 열쇠를 맡기자니, 시간이 너무 늦은데다 크리스마스까지 겹쳐 문 닫은 집이 많았다. 그렇다고 아무

데나 부탁하자니 낯선 이에게 열쇠를 맡긴다는 게 내키지 않았다. 어떻게 해야 할지 몰라 잠시 문앞에서 망설였다. 그런데 그때 한 사람이 떠올랐다. 바로 큐마트의 푸른 조끼를 입은 청년이었다. 그는 이 동네에서 나를 아는 몇 안 되는 사람 중에 한명이었다.

큐마트에 도착했을 때 가게 안에는 청년 혼자 자리를 지키고 있었다. 큐마트의 청년은 도시락세트에 스캐너를 댄 뒤 자기 주머니에서 도시락값을 꺼내 금고에 집어넣고 있었다. 한가한 틈을 타 식사를 하려는 모양이었다. 숨을 헉헉대며 내가 계산대 앞에 서자 그가 의아한 얼굴로 나를 바라보았다. 나는 잠시 망설이다 웅얼거리듯 말했다.

"저 죄송하지만 부탁이 있는데요."

청년은 도시락을 손에서 놓지 않고 답했다.

"네?"

열쇠 이야기를 꺼내기 전 먼저 우리의 친밀함을 그에게 설명하는 게 도움될 거란 생각이 들었다.

"저…… 아시죠?"

그가 도시락을 쥔 채 내 얼굴을 빤히 쳐다보았다.

"저, 이 근처 사는…… 항상 제주 삼다수랑 디스플러스랑 사갔었는데……"

그가 계속 의아한 표정을 짓자 조바심이 일었다.

"깨끗한나라 화장지랑 쓰레기봉투는 꼭 10리터짜리만 사고, 햇반은 흑미밥만 샀는데…… 모르시겠어요?"

그는 양미간을 찌푸리며 마치 취중에 함께 하룻밤을 보낸 상대를 기억해내려는 듯 난처한 표정을 지었다. 그러고는 마침내 천천히 입을 열어 답했다.

"손님, 죄송하지만 삼다수나 디스는 어느 분이나 사가시는데요."

나는 잠시 멈칫했다. 그는 여전히 나를 말갛게 쳐다봤다. 주머니 속 열쇠를 쥔 손바닥에서 땀이 났다.

그즈음 포장마차가 없어졌다. 들리는 말에 의하면 다른 동네에 크게 가게를 냈다고도 하고, 편의점 주인들이 신고를 했다고도, 노모가 아픈가보다라고도 했다. 나는 그들의 안부가 조금 궁금했다. 동시에 그곳을 지나칠 때마다 겪어야 했던 수고로움을 덜하게 될 것이라는 안도를 느꼈다.

크리스마스에서 꼭 6일이 지난 어느날, 나는 방안에 꼼짝 않고 누워 있었다. 이웃집에서 연말행사에 관한 뉴스가 간헐적으로 새어나왔다. 새해를 맞을 기대로 아나운서의 목소리는 잔뜩 상기되어 있었다. 크리스마스 때와 마찬가지로 사람들은 모두 번화가로 몰려나갔을 것이다. 목이 말라 소형냉장고를 더듬으니 빈 생수통만 덩그러니 손에 잡혔다. 이불 속에서 한참을 꿈지럭대다가 결국 자리에서 일어났다. 점퍼를 든든히 입고, 휴대전화와 천원짜리 몇장을 주머니 안에 구겨넣은 채 집을 나섰다. 마침 출출하기도 했다. 집 밖을 나왔을 때 거리에는 눈이 내리고 있었다.

큐마트는 조용했다. 2003년 12월 31일 밤 열한시. 푸른 조끼를 입은 청년은 고개 숙인 채 누군가에게 문자메시지를 보내고 있었다. 수신자에게는 메시지와 함께 도착 시간이 전달될 터였다. 큐마트의 긴 통로를 가로질러 냉장고 앞으로 갔다. 냉장고에서 생수 한병을 꺼내들고 그 옆 냉동고에서 포장 만두를 꺼낸 뒤 계산대 앞으로 가자, 청년은 메시지를 보내다 말고, 휴대전화를 자기 뒤에 있는 선반에 올려놓았다. 크리스마스 때 일을 상기하며 잠시 그의 눈치를 봤다. 그러나 그는 그때와 마찬가지로 나를 알아보지 못하는 것 같았다. 혹은 부러 무심한 척하는지도 몰랐다. 사실 어느 쪽이라도 상관없었다. 학교 친구는 금세 회복했고, 동생 역시 주인댁의 도움을 받아 내 방에 들어올 수 있었다. 그가 생수병의 바코드를 리더기에 댔다. 순간 뚜뚜뚜 — 하는 신호음이 들렸다. 청년은 계산을 하다 말고 선반 쪽으로 몸을 돌려 휴대전화를 확인했다.

"이천팔백원입니다."

메시지를 확인한 청년이 다소 실망한 듯한 표정을 지으며 비닐봉지를 꺼냈다.

"이것 좀 데워주세요."

나는 포장 만두를 내밀었다. 편의점 안에 복음성가가 흘렀다. 가게 안에는 그와 나밖에 없었다. 나는 유리창 앞 간이 탁자에 몸을 기대 바깥 풍경을 바라보았다. 거리는 한적했다. 내가 자리를 옮기자 청년은 다시 휴대전화를 들고 자판을 만지기 시작했다. 버스 안에서 가방을 놓아둔 내 옆자리에 갑지기 누군가 앉았을 때처럼 나는 창밖만 바라봤다. 자동차들이 마음놓고 과속 질주를 할 때마다 도로 위에 얇게 쌓인 눈들이 소용돌이쳤다. 세븐일레븐의 간판은 그날도 환히 빛났고, 맞은편 패밀리마트의 연두색 간판 역시 눈부셨다. 그사이 청년은 자신의 휴대전화를 몇번 확인했으나 수신메시지를 알리는 신호음은 한번도 울리지 않았다.

누군가 큐마트 안으로 들어왔다. 파란색 야구모자를 눌러쓴 이십대 후반의 남자였다. 남자는 철제 선반 사이를 돌아다니며 신중하게 물건을 골랐다.

　그때 도로에서 갑자기 끼익 ― 하는 소리가 들렸다. 나와 큐마트 청년과 야구모자를 쓴 사내는 동시에 창밖을 쳐다봤다. 유리창 밖 한 여고생이 우리 눈앞에서 붕 ― 하고 떠올랐다 도로 위로 떨어져나갔다. 횡단보도 앞 은색 소나타 한대가 놀란 듯 멈추어 선 게 보였다. 소나타는 갑자기 전속력을 내며 그곳을 벗어나기 시작했다. 큐마트 청년이 밖으로 곧장 뛰어나갔다. 나는 얼어붙은 듯 그 자리에 서 있었다. 유리창 너머로 사람들이 모여드는 게 보였다. 그중에는 패밀리마트의 주인 여자도 있었다. 사람들은 각기 휴대전화를 들고 경찰서, 애인, 가족에게 전화하는 듯했다. 여고생의 머리 주위에서 피가 흘렀다. 뒤집어진 교복 치마 사이로 드러난 다리가 추워 보였다. 현장에 둥그렇게 모인 이들 모두 끔찍했던 탓인지 아무도 여고생 곁에 다가가지 않았다.

　나는 계산대 앞으로 갔다. 그런데 그때 파란색 야구모자를 눌러쓴 남자가 계산대 앞 복권을 한뭉치 집어 자신의 앞가슴에 넣었다. 나는 간이 가판대 쪽으로 황급히 몸을 돌렸다. 동시에 아르바이트 청년의 휴대전화에서 문자메시지 도착을 알리는 신호음이 들렸다. 순간 파란 야구모자와 눈이 마주쳤다. 나는 숨이 멎는 것 같았다. 시선을 피하려는데 전자레인지가 땡── 소리를 내며 작동을 멈췄다. 그와 나의 팽팽한 침묵 사이로 그 소리는 아교를 잘 먹인 현악기의 줄처럼 정말 가볍게 튀어올랐다. 내 눈과 마주친 작고 깊은 눈. 모든 것이 싱싱한 이곳에서 그의 눈은 왠지 몹시 상해 보였다. 그리고…… 낯이 익었다. 나는 태연한 척 그의 얼굴을 어디에서 봤는지 기억해내려고 애썼다. 어디에서였더라? 패밀리마트에서 봤던가? 엘지 25시에서 봤던가? 어디지? 곧이어 청년이 헉헉대며 큐마트 안으로 들어왔다. 나와 파란 야구모자 사내는 얌전히 계산대 앞에 섰다.

"봤어요? 팬티가 훤히 다 드러났어요."

청년의 흥분에 대꾸할 것도 없이 파란 야구모자 사내는 껌 한통을 계산한 뒤 황급히 나가버렸다. 나는 한동안 꿈쩍 않고 계산대 앞에 서 있었다. 편의점 청년은 갑자기 중요한 걸 깨달은 듯 다시 전자레인지 앞으로 갔다.

"죄송합니다."

나는 그가 건네는 포장 만두를 받아들었다. 볼일이 끝난 뒤에도 내가 계속 꿈쩍 않자, 청년은 나를 이상한 듯 쳐다보았다. 나는 그에게 뭔가 얘기하지 않으면 안 될 것 같았다. 그런데 도통 무슨 이야기를 해야 할지 생각이 나지 않았다. 나는 한참 망설이다 어물쩍 한마디 내뱉고는 큐마트를 나왔다.

"문자 왔어요."

큐마트 밖으로 나와 현장으로 다가갔다. 현장에는 여전히 많은 사람들이 모여 있었다. 도로 위 김이 모락나는 핏물 위로 하얀 눈이 떨어져내렸다. 눈은 피에 닿자마자 순식간에 녹아버렸다. 이상한 것은 패밀리마트 여자가 몹시 흥분했다는 점인데, 공기총에 맞아 놀란 목마처럼 눈을 똥그랗게 뜬 채 쓰러져 있는 여고생을 향해 손가락질을 하며 사람들에게 무언가 열심히 설명하고 있었다.

"아니, 쟤가 나더러 콜라 한 박스를 갖다달라길래 창고에 갔더니, 그사이 담배 한보루를 들고 뛰어나가잖아. 그래서 쫓아나온 건데 지가 급했는지 도로로 막 뛰어들더라구."

경찰차와 응급차는 아직 도착하지 않은 모양이었다. 담배를 훔친 여고생은 도로에 계속 방치됐고 주위에 몰려든 이들은 구경나온 어린아이들을 쫓아냈다. 그런데 그때 횡단보도를 건너던 파란 야구모자 사내가 여고생에게 걸어가는 게 보였다. 조금 전, 복권을 한뭉치 훔친, 가슴 안에 묵직한 절망을 쟁여안은 사내는, 아무도 가까이 가지 않는, 머리가 깨진 채 도로에 쓰러진 여고생에게 점점 가까이 다가섰다. 청년은 사람들 틈을 비집고 여고생 앞으로 다가가 허리를 수그렸다. 그런 뒤 가슴 위로 뒤집어져 올라간 여고생의 치마를 다소곳이 내려주었다.

　나는 편의점에 간다. 다음날도, 그 다음날도, 편의점에 간다. 그사이 그곳에선 어떤 사건도 일어나지 않았다. 큐마트의 푸른 조끼의 청년이 몇번 바뀌었으나 그곳의 남자들은 항상 푸른 조끼를 입으므로 상관없다. 몇번 더 휴대전화를 충전하러 갔으나, 편의점 사장들은 충전기를 없애고 일회용 배터리를 들여놓았다. 몇번의 폭설이, 장마가, 안개가 있었으나 그것은 원래 그런 것이므로 상관없다. 이따금 '말'이 듣고 싶을 때 당신은 수다쟁이 사장이 있는 세븐일레븐에 가라. 비디오방에서 시로를 안은 학생들을 퇴학시킨 선생은 컵라면을 사먹고, 아직도 아버지께 꾸중 듣는 백수 청년은 오늘도 담배가 떨어졌을 것이다. 그리하여 아무 일도 일어나지 않은 것에 대한 이 기록은 마침내 시시해진다.

　한번도 휴일이 없었던 그곳에서 나는――나의 필요를 아는 척해주는 그곳에서 나는――그러므로 누구도 만나지 않고, 누구도 껴안지 않았다. 내가 편의점에 간 사이, 나는 이별을 했고, 내가 어디까지 내려갈 수 있는 사람인지 깨달았다. 그러나 이 모든 것을 아무도 알지 못한다. 그 거대한 관대가 하도 낯설어 나는 어디를 봐야 할지 몰라 서성거린다. 당신이 만약 편의점에 간다면 주위를 잘 살펴라. 당신 옆에 한 여자가 편의점에서 물을 살 때 그것은 약을 먹기 위함이며, 당신 뒤에 남자가 편의점에서 면도날을 살 때 그것은 손목을 긋기 위함이며, 당신 앞에 소녀가 휴지를 살 때 그것은 병든 노모의 밑을 닦기 위함인지도 모른다는 것을. 당신은 이따금 상기해도 좋고 아니래도 좋다. 큐마트, 세븐일레븐, 패밀리마트는 모른다. 편의점의 관심은 내가 아니라 물이다, 휴지다, 면도날이다. 그리하여 나는 편의점에 간다. 많게는 하루에 몇번, 적게는 일주일에 한번 정도 나는 편의점에 간다. 그리고 이상하게 그사이 내겐 반드시 무언가 필요해진다.

종이 물고기

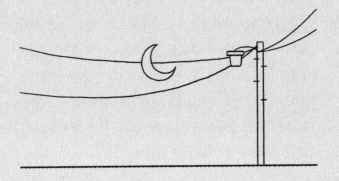

그는 가끔 세상에서 가장 근사한 공간을 상상한다. 그곳은 실패한 농담들의 쓰레기장, 감기 걸린 영웅들의 사물함, 진심을 위한 배지가게, 그리고 이름을 가져본 적 없는 어떤 곳들이다. 그를 둘러싼 집, 상점, 화장실, 학교, 도시는 주로 육면체이지만 그가 상상하는 공간들이 몇개의 면으로 이뤄졌는지는 알 수 없다. 현재 그는 016으로 시작되는 휴대전화와 알파벳 A가 들어간 이메일 주소를 가지고 있다. 또한 070으로 시작되는 계좌번호와 02로 시작되는 운전면허를 가지고 있다. 따라서 그가 속한 곳은 진담의 세계이며, 범인(凡人)들의 세계에다가, 오해의 세계이기까지 하다. 하지만 그는 모른다. 2004년 서울에 아직도 아버지의 시간이 흐르고 있다는 것을. 잘해야 비길 수밖에 없는 시간 속에서 방에 누워 사타구니만 만지고 있는 그는 그러니까 웬만한 건 다 모른다.

그는 똥고개에서 태어났다. 그곳은 좁고 구불구불한 계단이 하늘까지 이어진 마을이었다. 계단은 아버지의 아버지의 아버지의 이름을 부르며 올라가도 끝이 없었다. 어떤 새댁은 아버지의 아버지의 아버지의 이름을 부르며 시장에 내려가다, 더이상 부를 아버지의 이름이 없자 사라져버리기도 했다. 사람들은 알고 있었다. 똥고개에서 평지로 내려가는 데까지 얼마나 많은 시간이 걸리는지. 아들의 아들의 아들들이 기어코 평지에 도착할 때, 그동안 세상은 너무도 달라져버릴 테고 그들은 전혀 다른 인종이 돼 있을 것이다. 마치 지금 지구에서 쏘아올린 빛이 몇백년 후 별에 다다르는 것 같이. 그들은 생뚱맞게 도시 어딘가에 도착해 있을 것이다. 자신의 반짝임을 창피스러워하면서.

그는 똥고개가 아직도 거기에 있는지 알지 못한다. 그가 아는 것은 그런 고개가 세상에 셀 수 없이 많다는 거다. 번번이 무너지지만 어느새 다시 세워지곤 한다는 것도. 웬만한 건 다 모르는 그도 알고 있다.

이십여년 전 그는 어머니의 손을 잡고 똥고개의 계단을 오르고 있었다. 계단 하나를 오를 때마다 그는 어머니에게 질문했다. 이건 뭐고 저건 무엇인지, 하늘은 왜 파랗고 땅은 왜 붉은지, 계단을 오를수록 그의 질문은 늘어갔고, 어머니의 몸에서는 땀이 비오듯 쏟아졌다. 어머니는 행여 아이를 잡은 젖은 손이 미끄러워, 아이를 가마득한 계단 아래로 영영 놓쳐버리지나 않을지 긴장했다. 그런데도 그는 방금 전 물어본 걸 또 물어봤고, 줄곧 인내심 있게 대답해주던 어머니를 점점 짜증나게 만들었다. 어머니는 숨이 턱밑까지 차올라 거의 죽을 지경이었다. 어머니는 그를 업고 걷다, 안고 걷다, 다시 내려놓았고, 손잡고 계단을 같이 올랐다. 얼마 후 창백해진 얼굴의 어머니가 후들거리는 다리로 혼신의 힘을 다해 마지막 계단을 막 오르려 한 순간 그때까지 쉬지 않고 떠들어대던 그가 "엄마" 하고 불렀다. 그동안 그의 여러 질문에 머리가 터질 것 같았던 어머니가 불안한 듯 소리쳤다.

"왜?"

"이 고개 이름은 왜 똥고개야?"

그녀는 멈칫했다. '똥고개'는 오래전, 사대문 안에 산 이들이 이곳에 똥오줌을 내다버려 붙여진 이름이었다. 그녀는 잠시 머뭇거리다 그를 마지막 계단 위로 번쩍 들어올리며 다정하게 답했다.

"스무고개 하며 넘으면 금방 넘는다고 똥고개지."

그는 미숙아로 태어났다. 그의 부모는 아이를 인큐베이

터에 넣을 돈이 없었다. 그들은 그냥 운명에 맡기는 식으로 아이를 윗목에 놓아뒀다. 그런데 사흘이 지나도록 아이는 죽지 않았고, 셋방이 떠나가라 울기만 했다. 그의 어머니는 아이에게 다가가 티스푼으로 보리차를 떠먹였다. 그러자 아이는 신기하게도 울음을 뚝 그쳤고, 보리차를 홀짝홀짝 받아마셨다. 그의 어머니는 "부잣집 아이라면 죽었을 것을 가난한 집 아이라 산 모양"이라며 그를 안아 다시 아랫목에 뉘었다. 삼양라면 한개를 옆구리에 끼고 퇴근하던 그의 아버지가 시골에서 올라온 그의 어머니를 보고 놀라 한참을 서 있다가, 말없이 돌아나가 라면 한개를 더 사가지고 돌아왔던 날 이후, 그는 그렇게 생떼를 쓰듯 이 세상에 태어났다.

그의 어머니는 젖이 잘 나오지 않는 편이있다. 동네 힐머니들은 그녀에게 "소족을 고아먹으면 젖이 잘 나온다"고 말해주었다. 그녀는 돈이 없어 돼지족을 사다 고아먹었다. 그러나 아이의 식욕은 왕성했고 그녀는 항상 갈증에 시달렸다. 돼지족을 사다먹을 형편도 여의치 않자 그녀는 나중에 주전자에 막걸리를 받아다 마시며 젖을 물렸다. 한 손으로는 아이를 안고, 한 손으로는 주전자를 든 채 막걸리를 벌컥벌컥 마셨다. 가슴을 풀어헤친 채 아이를 안고 잠든 그녀의 옷 앞섶엔 언제나 허옇게 말라붙은 막

걸리 자국이 남아 있었다. 훗날 그는 자기가 낮꿈을 잘 꾸는 이유가 그때 막걸리로 채운 젖을 물고 자랐기 때문이라고 생각했다.

그는 사방이 신문지로 도배된 방에서 자랐다. 그 방은 오른변의 높이와 왼변의 높이가, 방바닥의 너비와 천장의 너비가 같지 않았다. 그가 여섯살 되던 해 그의 어머니는 속눈썹을 만드는 공장에 나가기 시작했다. 그는 어머니가 돌아올 때까지 혼자 방 안에 갇혀 시간을 보냈다. 세간이라곤 밥상보가 덮인 개다리소반과 요강, 이불, 비키니옷장 등이 전부였다. 텔레비전도 없고 책도 없었다. 그가 그 안에서 할 수 있는 일이란 자거나 상상하는 일뿐이었다. 그는 두 팔을 머리맡에 둔 '만세' 자세로 자는 버릇이 있었다. 그는 자는 동안 땀을 뻘뻘 흘렸기 때문에 그 '만세'는 벌받는 자세처럼 보이기도 했다. 그의 어머니는 "손 올리고 자는 애들은 근심이 많다던데⋯⋯"라고 하며 종종 그의 팔을 내려주었다. 그는 하루에 두번 잤다. 낮에는 할 일이 없어 잤고, 밤에는 부모님의 피로와 전기료 때문에 잤다. 꿈은 주로 낮에 꾸었는데, 그에게는 밤보다 낮이 훨씬 불안했기 때문이다.

어느날 그는 웬 물고기가 커다란 아가리를 쩌억 벌리며 자신에게 덤벼드는 순간 꿈에서 깼다. 그러곤 식은땀을 흘리며 가쁜 숨을 내쉬었다. 주위에는 아무도 없고 사방이 조용했다. 그는 낯선 별에 도착한 사람처럼 방 안을 둘러보았다. 누렇게 바랜 신문지 위로 글자들이 외계 식물의 씨앗처럼 까맣게 박혀 있었다. 벽면 위 글자들은 저희들끼리 마구 수런대다가 그의 시선이 닿자 일제히 입을 다무는 듯했다. 그는 손등으로 땀을 훔치며 벽면에 가까이 다가갔다. 매일 대수롭지 않게 봐온 벽면이었다. 장난감이라고는 하나도 없던 그 방에서, 여섯개의 벽면이 그에게 새롭게 다가오기 시작했다. 그는 방 안에서 자거나 몽상하는 일 외에 자신이 놀 수 있는 방법이 또 한가지 있음을 깨달았다. 그는 먹이를 알아보는 짐승처럼 글자들을 알아봤다. 죽은 척하는 짐승을 발로 툭툭 차듯 글자들을 더듬었다. 신문 속 날씨는 세각각이었고 모두 세로줄로 씌어 있었다.

○○사건 5개항 ○○○ 발표, 지나친 ○○는 삼가되 바로 ○○ 지켜야, 내년 ○○831억 확정, 고춧값 내림새, 78○보다 27% ○○, 돈 당일 대출, ○○이웃돕기, ○○하는 ○○여러분, 9대 ○○○ 취임식 27일에, 경복학원 개강, 냉동, 용접, 육군지정 안국학원, 자동차정비, 내 고장의 맛1, 우리의 식생활에 맞는 소화제 베스타제, ○○관련 5명 ○○, 수

돗물 42%가 ○○, 축 당첨 설악부동산, 당첨을 축하합니다 광진개발……

그는 알 수 없는 말들의 신기한 발음을 즐기며 글자들을 탐식하듯 훑어나갔다. 텔레비전 편성표와 영화광고, 날씨정보 등 신문에 쓰인 것은 무궁무진했다. 하지만 그는 한자나 영어를 읽을 줄 몰랐고, 그가 읽는 문장은 대부분 구멍투성이였다. 그러나 어느 면에선 다행이었다. 그는 이해하지 못했으므로 속지 않을 수 있었다.

그날 밤 그는 부모의 옷자락을 붙잡고 자신이 읽지 못하는 낱말을 가리켰다. 그의 부모는 난감한 표정을 지었다. 한자나 영어를 모르긴 그들도 마찬가지였다. 그의 부모는 글을 순식간에 깨우친 그를 보고 놀라워했다. 그는 어머니에게서 한글을 배우다 만 상태였기 때문이다. 그의 어머니가 그에게 "이걸 다 어디서 배운 거냐"고 물었다. 그는 기죽은 듯 고개만 저었다.

그는 한쪽 벽면을 다 읽은 뒤 다른 벽면으로 이동했다. 그 벽면을 전부 훑으면 또다른 벽면으로 넘어갔다. 한면에서 다른 면으로 이동할 때마다 그는 점점 대범해졌고, 읽는 속도도 빨라졌다. 그는 네 벽면을 읽고 또 읽고 몇번이나 다시 읽었다. 그리하여 더이상 읽을 면이 없어지면 모든 걸 다시 처음부터 읽었다. 단, 이전과는 다른 방식으로 말이다. 그는 퍼즐을 맞추듯 이 문장과 저 문장, 이 단어와 저 단어를 섞어 읽었다. 모르는 단어의 뜻을 제멋대로 상상하기도 하고, 세로로 씌어진 글을 가로로 읽기도 했다. 그것은 훨씬 수고로운 일이었지만 그는 그 방법을 좋아했다. 그 편이 훨씬 재미있었기 때문이다.

몇달이 지나자 그는 네 벽면을 읽는 데 싫증이 났다. 그는 고개를 들어 천장을 바라봤다. 천장은 비가 샌 벽지가 자글자글 운데다 글자들이 번져 있었다. 그는 그것이 엄마의 아랫배를 닮았다고 생각했다. 그는 천장에 글자들을 만지고 싶었다. 하지만 천장 위 글자는 잘 보이지 않았고 만져지지도 않았다. 그는 우주선을 기다리는 소년처럼 방 한가운데 서서 미간을 찌푸린 채 목이 빠져라 천장을 올려다보았다. 그러나 그에게 내려온 것은 우주선의 환한 빛이 아닌 불길하게 점점 번져가는 검은 얼룩이었다. 얼룩은 날이 갈수록 심해졌고 급기야는 벽면을 따라 내려오기 시작했다. 그가 사냥하던 글자들이 전염병에 걸린 짐승들처럼 떼로 죽어나갔다. 그는 그 얼룩이 벽면뿐만 아니라 자신까지 삼켜버릴까봐 겁났다. 그는 자주 악몽을 꾸고 일어나 울음을 터뜨려 부모를 놀라게 했다.

며칠 후 그의 아버지가 방을 새로 도배했다. 하지만 벽지는 오래가지 않았다. 방이 좀 말끔해졌다 싶으니 천장에 콩알만한 얼룩이 생겨나 금세 수박만해졌다. 천장을 뒤덮은 얼룩은 벽의 모서리를 타고 점점 바닥으로 내려왔다. 그의 아버지는 그 위에 신문지를 발랐고, 다시 얼룩이 생기면 그 위에 또다른 신문지를 덧발랐다. 비가 새는 틈을 시멘트로 막을 수 있었던 건 아니나 새로운 벽지는 상처 위의 딱지처럼 계속 얹어졌고, 종내에는 하나의 튼튼한 지층이 되어 그들이 그곳을 떠날 때까지 바람을 막아주었다.

그가 '똥고개'의 뜻을 물어본 지 몇년이 지나고, 어머니의 대답을 이해하게 되기도 전에 그들 가족은 시골로 이사 갔다. 그의 아버지가 "늙어서 고향 내려가면 대접 못받는다"며, 국졸이라는 이유로 칠년 동안 진급하지 못한 변압기 회사를 그만둔 것이었다. 그의 아버지는 "내려가자. 우리집에 살면서도 우리는 항상 우리집의 손님이다"라고 했다.

그후로 그는 시골의 한 소읍에서 자랐다. 그의 어머니는 내심 그가 학교에 가면 공부를 잘할 것이라 믿었다. 하지만 그는 초등학교에 들어가자마자 언제 그랬냐는 듯 한글을 까맣게 잊어버렸다. 그의 받아쓰기 점수는 형편없었고, 책을 읽을 때도 항상 버벅거렸다. 그는 평범하게 자랐다. 홍역을 앓고, 말대꾸를 하고, 분단장을 하고, 텔레비전을 코앞에 두고 보는 그런 아이로 말이다. 그는 부모에게 자랑도 아니지만 흉도 아니었다. 그의 부모가 그를 조금 창피해하기 시작한 건 그가 정원 미달 고등학교에 붙었을 때고, 많이 창피해한 건 바로 그 동네에 있다는 이유로 다른 학교보다 훨씬 폄훼되곤 하던 전문대학에 합격하고 나서였다.

그 역시 부모를 자랑스러워한 것만은 아니었다. 그는 평소 도장 파는 아버지의 직업에 대해 별다른 생각이 없었다. 고만고만한 사람끼리 모여 사는 곳에서 더 낫고 덜한 것도 없었을뿐더러, 놀림을 받거나 상처를 받는 경우도 없었기 때문이다. 그런데 어느날 만취한 아버지가 내복 바람으로 자고 있던 그를 깨웠다. 그의 아버지는 어디서 가져왔는지 너무 조몰락거려 뜨듯해진 귤을 그에게 쥐여준 뒤 문맥 없는 얘기를 늘어놓았다. 그런데 주정을 성의없게 듣던 그에게 아버지가 "너 아빠 직업이 창피하냐?"라고 물었다. 그는 그전에 한번도 창피하지 않던 아버지의 직업이 아버지가 그렇게 질문하는 순간 창피해져버렸다.

스무살이 되자, 그는 군에 입대했다. 한국의 모든 아이들이 텔레비전을 보고 자라듯 그것은 자연스러운 일이었다. 많은 청년들이 그러한 것처럼 그가 군대에 가는 데는 하등 이상할 것이 없었다. 그러나 입대자 중 그것이 이상할 것 없다고 생각하는 사람은 아무도 없었다. 그는 군복무 중 누군가를 창피해한다는 것은 동시에 그를 이해한다는 것일 수도 있음을 깨달았다. 그는 군대에서 보고 듣고 만지는 것들을, 맞고 때리고 빈정대는 것들을, 구호와 노래와 플래카드를 창피해하지 않았다. 그는 그것들을 경멸했다. 자신이 아버지의 직업을 부끄러워한 적이 있음을 떠올린 순간 그는 다시 아버지의 직업을 창피해하지 않게 되었다.

그는 군대에서 전역한 뒤 대학의 나머지 학기를 마치고 졸업했다. 명절 때 쇄도하는 친척들의 질문에 아들이 진학한 대학의 이름을 말하기 극구 꺼리던 아버지였지만, 자식의 졸업식이란 언제나 감동적인 것이었다. 하지만 그는 졸업식장 입구에서부터 어머니와 승강이를 벌여야 했다. 그는 꽃을 사지 말자고 했으나 어머니는 사겠다고 했다. 그는 칼라꽃을 사자고 했으나 어머니는 장미꽃을 샀다. 졸업식장에서는 남루한 사진사들이 몸에 패널을 두르고 돌아다녔다. 그는 사진이 후지다고 투덜댔으나 어머니는 구태여 찍고 싶어했다.

"우리 가족 다 같이 사진을 찍자."

"촌스러워요."

"너는 갖지 마라, 내가 가질 거다."

졸업식을 마친 후 그는 가족들과 함께 동네에서 하나뿐인 레스토랑에 갔다. 아버지가 갑자기 스테이크를 사겠다고 큰소리쳤기 때문이다. 기분이 좋아진 아버지는 가족들을 데리고 식당에 가 메뉴판에서 가장 비싼 스테이크를 주문했다. 그런데 한시간이 넘어도 스테이크는 나오지 않았다. 그의 아버지는 "확실히 비싼 음식이라 오래 걸리나보다" 하며 호탕하게 웃었다. 한참 후 부스럭거리던 요리사가 스테이크를 내왔다. 그의 가족들은 기대에 부풀어 일제히 접시를 바라보았다. 접시 위로 볶은 일반 햄을 깍두기처럼 썰어 케첩에 버무린 것이 보였다. 요리사는 스테이크를 할 줄 몰랐던 것이다. 그런데 그들 가족은 뭔가 이상하다, 아닌 것 같다 싶으면서도 스테이크를 한번도 먹어본 적 없어 항의하지 못했다. 그들은 그것을 스테이크라 믿고 먹었다.

대학 졸업 후 그는 방에 웅크리고 누워 몇달을 보냈다. 주로 낮잠을 자거나 책을 읽었다. 자식이 책 읽는 모습을 싫어하는 부모는 없지만, 그의 아버지가 볼 때 그가 하는 일은 모두 쓸데없었다. 그의 아버지는 동네 사람들에게 그가 공무원 시험을 준비하고 있다고 말했다. 그러나 밤마다 그들 부자는 진로 문제를 가지고 싸웠다. 그의 아버지가 소리치거나 타이를 때마다 그는 "저도 다 생각이 있어요"라고 했다.

몇달 후 그 '생각'이란 게 드러나기 시작했다. 그는 아버지에게 서울로 가겠다고, 십수년간 동굴 속에 들어갔다 커다란 깨달음을 얻고 나온 사람처럼 말했다. 서울? 거긴 왜? 일하러요. 일? 무슨 일? 아무것도 안하는 일은 아니에요. 여기선 못하는 일이냐? 그냥 여기 있어라. 아버지. 넌 자세가 틀렸어. 가겠어요. 너 돈 있냐? 괜찮아요. 비빌 데도 없잖냐? 괜찮아요. 서울서 대학 나온 놈들도 요샌 직장 못 구해 난리다. 청년실업 팔 퍼센트, 넌 신문도 안 보냐? 괜찮아요. 수학과를 나왔으니 전공을 살려야 할 게 아니냐. 괜찮아요. 내가 서울 살아봤는데…… 아버지의 말끝이 흐려졌다. 아버지는 그때 얘기를 하고 싶지 않은 듯했다. 그의 아버지는 요즘 정치 경제에 대한 일장 연설을 늘어놓았다. 하지만 그는 그저 괜찮다고 말할 뿐이었다. 그의 고집에 울화통이 터진 아버지는 급기야 그에게 두루마리 휴지를 집어던지며 소리질렀다.

"넌 뭐가 그렇게 괜찮냐?"

결국 그는 자신의 뜻대로 움직였다. 숱한 이사 경험에

이력이 난 그의 어머니는, 집은 주인 보고 고르는 거라며, 자기가 꼭 집을 골라줘야 안심이 되겠다고 했다. 그는 굳이 따라나서겠다는 어머니를 만류했다. 어머니가 아는 서울과 지금의 서울은 분명 다를 것이다. 버스를 타고 서울에 가 지하철을 갈아타는 사이 어머니는 지칠 것이고, 그들은 결국 주인 관상이 아닌 가격을 보고 집을 구하게 될 것이다. 그는 어떤 방이든 방이기만 하면 된다고 생각했다. 모든 방은 벽면을 가지고 있고, 그에겐 그 면들이 필요했다. 그는 서울행 차표를 끊고 가방을 둘러멨다. 가방 안에는 포스트잇 한뭉치가 위조지폐처럼 수상하게 담겨 있었다.

버스 안에는 사람이 별로 없었다. 그는 해가 비치지 않는 자리를 골라 앉았다. 앞좌석 틈새로 병장계급을 단 사내의 팔뚝과 사내의 어깨에 기댄 여자가 보였다. 그들은 뭔가 속삭이고 웃고 때리며 떠들었다. 그는 창밖을 내다보다 잠이 들었다.

한참 후 그는 눈이 시어 잠에서 깼다. 해 위치가 바뀌어 있었다. 그는 창문의 커튼을 잡아당겼다. 갑자기 키득대는 소리가 들렸다. 그는 의자 틈새로 앞쪽을 봤다. 병장계급장을 단 사내가 스포츠신문을 크게 펼쳐 든 채 여자에게 속삭였다.

"이 여자 털 좀 봐……"

그는 상체를 앞좌석에 밀착시킨 채 미간을 찌푸렸다. 신문 하단, 역기를 들고 있는 한 소녀의 사진이 보였다. 기사는 '중국 소녀 아시아 신기록' 어쩌고 하는 내용이었다. 그는 스포츠신문에 실린 소녀의 사진을 좀더 유심히 살펴보았다. 중국 소녀는 거구의 몸에 쫀득하게 딱 들러붙는 유니폼을 입고 있었다. 얼굴이 넓적하니 아무렇게나 친 짧은 머리가 눈에 띄었다. 소녀는 역기를 드느라 두 팔을 번쩍 올리고 있었는데 그 바람에 겨드랑이 털이 훤히 드러나 있었다. 그리고 역기의 무게를 이기느라 온갖 인상을 쓰고 있었다. 앞좌석의 사내는 더욱 미친듯이 웃어댔다. 겨드랑이 털을 드러낸 채 땀을 뻘뻘 흘리며 만세 자세를 취한 소녀의 표정이 참으로 진지했기 때문이다. 그는 창밖으로 고개를 돌렸다. 뭔가 읽고 싶어진 그는 주머니를 뒤적거려 정류소에서 산 껌 한통을 찾아냈다. 그는 껌 뒷면에 씌어진 주원료 함량표시를 주의깊게 읽었다. 그것은 그가 좋아하는 일 중 하나였다. 그는 '아! 자일리톨껌에는 껌베이스와 이소말트, 말티톨시럽이 들어 있구나'라고 중얼거렸다.

노파는 집안 깊숙이 그를 안내했다. 좁은 통로를 따라

들어가니 기와지붕이 얹어진 낡은 양옥이 나왔다. 노파는
그곳에서 다시 안쪽으로 들어갔다. 난간 없는 계단이 옥
상으로 이어졌고, 각 층계에 먼지 앉은 화초들이 줄줄이
위태롭게 늘어서 있었다. 노파를 따라 계단을 올라서니
옥상 한가운데 시멘트벽 건물이 맨살을 드러내며 기우뚱
서 있었다. 노파는 웃으며 말했다.

"원래 남자는 안 받으려고 했어."

그는 동네를 내려다보았다. 고만고만한 크기의 집들이
낮게 엎드려 있었다. 주위에선 야채트럭의 확성기 소리가
아까부터 쩌렁쩌렁 울려댔고, 메리야스를 입은 어떤 남자
는 여관방 삼층에서 그를 내려다보다 커튼을 확 쳤다. 노
파가 열쇠를 구멍에 꽂고 이리저리 흔들자 현관문이 힘없
이 덜컹 어둠을 토해냈다.

"여기가 부엌."

부엌은 좁고 가로로 긴 모양을 하고 있었다. 천장에는
백열등 하나가 시든 끝물 가지처럼 매달려 있었다. 벽면
한쪽에는 고무 주둥이를 길게 내민 빨간 수도꼭지와 파란
수도꼭지가 나란히 붙어 있었다. 맞은편 벽에는 연탄 땐
흔적을 덮은 것으로 보이는 시멘트가 두껍게 덧발라져 있
었다. 노파는 다시 열쇠를 들고 방문 앞에서 부스럭거렸
다. 그 문은 매우 작아 현관의 절반만 했다. 그는 허리 굽

혀 방으로 들어갔다. 방바닥은 정사각형이었고 천장은 꽤 높았다. 방 안에서 눅눅한 시멘트 냄새가 났다.

"화장실은요?"

노파는 계단 아래 보일러실 옆에 있다고 말했다. 노파는 얼마 전 되바라져 보이는 여자애가 방을 보러 왔는데 한사코 자신이 안 내놓겠다고 했다는 말을 몇번이나 반복했다. 그는 짐짓 까다롭게 수도나 전기 계량기는 따로 있는지, 외풍이나 수해는 없는지 물었다. 짐짓 어른스러운 태도로 장판을 들춰보기도 했다. 사실 그 방에서 깨끗한 것은 들어올 사람을 의식하고 갓 발라놓은 벽지뿐이었다. 그는 그 방의 가격이 마음에 들었다. 보증금 백에 월 십. 선금을 치르고 바로 들어와도 되냐고 묻자 노파는 좋을 대로 하라고 했다.

노파가 후들거리는 다리로 계단을 내려간 뒤 그는 옥상에 홀로 남아 담배를 피웠다. 그러다 옥상 한쪽에 역기를 발견했다. 판판한 나무판에 파란색 쿠션 덮인 등받이 위로 녹슨 역기 하나가 덩그러니 놓여 있었다. 역기 봉에는 각각 15킬로그램짜리 바벨이 끼워져 있었다. 나무등받이 아래로 그보다 더 작은 바벨들이 뒹구는 게 보였다. 아마 전에 살던 사람이 놓고 간 모양이었다.

그는 방에 최소한의 생필품을 제외하고는 아무것도 들

이지 않았다. 굳이 뭔가 있다고 해야 된다면 그것은 그를
둘러싼 창백한 벽면이었다. 그는 이사온 첫날 가방에서
포스트잇 꾸러미를 꺼내 그중 하나를 뜯었다. 그런 뒤 접
착제가 발라진 면을 손가락으로 꾹꾹 눌러 한쪽 벽의 맨
아랫구석에 첫번째 포스트잇을 반듯하게 붙였다.

　─나는 지금 쓰거나, 그렇지 않으면 아예 쓰지 말아야
한다. 그래서 나는 쓰기로 결정했다.

　그것은 호이징하라는 학자가 쓴 서문의 일부로 그가
좋아하는 글귀였다. 그는 벽면에서 멀찌감치 떨어져 포스
트잇을 바라보았다. 그러곤 그날 밤 버릇대로 만세 자세
를 취한 채 잠이 들었고 그를 둘러싼 벽들이 술렁이는 이
상한 꿈을 꾸었다.

　첫번째 포스트잇은 그가 서울에 온 이유와 깊은 관련
이 있다. 그는 누구도 자신을 알지 못하고 찾을 수 없는
방을 원했다. 출산 중인 소 우리에 아무도 가까이 가지 못
하게 하는 농부처럼 고요함을 필요로 했다. 그러나 서울
만큼 고요하지 못한 도시가 또 있던가. 서울만큼 잔인한
도시가 또 있던가. 엄밀히 말해 그에게는 고요함과 소음
이 동시에 필요했는지도 모른다. 그가 두 발을 디딘 방바
닥에는 앞으로 어떤 것도 붙이지 않을 것이다. 그곳은 무
언가를 붙이기 위한 공간이 아닌 다른 벽면들을 받치기

위한 공간이었기 때문이다.

그가 첫 포스트잇을 붙인 벽면은 곧 다른 포스트잇들로 빼곡 채워졌다. 그는 읽은 책에서 좋아하는 부분을 골라 포스트잇에 적었다. 주로 죽은 작가들의 것이 많았는데, 검은 글씨가 적힌 포스트잇들은 때로 비석이 즐비하게 세워진 거대한 묘지처럼 보이기도 했다. 포스트잇이 늘어갈수록 첫번째 벽면은 곧 떠들썩해졌다. 그곳에는 점잖은 역사가, 쾌활한 미술가, 충치 앓는 소설가, 소심한 과학자, 말더듬이 시인, 신경증에 걸린 종교인, 지리학자, 모험가, 언어학자, 운동선수, 심지어는 대필된 신의 목소리까지 있었다. 그들은 서로 싸우거나 건배했다. 그는 첫번째 벽면에서 울려퍼지는 건강한 소음을 좋아했다. 그래서 부러 사이 나쁜 두 사람을 붙여놓기도 했고, 비슷한 목소리끼리 모아두기도 했다. 한달 동안 그렇게 한쪽 벽을 채웠다. 규칙도 순서도 없는 문장들이었지만, 그것들은 이미 스스로 어떤 질서를 만들어내고 있었다. 그는 전혀 다른 시대, 다른 분야의 목소리가 모두 '연결'될 수 있다는 점에 놀랐다.

그가 두번째로 할 일은 자신에 관한 이야기를 쓰는 것이었다. 그는 다른 벽면에 그것을 채우기로 결심했다. 그것은 좀더 작은 글자로 쓰여야 했다. 그는 하나의 규칙을 정했다. 그것은 한 포스트잇 안의 문장이 다음 포스트잇으로 넘어가야 이해될 수 있는 불완전한 문장이 아닌, 하나의 완결된 문장으로 끝나야 된다는 것이었다. 그는 두 번째 벽면에 첫번째 포스트잇을 붙였다.

—나는 1980년 똥고개에서 태어났다. 그곳은 좁고 구불구불한 계단이 하늘까지 이어지는 마을이었다.

자신에 관한 이야기이므로 기교나 구성을 필요로 하지 않았다. 다만 정직하면 되었다. 그는 막걸리로 채운 젖을 물고 자란 이야기, 신문지로 된 방에서 온종일 논 이야기, 졸업식 이야기 등을 썼다. 그중에서도 그는 스테이크에 관한 일화를 애틋하게 여겼다. 그 시골 요리사가 한 일과 지금 자신이 하는 일이 비슷하게 느껴졌기 때문이다. 그는 그 일화의 마지막을 다음과 같이 정리했다.

—우리는 그것을 스테이크라고 '믿고' 먹었다. 한편, 요리사와 우리 가족은 서로 얼마나 안도했을까?

정확한 공간이나 시간이 그려지지 않을 때도 많았지만 그건 별로 중요하지 않았다. 그는 실제 그곳이 아닌, 그가 아는 그곳을 썼다. 그리고 일은 굉장한 속도로 이루어졌다. 한쪽 벽면이 금세 포스트잇으로 채워졌다. 벽면의 크기는 한정됐고, 포스트잇의 크기 역시 정해졌지만 굳이 욕심을 내 포스트잇을 겹쳐 붙인다든가 빽빽하게 놓지는 않았다. 그는 한 포스트잇과 다른 포스트잇 사이에 공간과 거리가 엄연히 있어야 된다고 생각했다. 그는 한달이 되지 않아 마치 기다렸다는 듯 딱 한장 크기의 빈자리만 남은 벽면 구석에 마지막 포스트잇을 붙였다.

　─그리하여 절실함은 내게 언제나 이상한 수치(羞恥)를 주었다.

　그는 물러서서 벽면을 바라봤다. 자신의 몸에 그토록 많은 이야기가 깃들었으리라고는 상상하지 못했다. 그리고 그것들이 모두 '연결'됐다는 사실에 다시 한번 놀랐다. 그 당시 정말 아무 의미 없었거나 사소해 보였던 일들이 자기 인생에 중요한 영향을 미친 것을 깨닫고 경이로움을 느꼈다. 그는 갑자기 떠오른 문장을 얼른 새 포스트잇에 옮겨 적었다.

　─이것은 당신과 아무 상관 없을지 모른다. 하지만 우리는 우리와 아무 상관 없는 수만가지 일들이 우리의 인생에 중요한 영향을 미친다는 사실을 잊곤 한다. 당신이 절대 가볼 리 없는 지방 관광도시의 고장난 공중전화와 당신, 스타크래프트 챔피언과 당신, 고생대부터 지금까지 살아왔다는, 빛도 산소도 없는 곳에 사는 지옥의 오징어와 당신, 당신과 당신 사이의 당신.

　공간이 빠듯해 마지막 '당신'이라는 말은 겨우 끼워넣

을 수 있었다. 그리고 이것은 세번째 벽면의 첫 포스트잇이 되었다.

세번째 벽면은 좀더 무질서했다. 그곳의 포스트잇은 뚜렷한 문맥이 있는 것도, 완결된 형태의 문장으로 이뤄진 것도 아니었다. 그는 스치는 생각, 단어, 문장을 암호처럼 적었다. 그중에는 '실패한 농담들의 쓰레기장'이나 '진심을 위한 배지가게'도 있었다. 그것들은 어떤 것도 의미하진 않지만 왠지 모르게 기분을 좋게 만들어주었다. 그는 어떤 장면들도 짧게 써서 붙였다. 이를테면 '키스하고 싶은 언청이 소년'이라든가 '아내가 떠난 뒤 김을 굽는 사내'라든가 하는 것들이었다. 그것은 오직 그만이 알아볼 수 있었다. 세번째 벽면에는 실제로 쓰인 것보다 쓰이기 위한 것들이 더 많았다. 그는 글자를 채우는 일보다 바라보는 일에 더 집중했다. 그는 자신이 무언가를 향해 다가가고 있음을 느꼈다.

주인집 노파는 온종일 방에 틀어박힌 그를 이상하게 생각했다. 노파는 이따금 세를 받으러 옥상에 올라왔다. 그는 노파를 꼭 문밖에서만 맞았다. 잠시 외출할 때 그는 방문 잠그는 일을 잊지 않았다. 그즈음 아버지의 전화를 받았다. 더이상 생활비를 보내줄 수 없다는 내용이었다. 일자린 구했냐, 뭐 했냐, 당장 내려와라…… 그는 '괜찮다'는 말만 몇번 반복하다 전화를 끊었다. 그러곤 바로 공사장 일을 알아봤다.

건설현장에서 일하며 그는 네번째 벽면을 채울 것들을 발견했다. 그곳에서 일하는 아저씨들의 입담이 신선한 충격을 주었던 것이다. 그의 귀는 너무나 오랫동안 닫혀 있던 까닭에 세상의 소음에 예민하게 반응했다. 드럼통 위 철판에 삼겹살을 구워먹는 인부들이 "거 넘이 살이라 그런지 맛있네그려"라고 말한다거나 "넘들 코 골려줘야겠다"라고 할 때 말이다. 그는 아저씨들이 나누는 대화를 기억해두었다가 포스트잇에 적었다. 뿐만 아니라 버스 뒷자리에서 중학생들이 나누는 수다나 시장 아주머니들의 음담패설, 공원 할아버지들의 참견도 빠뜨리지 않았다. 그는 그런 말들이 가진 건강함에 놀라며 단상(斷想)으로 채워진 세번째 벽면을 떼어내고픈 충동을 느꼈다. 하지만 그냥 견디기로 했다. 그렇게 그는 네번째 벽면을 꾸려갔다. 콘센트 구멍이 있는 곳과 방문 창문이 달린 곳을 제외한 모든 벽이 포스트잇으로 덮였다.

그는 '소설'이라고 할 만한 것을 한번 써보겠다고 결심했다. 그리고 그 장소로 다섯번째 벽면인 천장을 선택했다. 역기 아래 있는 나무등받이를 방으로 들고 와 그걸 밟고서 천장에 포스트잇을 붙였다.

천장에 포스트잇을 붙이기 전 한가지 정리를 했다. 네 벽면에 붙은 포스트잇의 위치와 배열을 바꾸는 일이었다. 그는 네 벽에서 각각 포스트잇 한장을 떼어 내 나란히 놓았다. 그러고는 네장의 포스트잇에서 하나의 연관성을 찾아내고 뛸 듯 기뻐했다. 6×8 크기의 포스트잇이 질서정연하게 붙은 네 벽면은 커다란 체스판처럼 보였고, 시간이라는 X축과 공간이라는 Y축을 가진 사건 그래프처럼 보이기도 했다. 아니, 그것은 묘지나 도시처럼 미로나 정글처럼 보였다. 네 벽면은 하나의 모서리에서 만나 다시 갈라졌고, 선들을 공유하고 서로를 지탱했다.

그는 천장에 하나둘 포스트잇을 붙이기 시작했다. 그 소설은 몽상가적 성격이 강한 한 인물에 대한 묘사로 시작됐다. 그는 인물이 처한 상황을 그린 다음 소설의 첫부분을 몇장의 포스트잇에 나누어 썼다.

─그렇다면 그나 나는 왜 이런 낭비를 감내하는 것일까? 그리고 당신은 왜 이 낭비를 아직도 견디고 있나? 그는 별로 침도 없는 입을 열며 우리에게 처음으로 말을 했다. 그것은 어쩌면 희망 때문일 거라고. 그는 오랫동안 입을 다물고 있었기 때문에 그의 희망에선 입냄새가 났다. 하지만 그것은 자연스러운 일이었다.

그는 역기 나무등받이에 한번 오를 때마다 단 한장의

포스트잇만을 붙였다. 버리는 포스트잇은 다른 벽면을 채울 때보다 훨씬 많았고, 떼어 낸 포스트잇 역시 그랬다. 그는 많은 걸 절제해가며 썼다. 때론 계획했던 대로 쓰였고, 어느 땐 인물이나 사건이 저 혼자 힘으로 저만치 걸어가 있기도 했다. 그는 그것이 좋은 소설이 될 거라 확신했다. 좋은 소설을 쓰는 자신이 마치 좋은 사람이 되기라도 한 것처럼 설렜다. 그는 자주 포스트잇 위치를 바꾸거나 다시 배열했다. 그는 먹고 자는 일 외엔 오직 이 일에만 몰두했다.

몇달 후 나무등받이에서 내려오면서 그는 깊은 숨을 내쉬었다. 뻐근한 목덜미를 뒤로 젖혀 가만히 천장을 올려다보았다. 모든 문장이 각각 자신이 있어야 할 자리에 있었고 그래서 아름다웠다. 천장은 모두 채워져 이제 오직 한장의 포스트잇이 들어갈 자리만 남아 있었다. 그는 그동안 벽면을 채운 과정을 뒤돌아보았다. 한날 천장의 포스트잇을 모조리 떼어버린 일, 몇달 동안 단 한장의 포스트잇도 써붙이지 못하던 일, 자신이 붙인 포스트잇이 정말 자신의 포스트잇일까 끊임없이 불안해한 일, 머릿속 그림이 문장으로 풀어지지 않아 애를 먹은 일, 고치느니 버리고 싶던 나날, 더 좋은 질의 포스트잇과 더 넓은 방을 희망하던 일, 역도 등받이 위에서 휘청거리다 넘어졌던 일…… 마지막 빈칸을 바라보자 마음속에서 만감이 교차했다. 그는 마지막 포스트잇을 다음날 저녁에 붙이기로 마음먹었다. 아직 마지막 문장을 생각하지 못했고, 또 그것은 의식처럼 행해져야 했다. 나무등받이에서 내려오며 그는 방안을 한번 휘이 둘러보았다. 접착면에만 살짝 풀칠이 된 까닭에 포스트잇 아랫부분이 조금씩 들려진 모양이었다. 그는 포스트잇이 거대한 담쟁이덩굴 같다고 생각했다. 혹은 소나무 껍질 또는 물고기 비늘 같다고. 그의 방은 온몸에 촘촘한 비늘이 덮인 어떤 생명체 같았다. 비늘이 붙어 있지 않은 창문과 방문은 그 생명의 어떤 기관처럼 느껴졌다. 그가 겨우내 닫아둔 창문을 활짝 열었다. 기다렸다는 듯 차가운 바람이 방안으로 휘몰아쳤다. 긴 바람이 창문으로 들어와 방문을 통해 나갔고, 다시 방문으로 들어와 창문을 통해 나갔다. 바람이 들고 날 때마다 모든 벽면이 바깥을 향해 천천히 부풀어올랐다 다시 원상태로 천천히 가라앉았다. 그럴 때면 다섯개의 벽면에 붙은 포스트잇이 일제히 파르르 몸을 떨었다. 그러자 더욱 살아 있는 것처럼 보였다. 그는 그 방 전체가 하나의 종이 비늘이 달린 물고기가 되어 부드럽게 세상을 헤엄쳐 다니는 상상을 했다. 마치 자신이 물고기 지느러미 옆에 붙어 있는 것 같았고, 반대로 물고기 뱃속에 들어가 있는 듯한 기분도 느꼈다. 대체 어디가 안이고 밖인지 알 수 없었다. 그는 바닥에 가만히 선 자신의 몸이 저절로 일렁이는 것을 보았다. 모든 것이 아주 생생했다. 그런데 그때 어디선가 차르르 하는 소리가 났다. 그는 놀라 주위를 둘러보았다. 어디선가 다시 차르르르 하는 기척이 들렸다. 방바닥을 내려다보니 여기저기 모래가 흩어져 있었다. 그는 손바닥으로 방을 쓸어보았다. 진짜 바닷모래였다. 그는 믿어지지 않는다는 듯 두 눈을 끔뻑였다. 수천장이 넘는 비늘 사이에서 모래가 줄줄 흘러내리고 있었다. 비늘은 천천히 부드럽게 너풀거리며 그의 머리칼을 휘날리게 했다. 그는 두 눈을 감고 심호흡 하며 "이건 진짜야"라고 중얼거렸다. 마지막 포스트잇을 붙이고 나면 물고기가 싱싱한 등허리를 파닥거리며 자신을 데리고 어디론가 헤엄쳐갈 것이라고 생각했다. 얼마 후 그는 자기도 모르게 그 자리에 쓰러졌다. 그는 그날 밤 두 팔을 머리맡에 둔 채 잤고, 어쩌면 꿈속에서 거대한 눈을 끔뻑이는 종이 물고기를 봤는지도 몰랐다.

다음 날 공사장에 나가기 전 그는 방 안을 한번 둘러봤다. 모든 포스트잇이 얌전하게 눈을 내리깔았다. 그는 방문을 단단히 잠그고 나갔다. 돌아오는 즉시 마지막 문장을 쓸 것이며 그런 뒤 천장을 처음부터 끝까지 공들여 읽어볼 마음이었다. 그런 뒤 어쩌면 그것을 세상에 내보여도 될지 모른다.

그가 집에 도착했을 때 분위기가 심상치 않았다. 낯선 인부들이 옥상을 바쁘게 오갔고, 구경꾼들이 모여 뭐라수런대고 있었다. 뭔가 어수선한 분위기 속에서 두리번거리던 그가 설마 하는 마음으로 계단을 올랐다. 그리고 옥상에 다다랐을 때 폭삭 허물어져 내려앉은 옥탑방을 발견했다. 그는 온몸이 뻣뻣하게 굳는 것을 느꼈다. 멍하니 폐허를 바라보자 주인 노파가 그를 알아보고 다가왔다. 노파는 잔뜩 화가 난 표정으로 다짜고짜 소리쳤다.

"아니, 총각, 벽에 금이 가 있었으면 그렇다고 말했어야시, 이 지경이 될 때까지 그냥 놔두면 어쩌자는 거야, 돈도 돈이지만 송장 치울 뻔했잖아!"

그는 정신이 아득해졌다. 금이라니?

"여지껏 버틴 게 용하다네. 실금이 논바닥처럼 쫙쫙 갔는데 왜 그냥 있었냐고 난리야."

그는 그 자리에 붙박여 자기 방이 무너진 현장을 노려보았다. 남루한 세간과 벽돌, 노란 포스트잇이 시멘트 가루 속에 뒤엉켜 있었다. 인부들은 건물 잔해를 자루에 담아 아래로 실어 날랐다. 벽돌 사이로 삐죽삐죽 나온 포스트잇이 짐승의 창자처럼 끔찍했고 또 수치스러웠다. 그는 그 포스트잇이 그동안 벽면에서 서서히 진행되던 균열을 모두 가리고 있었음을 깨달았다. 결국 그는 그 자리에 주저앉았다. 노파가 계속 옆에서 뭐라 떠들어댔으나 아무 말도 들리지 않았고, 시멘트 먼지 때문에 눈이 자꾸 따끔거렸다.

그는 자신이 얼마나 그러고 있었는지 알지 못했다. 주위는 캄캄했고, 또 몇시간 전 소란에 비해 고요했다. 그는 노파가 자신을 걱정하며 몇번이나 옥상에 올라온 것을 기억했다. 그는 잠시만 이러고 있겠다며 노파를 내려보냈다. 방은 쉽게 무너진 것처럼 쉽게 치워졌다. 그는 정리가 덜된 철거 현장에 혼자 우두커니 앉아 몇시간을 보냈다.

갑자기 정신을 차렸을 땐 아무도 없었다. 그는 가까스로 담배를 한대 꺼내물며 폐허를 바라봤다. 시멘트 조각과 함께 뒤엉킨 포스트잇 더미는 한장의 구겨진 평면처럼 보였다. 그것은 피카소의 「우는 여자」 같았다. 그러자 그 얼굴은 금세 역기를 든 중국 소녀의 얼굴로 바뀌었다. 그는 역도선수처럼 잔뜩 일그러진 얼굴을 두 손으로 감쌌다. 그런데 그때 어디선가 은행나무 잎처럼 노란 포스트잇 한장이 그의 발밑으로 날려왔다. 그는 신발 밑창으로 그 포스트잇을 지그시 눌러 더이상 날아가지 못하게 했다. 그러곤 달달 떨리는 손으로 꼬깃꼬깃 구겨진 포스트 잇을 펴보았다.

　—그는 침도 별로 없는 입을 열며 우리에게 처음으로 말했다. 그것은 어쩌면 희망 때문일 것이라고.

　그는 그것을 읽고 한동안 꺼이꺼이 울었다.

　한참 후 그는 시멘트 가루가 묻은 그 포스트잇을 소매로 닦았다. 그런 뒤 그가 여지껏 기대앉은 옥상의 낮은 담벼락에 붙였다. 그것은 담에서 금방 떨어졌다. 그는 포스트잇을 주워 접착면의 시멘트 가루를 털어낸 뒤 다시 담벼락에 붙였다. 포스트잇은 다시 떨어졌다. 그는 포스트잇을 자기 엄지손가락으로 가만 눌렀다. 그러곤 손가락을 떼지 않은 채 포스트잇이 바람에 파르르 흔들리는 모습을 바라보았다. 그것은 마치 물고기의 아가미처럼 가쁘게, 그러나 팔딱팔딱 나풀거렸다.

달려라, 작가
—생의 도약과 영원회귀의 잠재적 공존

김동식

1. 비스듬한 가족 로망스, 또는 아버지를 유목(遊牧)시키는 상상력

살아간다는 것은 생물학적인 출생을 전제로 한다. 죽음이 반성적 경험의 영역일 수 없듯이, 출생 역시 주체의 의식이나 자유의지 이전의 영역에 해당한다. 하지만 나에 관한 소설적 탐색을 수행하는 자리에서라면, 나의 기원은 도저히 그냥 지나쳐버릴 수 없는 문제이다. "나는 어떻게 태어났나요?"(「누가 해변에서 함부로 불꽃놀이를 하는가」 71면) 어떻게 태어나서 어떻게 자랐느냐 하는 문제, 달리 말하면 출생과 성장의 과정과 관련된 모티프들이 김애란의 작품에는 자주 등장한다. 출생과 성장의 과정에서 가장 중요한 역할을 하는 사람은 다름 아닌 아버지이다. 불면증에 시달리는 딸의 수면을 방해하는 텔레비전 중독자이기도 하고, 딸아이가 태어나자마자 냅다 도망을 가서 죽을 때까지 돌아오지 않는 무책임한 인간이기도 하고, 놀이공원에서 아이를 내버려두고 혼자 사라져버린 몰염치한 사람이기도 하다.

「사랑의 인사」는 공원에 자신을 버린 아버지를 몇십년이 지난 뒤 수족관의 유리벽을 사이에 두고 만나게 된다는 이야기이다. 돌아올 때까지 기다리라던 아버지가 끝끝내 모습을 드러내지 않았을 때 어린 주인공의 내면은 어떠했을까. 이 장면에는 아버지와 관련된, 김애란 소설 특유의 발상법이 숨어 있다.

순간 나는 한가지 중요한 사실을 깨달았다. 그것은 '나는 버림받았다'는 사실이 아니었다. 그것은 단순하고 모호한 문장, 먼 곳에서 수백년 전 출발해 이제 막 내 고막 안에 도착하는 휘파람 소리, '아빠가 사라졌다'는 말이었다. 정말이지 아버지는 실종된 것이 틀림없었다. 그렇지 않고서야 이렇게, 이런 곳에, 이런 식으로 나를 버릴 리 없었다."(「사랑의 인사」 104면)

내가 버림받은 것이 아니라 아버지가 실종되었다는 것. 그래서 미아보호소에서 그가 한 말도 "아버지가 길을 잃은 것 같습니다"였다. 이 장면에는 아버지와 관련된 정신적 상처(trauma)를 만들지 않으려는 의지, 더 나아가서는 자신의 삶이 원한(ressentiment)에 의해 지배당하게 내버려두지 않으려는 의지가 배어난다. 원한이란 현실에서 삶의 고통을 해소할 수 없기 때문에 상상 속에서 복수를 감행하고, 그 과정에서 위로와 위안을 얻으려는 마음의 움직임을 말한다. 정신적 상처를 복수의 드라마로 바꿈으로써, 상처입은 약자의 도덕적 정당성을 스스로 확인하는 방법인 셈이다. 하지만 김애란의 소설에 등장하는 주인공들은 아버지와 관련된 상처나 원한 감정이 구성되도록 스스로를 방기하지 않는다. 김애란의 소설이 외견상 가족 로망스의 모습을 취하면서도 그것에 함몰되지 않는 이유가 여기에 있다. 다른 작품을 좀더 살펴보도록 하자.

시골에서 상경하여 달동네에다 거처를 마련해서 살고 있는 한 남자가 있었다. 그리고 고향집에서 아버지와 싸우고 아무 계획 없이 서울에 올라와 남자의 집에 머물고 있는 한 여자가 있었다. 며칠 동안의 실랑이 끝에 드디어 여자가 몸을 허락하겠다는 신호를 보내왔다. 하지만 조건이 있다. 지금 당장 피임약을 구해 와야 한다는 것. 그래서 남자는 피임약을 구하러 정신없이 달렸다. 그리고 여자가 임신했음을 알게 되자 그는 얼굴이 새파래져서 또다시 달렸다. 그러고는 돌아오지 않았다. 하지만 남겨진 딸은 언제나 달리고 있는 아버지를 상상한다.

「달려라, 아비」는 한번도 본 적이 없는 아버지를 상상하는 딸의 이야기이다. 비평가 김윤식의 지적처럼, 가족 로망스적인 구도가 투영되어 있는 작품이다. 가족 로망스란 무엇인가. 아이들은 성장하면서 실제의 부모를 부정하고 진짜 부모는 왕이나 귀족이라고 상상하게 된다. 부모에 대한 상상적 보상(복수의 환상)이라고 보아도 좋고, 스스로 미운 오리새끼 되기(자기연민)라고 이해할 수도 있다. 가족 로망스는 가족이 정신적 상처의 기원이라는 점을 전제한다. 가족과 관련된 정신적 상처의 기원을 상상 속에서 변형시켜 스스로를 보호하고 위로하는 방식이 가족 로망스인 것이다.

「달려라, 아비」의 독특함은 가족 로망스의 틀을 절반 정도만 원용하고 있다는 점이다. 생물학적 기원인 아버지에 대한 딸의 상상은 전형적인 가족 로망스의 방식을 취한다. 하지만 가족 로망스의 일반적인 특징인 자기연민에 근거한 복수의 환상이 발견되지 않는다. 출생 자체가 트라우마일 수밖에 없는 사생아 이야기이지만, 작가는 도망간 아버지가 정신적 상처의 기원이 되도록 내버려두지 않는다. 아버지란 생물학적 기원의 반쪽일 따름이며, 처음부터 부재하는 기원이며, 생각하지 않는 곳에 존재하는 무의식의 이름이다. 아버지는 나를 가능하게 한 생물학적인 기원이 아니라, 나의 억압된 무의식으로부터 연유하는 일종의 징후이다.

생물학적 기원으로서의 아버지가 아니라, 나의 무의식과 관련된 징후로서의 아버지. 이를 두고 아버지와 관련된 새로운 발상법의 출현이라고 보아도 좋을 것이다. 줄곧 부정하던 아버지를 임종과 함께 긍정하게 되는 플롯도 아니고, 아버지에 대한 저항의 포즈로 윤리적 거점을 마련하는 서사 전략도 아니다. 「달려라, 아비」에서 아버지는 처음부터 끝까지 긍정된다. 그리고 아버지를 긍정하는 자신을 긍정한다. 아버지에 대한 이중의 긍정. 아버지와 관련된 두번의 긍정이 정신적 상처를 만들지 않으려는 즐거운 의지로 나타나며 더 나아가서는 자신의 무의식에 대한 자기배려로 나타났던 것이 아닐까. 정신적 상처의 기원(아버지)을 유목시키는 독특한 상상력은, 김애란이 보여준 한국문학의 새로운 풍경이기도 하다.

그렇다면 아버지를 유목시키는 상상력을 이끌어낸 방

법은 무엇일까. 주인공 또는 작가의 의지에 의해 견인된 것일까. 그렇지는 않다. 김애란의 소설에서 아버지에 대한 태도는 나를 버렸느냐 아니면 제대로 키웠느냐 하는 문제와는 무관하다. 오히려 아버지가 수동적인 역동적 인가에 따라서 부정적이거나 긍정적인 태도가 제시된다. 「그녀가 잠 못 드는 이유가 있다」의 주인공은 종일 단칸방에 틀어박혀 텔레비전만 보는 아버지를 긍정하지 못한다. 아버지에게서 "이불 속에 잠긴 저 하반신"(「그녀가 잠 못 드는 이유가 있다」 173면)만이 연상되었기 때문이다. 반면에 어린 시절 삽 위에 아이를 올려놓고 빙글빙글 돌던 아버지의 모습은 주인공으로 하여금 무의식적인 환상에 이르게 한다. 아마도 아버지에게서 생명의 고양감을 느꼈기 때문일 것이다.

아버지는 누운 채 불빛을 세례받는다. 펑! 펑! 활짝 피는 불꽃들이 아름답다. 그리하여 아버지의 거대한 성기에서 나온 불꽃들이 민들레씨처럼 밤하늘로 퍼져나갔을 때, 아버지의 반짝이는 씨앗들이 고독한 우주로 멀리멀리 방사(放射)되었을 때,

"바로 그때 네가 태어난 거다."

면도를 마친 아버지가 말했다. 나는 꼼짝 않고 앉아 있다

가 아버지를 향해 말했다.

"거짓말"(「누가 해변에서 함부로 불꽃놀이를 하는가」 79면)

아버지라는 이름에 내재된 것, 아버지라는 언어에 기대하는 것, 아버지를 긍정할 수 있는 이유가 집약되어 있는 장면이다. 김애란의 소설에서 아버지는, 긍정적인 양상으로 제시될 경우 생명의 도약과 밀접하게 관련된다.(먼 우주를 향해 방사되는 불꽃의 이미지는 베르그송의 『창조적 진화』에 등장하는 불꽃의 이미지와 무척이나 닮았다. 태양에서 다양한 방향으로 퍼져나오는 불꽃.) 아버지를 달리게 만드는 상상력은 아버지에게 잠재된 의미(힘의 고양)를 긍정하기 때문에 가능한 일이었다. 그렇다면 왜 나를 버린 아버지를 생명의 도약이라는 이미지와 결부시키는 것일까. 아버지가 예뻐서일 리가 없다. 아버지와 관련된 정신분석학적 드라마의 재현은 더더욱 아닐 것이다. 그것은 삶의 고통을 긍정하지 않겠다는 숨은 의지이며, 생명의 고양을 꿈꾸는 자기 자신을 위한 배려이다.

2. 타자로서의 '나'와 세계의 오해 가능성

불면에 시달리는 젊은 여자가 있다. 그녀가 불면에 시달리는 이유는 참으로 여러가지이다. 오늘과 내일의 일들, 각종 세금과 공과금, 누군가의 부고(訃告), 냉장고 속 식품의 유통기한, 제목이 생각나지 않는 영화들, 한밤의 광고문자, 스펠링을 잘못 적은 신청곡 쪽지 등등. 생활을 유지하기 위해서 해야 할 일들 때문에, 생활하면서 생기게 마련인 이런저런 일들 때문에, 그녀는 잠을 이루지 못한다. 어디 그뿐인가. 잠을 자기 위해서는 더이상 생각을 하면 안된다는 생각에 사로잡혀, 아침에 우연히 들은 노래를 흥얼거리고 있는 이유를 생각하느라, 잠을 이루지 못한다. 그녀는 잠을 자기 위한 방법을 찾는 일에도 열심이다. 인터넷에서 찾은 '불면' 퇴치법에 따라 따뜻한 우유를 마시기도 하고 명상으로 마음을 다스리려고 노력한다. 또는 자신의 뼈와 관절이 만들 수 있는 자세들을 하나하나 점검하며 어떻게든 잠들 수 있는 자세를 찾아보려고 한다. 하지만 불면에 대한 이유나 치유책을 찾는 일은 그다지 쉽지 않다. 소득이 있다면 '자신이 잠 못 드는 이유'를 좀더 면밀하게 살피겠다는 다짐을 스스로 하게 되었다는 정도일 것이다.

김애란의 단편 「그녀가 잠 못 드는 이유가 있다」에 등
장하는 에피소드들이다. 이 지점에서 사소하지만 그냥 넘
길 수 없는 물음이 생겨난다. 잠들지 못하는 나와 잠들려
고 노력하는 나 사이에는 어떤 관계가 있을까. 잠을 자기
위해서는 생각을 하지 말아야 한다고 다짐하는 나와 그
럼에도 불구하고 끊임없이 생각의 연쇄를 이어나가는 나
사이에는 어떤 차이가 있는 것일까. 나는 잠들지 못하는
'나'가 낯설며, 나를 잠들게 하는 방법을 모르는 '나'가 낯
설다. 달리 말하면 나는 미지의 신체-정신 공간인 셈이
다. 잠들려고 노력하는 나의 관점에서 보자면 잠들지 못
하는 나란 하나의 타자에 해당한다. 생각을 하지 말아야
한다고 다짐하는 나의 입장에서 볼 때, 생각의 고리를 한
없이 이어가는 나는 자신의 내면에 펼쳐진 낯선 풍경이라
고 할 수 있다. 따라서 김애란의 소설에 등장하는 나는 온
전하고 충만한 실존의 이미지를 갖지 않는다. 또한 유토
피아적 실존의 행복한 과거를 직관적으로 상기하고 그것
을 되찾으려고 노력하는 주체와도 무관하다.
　내면의 타자로서의 나, 또는 타자화된 내면성으로서의
나, 김애란 소설의 핵심을 이루는 기본항이다. 상징주의
시인 랭보가 어느 편지에 썼고, 철학자 들뢰즈가 칸트 철
학의 해석에 원용했던, '나는 타자이다'라는 말은 김애란

의 소설에도 적용된다. 따라서 불면이란 타자로서의 나와 관련된 징후이며, 내면의 타자로서의 나를 입증하는 비유이다. 나는 내면에도 있고 외부에도 있다. 나는 안과 밖에 동시에 존재하며, 타인의 상상력을 매개해서 형상화된다.

> 나는 내가 어떤 인간인가 자주 상상한다. 나는 내게서 당신만큼 멀리 떨어져 있으니 내가 아무리 나라고 해도 나를 상상해야만 하는 사람이다. 나는 내가 상상하는 사람, 그러나 그것이 내 모습인 것이 이상하여 자꾸만 당신의 상상을 빌려오는 사람이다.(「영원한 화자」 148면)

'나는 어떤 인간인가.' 김애란 소설의 독특한 질문방식이다. 그는 '나는 누구인가'라고 정체성을 전제한 물음을 던지지 않는다. 따라서 조화로운 통일성으로서의 나에 대한 그리움에 시달리거나 잃어버린 나를 낭만적으로 과장할 필요가 없다. 다만 그는 묻는다. '나는 어떤 인간인가.' 나의 타자성을 전제한 물음이다. 따라서 인용문에서 보듯이 나는 "나에게서 당신만큼 멀리 떨어져 있으며 내가 아무리 나라고 해도 나를 상상"할 수밖에 없다. 그리고 나에 대한 상상은 타자인 당신의 상상을 차용하거나 매개하여 이루어진다.

타자화된 나는 어떠한 모습으로 세상과 만나게 될까. 그녀가 경험하는 세상이란 어떠한 방식으로 드러나게 되는 것일까. 작품에 제시된 용어를 사용하자면 나는 '번역' 하듯이 세상과 만난다. 모국어를 사용하듯이 세상과 만나는 것이 아니라 외국인과 대화하는 것처럼 세상과 만난다. "번역, 그것은 그녀가 세상을 불신하기 시작했을 때 처음으로 배운 옹알이와도 같은 것이었다."(『그녀가 잠 못 드는 이유가 있다』 173면) 외국어 단어나 문장을 두고 여러가지의 가능한 번역을 고려해야 하듯이 그녀는 상황의 여러가지 가능성을 동시적으로 고려한다. 따라서 김애란의 소설은 세계와의 소통 부재나 소통 단절과는 무관하다. 감당하기 어려울 정도의 애매성(다의성)으로 가득한 세상과 마주하고 있을 따름이다. 의미로 추정될 수 있는 가능성이 늘어나는 만큼, 오해 가능성도 증대하고 아이러니가 형성될 가능성도 높다. 예를 들어 누군가와 통화를 한다고 해보자. 그럴 때마다 소설의 주인공은 대단히 많은 가능성을 동시에 고려하게 된다.

그녀는 '이 사람이 지금 정말 나를 만나고 싶어하는 것인지, 미안해서인지, 내가 만나고 싶어할 것이라고 생각하고 그러는 것인지, 진짜로 그렇게 하자고는 못하겠지 하는 마음에

묻는 것인지, 예의상 그렇게 하는 것인지' 고민한다.(「그녀가 잠 못 드는 이유가 있다」 157면)

군이 불면이 아니라고 하더라도, 김애란 소설의 주인공들은 삶을 번역하며 살아간다. 달리 말하면 사회적인 것이 내면화될 때 생겨나는 갈등과 주관적인 의도가 사회적으로 표현될 때의 장애를 그들은 고스란히 경험한다. 따라서 그들의 언어는 사회화되지 않은 언어에 가까우며, 거의 매순간 사회화 또는 내면화라는 문턱을 힘겹게 넘어서야 하는 내면심리가 반영된다. 머리를 싸매고 공부하듯이 살아가는 삶이라고 할까. 생물학적인 생명을 사회적인 생존으로 전환하는 과정에서 그/그녀는 항상 애를 먹는다. 처음부터 사회화가 이루어지지 않는 삶이란 존재하지 않겠지만 그/그녀의 사회화 학습 과정 또는 사회적 코드의 내면화 과정은 더디고 힘겹다. 그/그녀는 거의 매순간 사회와 처음 마주하는 듯한 자신의 내면을 응시하게 된다. "그리하여 '나는 내가 어떤 사람인지 자주 생각하는 사람이다'라고 처음부터 다시 말하는 사람이다."(「영원한 화자」 150면)

그렇다면 '나는 어떤 사람인가'를 탐색하고 제시하는 방법이 문제일 것이다. 이 지점이 김애란 소설에서 가장 흥미로운 대목이다. 그는 은유의 축으로 통합되는 실존적인 자아가 아니라, 환유의 축으로 인접되는 취향의 체계를 제시한다. "나는 '도에 관심있는 자'에게 잡혔을 때 대꾸 않는 사람인가 웃으면서 사양하는 이인가, 나는 지구에 외계인이 살고 있다고 생각하는 사람인가 그렇지 않은 이인가, 나는 콩이 들어간 밥을 좋아하는 사람인가 그렇지 않은 이인가 대답을 지닌"(「영원한 화자」 129면)다. 나는 하나의 목록이다. 지속적으로 코드화되고 탈(脫)코드화되며 재(再)코드화되는 자아이다. 따라서 "나는 아직 잔뜩 남겨진 자"(「영원한 화자」 126면)이며, 자기 자신에게도 알려져 있지 않은 타자의 영역이다. 그리고 '타자로서의 나'에 의해 세상의 오해 가능성과 아이러니는 문학적 의미의 생산가능성으로 탈바꿈하게 될 것이다.

3. 어디에나 있지만 그 어느 곳에도 없는 '나'를 찾아서

나는 어떤 사람일까. 가족 로망스와 관련된 상상의 영역도 타자화된 나를 둘러싼 내면의 드라마도 아니라면, 21세기의 한국사회를 살아가는 '나'는 어떠한 사람일 것인가. 대도시의 일상적인 삶이 나타난 작품들인「나는 편의점에 간다」「노크하지 않는 집」에 주목하도록 하자. 이들 작품에서 등장인물들은 서울 변두리에서 자취를 하는 20대 중후반의 여자이며 일찌감치 가족으로부터 독립해서 살아간다. 혼자 살아가는 이들에게는 "먹고사는 데 필요한 것들과 알아야 될 것들"이 너무 많다. "언제 화장지가 떨어질지, 물먹는 하마에는 물이 얼마만큼 찼는지, 은행 잔고는 얼마인지 신경써야 한다."(「그녀가 잠 못 드는 이유가 있다」 160면) 김애란의 소설에서 '생활'은 그냥 주어지지 않는다. 생활은 엄청난 에너지를 투여해서 세심하게 관리해야 하는 대상이다. 외견상으로는 대도시적 일상성에 대한 섬세한 소묘처럼 보일 수도 있겠지만, 그 저변에 깔려 있는 생활 감각은 근원적인 차이를 드러낸다. 그가 제시하는 대도시의 일상은 관찰자의 눈에 포착된 풍경이 아니라, 삶을 살아내는 자의 감각 바로 그것이다. 달리 말하면 관찰이 아니라 연루의 기록인 것이다.

"2003년 서울. 빈손을 물끄러미 쳐다보고 있는 우리에게, 편의점은 기원을 알 수 없는 전설처럼 그렇게 왔다."(「나는 편의점에 간다」 212면) 백화점의 투명한 쇼윈도와 화려한 조명이 근대 초기의 소비문화를 대변하는 상징이라면, 편의점과 대형할인점은 후기산업사회에 진입한 한

국의 소비문화를 보여주는 공간이다. 후기산업사회에서
소비는 그 자체로 사회문화적 의미를 구성하는 행위이며,
일상생활의 패턴을 구성하는 사회적 실천이다. 그런 의
미에서 편의점은 소비의 현대적 의미를 극대화하고 있는
공간이다. 단편 「나는 편의점에 간다」의 주인공은 동네의
편의점을 중심으로 일상적인 소비생활을 영위한다. "나
처럼 혼자 자취를 하는 사람에겐 일정한 동선, 일정한 습
관이 필요하기 때문이었다."(「나는 편의점에 간다」 220면) 왠
지, 소속 계급에 근거하여 형성되는 취향의 체계인 아비
투스(habitus)와 만나게 될 것 같다는 느낌이 든다.

큐마트의 두번째 특징은 음악이다. 큐마트는 언제나 매장
내에 음악을 틀어놓는다. 음악은 대개 잔잔한 클래식이다. 큐
마트의 음악은 손님들로 하여금 물건 앞에 오래 머물도록 해
준다. 산책로에서 천천히 허리를 구부려 낙엽을 줍듯, 큐마트
에서 양반김이나 제주삼다수를 드는 나의 몸짓은 갑자기 우
아해진다. 내가 편의점에 갈 때마다 어떤 안심이 드는 건, 편의점에
서 물건이 아니라 일상을 구매한다는 실감 때문인지도 모르겠다. 비
닐봉지를 흔들며 귀가할 때 나는 궁핍한 자취생도, 적적한 독거인도
무엇도 아닌 평범한 소비자이자 서울시민이 된다. 그곳에서 나는
깨끗한나라 화장지를, 이오요구르트를, 동대문구청에서 발

매한 10리터용 쓰레기봉투를, 좋은느낌 생리대를, 도브 비누를 산다.(「나는 편의점에 간다」 223면, 강조는 인용자)

편의점에 감으로써 물건이 아니라 일상을 구매한다. 그리고 평범한 소비자이자 서울시민이라는 지위를 부여받는다. 그렇다면 편의점은 소비주체로서의 고유성까지도 부여해줄 수 있을까. 두가지의 에피소드가 눈에 띈다. 하나는 편의점에서 일시적인 외상이 되는가 하는 문제. 어느날 여자 주인공은 간만에 세븐일레븐에 들른다. 사장은 상냥한 표정으로 알은척을 한다. 하지만 지갑을 놓고 물건을 사러 왔다는 것을 알게 되자 여전히 상냥한 목소리로 말한다. "다녀오세요." 편의점에서는 얼굴을 알더라도 외상은 되지 않는다. 편의점에서의 인간관계는 화폐와 상품의 투명하면서도 즉각적인 교환 위에서만 정상적으로 기능하기 때문이다. 다른 하나는 편의점에 개인적인 부탁을 할 수 있는가 하는 문제. 동생에게 전해줄 집 열쇠를 잠시 맡아달라는 부탁을 하기 위해서, 평소에 자주 가던 큐마트에 들렀다. 이 근처에 살며 항상 제주삼다수와 디스플러스를 산다고 자신을 소개한다. 하지만 난처한 표정의 판매원은 말한다. "손님…… 죄송하지만 삼다수나 디스는 어느 분이나 사가시는데요." 소비에는 얼굴이 없다.

제주삼다수, 디스 한갑, 깨끗한 화장지, 10리터짜리 쓰레기봉투, 햇반 흑미밥 등으로는 나를 설명할 수 없다. 일상적으로 구입하는 물품의 목록들은 나를 드러내는 소비의 코드들이다. 하지만 그것은 대도시의 일반화된 소비패턴에 지나지 않는다. 나는 편의점에 간다. 하지만 편의점에는 너무나도 많은 나가 있다. 한편에는 편의점에서 물건을 구입하며 소비주체로서의 정체성을 확인하려는 '나'가 있고, 다른 한편에는 물품의 구입 목록으로 환원되는 아비투스로서의 '나'가 있다. 나는 안과 밖에 동시에 존재한다.

　서울 주변부의 거주공간에 비슷한 주제를 펼쳐놓은 「노크하지 않는 집」을 보자. 주인공 여자는 대학가 주변 건물 1.5층에 산다. 세면, 목욕, 용변, 빨래 등 주로 물과 관련된 일은 공동의 장소에서 해결을 하고 각자의 공간으로는 단칸방을 갖는다. 5개의 방에 5명의 여자들이 살고 있지만, 그들은 얼굴을 마주치는 일이 없다. 물론 가끔 속옷이나 구두 같은 물건들이 없어지는 일이 벌어지기도 한다. 여자 주인공이 어느날 돌아와보니 얼마 전에 잃어버린 구두가 방 한가운데에 놓여 있다. 누구의 짓일까. 다른 사람들의 방에 들어가보기로 결심한다. 그리고 두가지의 놀라운 사실을 발견한다. 첫번째는 5개 방의 열쇠가 모두 같다는 점이고, 두번째는 각 방에 비치된 물품과 양태가 동일하다는 것이다.

　방 안에는 세칸짜리 분홍색 서랍장 하나, 오른쪽 모서리 귀가 닳은 한칸짜리 금성냉장고 하나, 그리고 생리 중에 흘린 피가 까맣게 말라 있는 아이보리 요 한채와 장미가 무더기로 그려진 이불이 있다. 세칸짜리 서랍장 중 언제나 한칸은 양말이나 티셔츠가 기어나와 완전히 닫히지 않은 채 이가 물려 있고, 냉장고 옆의 책장에는 얼마 안 되는 음반과 책이 있다. 서태지, 김현철, 이승환, 너바나, 비틀즈 등의 이름이 새겨진 음반이다. 방문 쪽 콘센트에는 항상 휴대전화가 충전 중이고 방바닥 위 노란 장판엔 군데군데 담배빵 자국이 나 있다.(「노크하지 않는 집」197면)

　나는 없다. 아니, 많은 나들이 동시에 존재하고 있다. 똑같은 생활용품들이 동일한 방식으로 배치되어 있는 5개의 방에서, 그녀가 본 것은 무엇일까. 1.5층 단칸방에서 혼자 살아가는 여성들이 속하게 될 계층과 거기에 상응하는 문화적 취향이 있을 따름이다. 달리 말하면 나는 실존이 아니다. 자신의 내부에 또는 과거의 시간 속에 자리를 잡고 있는 근원적인 실존은 없다. 김애란의 소설에 의하면,

나는 아비투스의 구성물이다. 나는 관찰하는 섬세한 시선으로도 존재하지만, 그와 동시에 특정한 계층의 아비투스로서 공간적으로 발현된다. 나는 안과 밖에 동시에 존재한다. 일반적으로 소설에서 관찰의 시선이 갖는 지위는 대단히 압도적이다. 하지만 김애란의 작품들은 관찰자의 시선이 갖는 계급성을 전복적으로 탈은폐한다.

4. 영원회귀와 생의 도약을 즐겁게 욕망하는 글쓰기

그렇다면 김애란 소설에 나타나는 글쓰기의 자기 이미지는 어떠할까. 또한 글쓰기와 관련된 상상력은 어떠한 방식으로 나타나는 것일까. 글쓰기와 관련된 우화적인 이야기가 제시된, 그렇기 때문에 글쓰기에 대한 무의식이 집중적으로 나타나 있는「종이 물고기」를 살펴보도록 하자.

「종이 물고기」의 주인공은 20대 중반의 청년이다. 가난한 집에서 태어나 벽면에 도배지로 사용된 신문을 읽으며 자랐다. 그렇다고 해서 공부를 잘한 것도 아니었고, 그야말로 평범하게 자랐다. 군대를 다녀와서 집을 나와 서울로 거처를 옮겼는데, "가방 안에는 포스트잇 한 뭉치가 위조지폐처럼 수상하게 들어 있었다."(「종이 물고기」205면) 허름한 방을 얻은 그는 벽면을 포스트잇으로 채우기 시작했다. 첫번째 벽면은 그가 읽은 책에서 좋아하는 부분을 적은 것이고, 두번째 벽면은 자기 자신에 관한 이야기들이었다. 세번째 벽면에는 스쳐가는 생각이나 단어들을 기록해두었고, 네번째 벽면에는 공사장 인부들의 걸쭉한 대화를 옮겨 적었다. 그리고 다섯번째 벽면부터는 소설을 써내려가기 시작했다. 네개의 벽면에서 포스트잇을 한장씩 떼서 나란히 놓은 후, 우연한 배열에 잠재되어 있던 이야기를 현실화시키는 방법이었다. 그는 왜 소설을 쓰려고 하는 것일까. 소설 쓰기에 투영된 무의식적 욕망은 무엇이었을까. 소설의 완성을 앞두고 그가 꾸었던 꿈이 인상적이다.

바람이 들고 날 때마다 모든 벽면은 바깥을 향해 천천히 부풀어오르다 다시 원상태로 천천히 가라앉았다. 그럴 때면 다섯 개의 벽면에 붙은 포스트잇들은 일제히 파르르 몸을 떨었다. 그러자 그것은 더욱 살아있는 것처럼 보였다. 그는 그 방 전체가 하나의 종이 비늘이 달린 물고기가 되어 부드럽게 세상을 헤엄쳐다니는 상상을 했다. 마치 자신이 물고기 지느러미 옆에 붙어 있는 것 같았고, 반대로 자신이 물고기 뱃속에 들어가 있는 듯한 기분도 느꼈다. 대체 어디가 안이고 밖인지 알 수 없었다. (…) 마지막 포스트잇을 붙이고 나면 물고기가 싱싱한 등허리를 파닥거리며 자신을 데리고 어디론가 헤엄쳐갈 것이라고 생각했다. 얼마 후 그는 자기도 모르게 그 자리에 쓰러졌다. 그는 그날 밤 두 팔을 머리맡에 둔 채 잠을 잤고, 어쩌면 꿈속에서 거대한 눈을 끔뻑이는 종이 물고기를 봤는지도 몰랐다.(「종이 물고기」 267~268면)

김애란에게 글쓰기는 포스트잇의 우연하면서도 혼종적인 배치로부터 연유한다. 눈여겨봐두어야 할 것은 리좀의 잔뿌리와 같은 글쓰기의 원천들이 종이 물고기로 변신하고 있다는 점이다. 포스트잇에서 종이 물고기에 이르는 상상력. 벽에 붙어 있던 종잇조각들이 생명을 가진 물고기가 되는 장면. 여기에는 김애란의 글쓰기에 내재되어 있는 그 어떤 욕망이 얼굴을 내밀고 있다. 생명의 새로운 생성을 꿈꾸는 글쓰기. 생명의 억압이 아니라 생명의 분출을, 그는 말하고 싶어한다. 더 나아가서 포스트잇이 종이 물고기가 되는 '창조적 진화'를 꿈꾼다. 베르그송이 생명체에 미분화된 상태로 잠재되어 있던 가능성들이 마치 불꽃이 폭발하듯 완전한 생명을 향해 도약한다고 말한 바 있듯이, 포스트잇의 점성과 바람의 운동성이 긴장을 일으

키면서 종잇조각들은 종이 물고기를 향해 도약한다. 앞에서도 말한 바 있는 생명의 도약이 상상력의 원천으로 가로놓여 있는 셈이다.

글쓰기의 상상력을 보여주는 또다른 이미지로는 우주 또는 지구를 거론할 수 있다. 그는 지하철에서 고산지대 사람들의 휘파람을 연상하고, 지구의 원주에서 가로등 높이만큼의 대기권을 상상하고, 스칸디나비아반도에서 살고 있을 배다른 형제를 머릿속에 그린다. "지하철 안 — 매일 아침 한강을 건너는 사람들 틈에 앉아, 덜컹이는 이 세계의 박자를 느끼다보면, 나도 모르게 고산지대 사람들의 휘파람 소리를 상상하게 된다."(「사랑의 인사」 98면) "나는 창가에 턱을 괴고 앉아, 지구보다 더 큰 둘레를 그리며 돌고 있는 가로등의 운동을 상상했다. 지구의 원주와 가로등이 손끝으로 그려내는 원의 너비. 그리고 그 두 원의 너비 차가 만드는 '사이' 안에서 살아가고 있는 많은 사람들……."(「스카이 콩콩」 9~10면) "나는 하늘 위에 높이 떠 우리집을 내려다본다. 저 멀리 스칸디나비아반도의 내 형제가 보인다. 그가 산 위에 올라 한쪽 손을 높이 흔든다."(「누가 해변에서 함부로 불꽃놀이를 하는가」 93면)

그렇다면 지구 또는 우주를 배경으로 하는 상상력에 내포된 함의는 무엇일까. 허망한 꿈을 가지고 진지하게 살아가는 어느 세 부자의 이야기인 「스카이 콩콩」을 보자. 주인공의 형은 초등학교 과학경시대회에서 일등을 한 적이 있다. 고무동력기를 장착한 비행기가 얼마나 오래 나는가를 따지는 대회였는데, 형의 고장난 비행기는 추락하는 시간이 길어서 일등을 차지했다. 이를 두고 아이러니라고 불러도 좋을 것이다. 그로부터 일년 후에는 더욱 놀라운 일이 벌어진다. 경시대회에 참가한 모든 비행기가 형의 비행기처럼 날개에 이상을 만들어 느리게 추락하는 진풍경을 연출한 것이다. 이를 두고 이중의 아이러니 또는 아이러니의 즐거운 회귀라고 불러도 좋을 것이다.

주인공은 형의 어이없는 우승과 일년 후에 재현된 어처구니없는 상황을 떠올리며 스카이 콩콩을 탄다. 왜 스카이 콩콩인가. 스카이 콩콩의 운동성에는 우주로의 도약이라는 가능성이 잠재되어 있기 때문이다. 무한한 시간과 공간을 가진 우주에서 벌어지는 일이란 결국 언젠가 일어난 적이 있었던 일들의 반복에 불과하다. 인간적인 삶의 차원에서 아이러니는 희극과 비극이 혼용된 운명의 서사로 이어진다. 달리 말하면 허무주의를 강화하는 것이다. 하지만 아이러니가 우주적인 차원과 관련될 때 허무주의는 즐거움을 생산하는 상상적 차원으로 탈바꿈하게 된다. 그런 의미에서 "사라지는 것들은 이유가 있다. 그리고 사라졌다 다시 나타나는 것들은 반드시 할 말이 있는 것이다."(「사랑의 인사」 103면) 김애란의 소설은 우주로부터 (영원)회귀하는 가능성들에 대한 즐거운 기다림이다. 또한 "처음부터 나에게 오게끔 약속돼 있던 언어"(「사랑의 인사」 99면)에 대한 기록이다. 스카이 콩콩의 빈약한 탄력성에 기대어 우주로의 도약을 꿈꾸는 일은, 김애란 글쓰기의 원형적인 이미지 가운데 하나이다. 반복해서 말하지만 스카이 콩콩의 운동성은 생명의 도약과 관련된 무의식적 욕망을 반영한다. 그리고 삶의 고양감이 가져다주는 기쁨은, 현실의 고통이 죄의식이나 정신적 상처로 고착되는 것을 결코 용인하지 않는다. "스프링의 탄력과 함께 나의 수치심은 우주 멀리 날아가버렸다."(「스카이 콩콩」 14면) "세계의 소란스러움을 등지고 가로등 아래서 홀로 스카이 콩콩을 타는 나의 모습은 고독하고 또 우아했다. 스카이 콩콩을 타는 나의 운동 안에는 뭐랄까, 어떤 '정신'이 들어 있었다."(「스카이 콩콩」 14면)

김애란의 우주적 상상력에는 니체적인 영원회귀와 베르그송적인 생명의 도약이 겹쳐져 있다. 아버지의 성기로부터 퍼져나가던 불꽃들의 이미지, 십수년 만에 아버지를 알아보고 수족관 안에서 유리벽을 두드리던 손바닥, 한번도 본 적 없는 아버지에게 선글라스를 씌워주며 계속해서

달리게 만드는 상상력, 자신을 버린 아버지를 두고 아버지가 길을 잃었다고 말할 수 있는 엉뚱함 등등은 모두 우주적 상상력과 관련된다. 인생에서 상처가 될 수 있었던 지점들을 상처로 만들지 않을 수 있었던 힘 역시 거기서 찾을 수 있다. 김애란이 소설에서 '나'는 영원회귀와 생명의 도약이 잠재적으로 공존하는 장소의 이름인 것이다.

지금까지 우리는 타자화된 '나'가 낭만화된 실존을 대체하는 장면을 보았고, 문화적 취향의 목록으로 환원되는 현대의 주체들을 만났다. 또한 정신적 상처의 기원이었던 아버지를 즐겁게 유목시키는 상상력과 조우했으며, 영원회귀와 생명의 도약이 공존하는 '나'와 이야기를 나누었다. 이 모든 소설적 표정들이 참으로 친숙하다. 하지만 한국문학의 문법들은 그 친숙한 표정 아래에서 심하게 요동치고 있다. 아마도 김애란은 전통적인 소설의 표정을 지은 채로 소설의 전통적인 문법을 그 내부로부터 허물어뜨리고 있는 작가일 것이다. 그의 소설로 회귀했던 한국문학의 문법들은, 이제 새로운 생명의 도약을 꿈꾸고 있는지도 모른다.

金東植 | 문학평론가

| 작가의 말 |

2003년부터 쓴 단편들을 모았습니다.

작가라서, 무슨 이야기를 썼는지는 알지만
그것이 당신에게 어떤 이야기가 될지 모르겠습니다.
기쁘고, 다행입니다.

나는 문학이 나의 신앙이 되길 바라지 않습니다.
소설을 쓰는 데 배움이나 경험이 반드시 중요하다고
생각하지도 않습니다.
하지만 소설 안의 어떤 정직. 그런 것이 나에게 있었으
면 좋겠습니다.
그리고 언제나 당신이 있었으면 좋겠습니다.

이 책은 제가 당신에게 매우 딱딱한 얼굴로 보내는 첫

미소입니다.

언제고 곧, 다시 봅시다.

2005년 차고 깊은 가을

김애란

김애란은 대산대학문학상이 배출한 신인이다. 사실 이 상은 등단의 최종 절차라기보다는 일종의 실험으로 제정되었던 터다. 신인상들이 매너리즘 속에 피로를 보이면서 이런 제한적 신인상이 혹 억압된 소설적 젊음을 풀어내지 않을까 하는 일말의 기대가 없지 않았던 것이다. 우리의 반신반의를 그녀는 일거에 씻어버렸다. 도시의 악령에 지핀 삶들의 소름끼치는 평균성을 감상(感傷)과 해학, 또는 사실(寫實)과 환상을 가로지르는 새로운 눈으로 정밀하게 묘파한 등단작「노크하지 않는 집」은 21세기 한국소설의 숨은 징표다. 이 징표를 따라 그녀는 작업 중이다. 나는, 우리 시대의 소설 가뭄과 신인 가뭄을 동시에 해갈할 신예로 그녀가 성장할 것을 믿는다.

최원식 | 문학평론가, 인하대 교수

김애란의 소설을 읽을 때면 가로등을 생각하게 된다. 깜빡깜빡거리며 조용히 거리를 내려다보는 가로등. 가로등은 우리를 억압하지도 않고 스스로를 과시하지도 않는다. 그 겸손한 가로등 아래에서 우리는 스카이 콩콩을 타고, 편의점을 기웃거리고, 가출한 형이 돌아오기를 기다린다. 그러는 사이 우리는 어느새 자신도 모르게 인간의 운명이라는 것을 가만히 긍정하게 된다. 떠나간 아비는 돌아오지 않고 한번 받은 상처는 사라지지 않으며 인간과 인간은 서로를 결코 이해할 수 없다는 것. 그 모든 것을 받아들이면서 동시에 그것을 넘어서는 힘. 유머와 페이소스를 적절히 뒤섞어 어느 순간 독자를 홀연 유쾌한 초월로 안내하는 기예, 짐짐한 가로등을 화사한 불꽃놀이로 바꾸어버리는 문장의 마술. 이것이야말로 그녀의 소설을 읽는 즐거움이다.

김영하 | 소설가

| 새로 쓴 작가의 말 |

올여름 『달려라, 아비』 구판 마지막 쇄를 받아보았습니다. 초판 인쇄일로부터 15년이 지나 온 마흔번째 책이었습니다. 올해 저는 마흔이 되었습니다.

『달려라, 아비』는 저의 첫 책입니다. 제 첫 소설, 첫 작가의 말, 첫 떨림이 담긴 책이자 저를 처음으로 '독자'라는 존재와 만나게 해준 소설집이기도 합니다. 그래서 제겐 이 책이 저와 같이 나이 먹으며 어떤 시절을 함께 건넌 친구처럼 느껴집니다. 만나면 즐거운데 자주 연락 못하는 오랜 친구처럼요.

영원히 저보다 어릴, 젊은 소설의 얼굴에서 낯선 주름을 발견하고 얼룩을 닦아주다보니 묘한 기분이 들었습니다. 무언가 바로 잡을 기회가 생기는 건 우리 삶에선 쉽게 일어나지 않는 일이니까요. 거친 문장을 다듬으며 부끄러운 순간도 잦았지만 이제는 그런 시차도 삶을 이해하는 중요한 감각 중 하나란 걸 알게 되었습니다.

이 책에는 이십대 초중반의 작가가 만든, 감히 인생을 안다 할 순 없어도 자신과 세계를 이해해보고자 노력한 인물들의 목소리가 담겨 있습니다. 이십대뿐 아니라 오십대, 팔십대에게도 공평하게 허락된 몸짓이지요.

이따금 나는, 그리고 당신은 그때로부터 얼마나 멀리 온 걸까 생각합니다.

긴 시간 『달려라, 아비』를 잊지 않고 아껴주신 독자분들에게, 이 책에 새 숨결과 옷을 입혀준 창비에 깊은 감사의 마음을 전합니다.

동시에 지금의 나보다 훨씬 많이 웃고 사람을 좋아했던 스무살 무렵의 내게도 반가운 인사를 건넵니다.

2019년 가을
김애란 드림

스카이 콩콩 …『문예중앙』 2005년 여름호

달려라, 아비 …『한국문학』 2004년 겨울호

누가 해변에서 함부로 불꽃놀이를 하는가 …『문학동네』 2005년
　가을호

사랑의 인사 …『문학사상』 2005년 3월호

영원한 화자 …『신천문학』 2004년 가을호

그녀가 잠 못 드는 이유가 있다 …『현대문학』 2004년 5월호

노크하지 않는 집 …『창작과비평』 2003년 봄호

나는 편의점에 간다 …『문학과사회』 2003년 가을호

종이 물고기 …『창작과비평』 2004년 봄호

달려라, 아비

초판 1쇄 발행 • 2005년 11월 23일
초판 40쇄 발행 • 2019년 8월 1일
개정판 1쇄 발행 • 2019년 9월 25일
개정판 10쇄 발행 • 2024년 8월 12일

지은이 / 김애란
펴낸이 / 염종선
책임편집 / 현인신
조판 / 한향림
펴낸곳 / (주)창비
등록 / 1986년 8월 5일 제85호
주소 / 10881 경기도 파주시 회동길 184
전화 / 031-955-3333
팩시밀리 / 영업 031-955-3399 · 편집 031-955-3400
홈페이지 / www.changbi.com
전자우편 / lit@changbi.com

ⓒ 김애란 2005, 2019
ISBN 978-89-364-3802-9 03810